La barraca

Letras Hispánicas

Vicente Blasco Ibáñez

La barraca

Edición de José Mas y M.ª Teresa Mateu

SEGUNDA EDICIÓN

CÁTEDRA
LETRAS HISPÁNICAS

© Herederos de Vicente Blasco Ibáñez
© Ediciones Cátedra, S. A., 2000
Juan Ignacio Luca de Tena, 15. 28027 Madrid
Depósito legal: M. 4543-2000
ISBN: 84-376-1606-9
Printed in Spain
Impreso en Huertas, S. A.
Fuenlabrada (Madrid)

Índice

Introducción

A Dámaso Alonso
y Eulalia Galvarriato in memoriam

Retrato de Blasco Ibáñez (1896) por José Antonio Benlliure.

Entre la aventura y la ventura

Vicente Blasco Ibáñez, hijo de don Gaspar Blasco Teruel y doña Ramona Ibáñez Martínez, oriundos de Teruel, nació en Valencia el 27 de enero de 1867 en la calle de La Jabonería Nueva, cerca del Mercado Central: escenario privilegiado de *Arroz y tartana,* núcleo inicial de *Flor de mayo* y referente circunstancial de *La barraca.* De niño ya gozó de gran predicamento entre sus compañeros a los que lideraba en la acción de sus juegos —frecuentemente referidos a la conquista de Colón— y al contarles historias sacadas de los libros que leía compulsivamente o de su propia imaginación.

Hasta los doce años su educación estuvo guiada por el ideario católico y visionario; pero de pronto, dos obras marcaron su itinerario vital con el marbete del republicanismo federalista y del pensamiento crítico: *Estudios sobre la Edad Media* de Pi y Margall y la *Vida de Jesús* de Renan.

En un tiempo en el que los políticos le temían a las masas, Blasco Ibáñez sabía manejarlas con su oratoria fácil y su probado arrojo, que le llevaría en numerosas ocasiones a la cárcel y a la fuga. Así, en 1890 por liderar un motín contra la toma de gobierno del conservador Cánovas del Castillo, se vio obligado a huir a París, ciudad en la que residió un año y medio y que fue fructífera en su formación política y literaria al ponerle en contacto con exiliados españoles de la talla de Ruiz Zorrilla y con los maestros franceses del Naturalismo.

El día 12 de noviembre de 1894 aparece el primer número del periódico republicano *El Pueblo,* fundado, dirigido y redactado casi en su integridad en años sucesivos por el propio Blasco. En este diario, con frecuencia censurado y cerrado por las autoridades gubernativas, trabajaba don Vicente —cuando no era detenido— de seis de la tarde a la madrugada, y al concluir la confección del periódico se entregaba nuestro escritor a la creación de un rico mundo novelesco que surgía volcánicamente de la inspiración y de la voluntad de un hombre que había de luchar duramente contra la fatiga y el sueño.

En marzo del 96, huyendo de una persecución policial a raíz de un enfrentamiento entre la masa y las fuerzas del orden, Blasco se refugió en una taberna del Cabañal; para combatir sus horas de encierro escribió un cuento titulado «Venganza moruna» que, dos años más tarde, convenientemente corregido y ampliado, daría lugar a una de las mejores novelas de la época: *La barraca*. Para romper el cerco, el novelista acertó a poner mar por medio y a bordo del barco *Sagunto* llegó a Italia, donde estuvo hasta primeros de junio. Su estancia en el vecino país le sirvió para nutrir su espíritu con la observación vital y estética que sabría apresar en las páginas sugeridoras de *En el país del arte*.

Vuelto a Valencia y aún en libertad provisional Blasco no cejó en su empeño de denunciar el carácter absurdo de la guerra colonial en Cuba. El 19 de agosto del mismo año de 1896 escribió un valiente artículo titulado «Carne de pobres» donde la pluma acerada del escritor arremete contra la injusticia de que los ricos puedan comprar el derecho de no ir a la guerra por mil quinientas pesetas. Las siguientes palabras son un despertador de las conciencias, no el reconocimiento fatal de un orden inmutable:

> Sois pobres y esto basta. Lleváis sobre vuestra frente ese sello de maldición social que os hace eternos esclavos del dolor. En la paz, debéis sufrir resignados y agotar vuestro cuerpo poco a poco para que una minoría viva tranquila y placenteramente sin hacer nada; en la guerra, debéis morir para que los demás, que por el dinero están libres de tal peligro, puedan ser belicosos desde su casa. Resignaos: siempre ha habido un rebaño explotado para bien y tranquilidad de los de arriba.

12

Blasco pronosticó que se perderían en Cuba el 60 por 100 de los soldados españoles y aunque su vaticinio no se cumplió en su totalidad, el desastre fue inmenso y de perniciosas consecuencias para España durante el siglo XX.

En 1898, pocos meses antes de la publicación de *La barraca*, estalló en Francia el «affair Dreyfus» acaudillado por Zola, quien fue blanco de los ataques de la extrema derecha. Blasco Ibáñez tomó partido por el admirado maestro en una serie de artículos. En un mensaje de adhesión redactado por Blasco y avalado con la firma de numerosas personas, elogia de forma hiperbólica, la toma de partido del novelista francés en favor de la verdad y de la justicia, asegurando a Emilio Zola que el pueblo valenciano, sin distinción de clases, le apoya y le brinda asilo en el supuesto de que París lo escarnezca y le dé la espalda.

Antes de escribir *La barraca* Blasco Ibáñez había sido herido de muerte tres veces, había participado en numerosos mítines y altercados callejeros y había sido condenado en un consejo de guerra celebrado de noche, a la luz de un candil y entre bayonetas, como en un drama romántico —pero por desgracia real— a cuatro años de prisión, aunque el fiscal solicitaba catorce años de condena.

Aunque la lucha y el riesgo acompañan casi siempre a nuestro autor, en marzo de 1898 se le elige diputado por Cullera en reconocimiento de sus servicios en favor de los oprimidos y para dotarle de la inmunidad parlamentaria.

Ramiro Reig nos presenta a Blasco Ibáñez como un ser «extrovertido, campechano, como todas las personas seguras de sí mismas, no rehuía el trato. *El Pueblo* nos cuenta que en las campañas electorales, montado en una tartana y rodeado de correligionarios, recorría el camino de Burjasot o del Grao, bajando en las alquerías para espetar el correspondiente mitin, beber un trago y escuchar a algún inspirado vate que recitaba versos en valenciano o cantaba un aria de ópera»[1].

---

[1] «Blasco político», en *Vicente Blasco Ibáñez, La aventura del triunfo*, Valencia, Diputación de Valencia, 1986, pág. 80.

Blasco —el sultán de la Malvarrosa como muchos lo designaban— era un fervoroso amante del progreso y un defensor de los grandes hombres. Su ambición le llevaba a desear para Valencia el auge cultural de una Atenas o Ginebra, soñando grandes avenidas para la ciudad al estilo de París o Viena.

Alboraya —escenario de *La barraca*— era junto a Villareal uno de los principales bastiones del carlismo. En 1904 Blasco visitó el pueblo creando el desconcierto de unas mujeres ingenuas e ignorantes y el rechazo manifiesto de una vieja beata que lanzó su grito de conjuro en un estropeado castellano. Oigamos a Blasco: «Me paseaba yo por vuestra playa, y unas mujeres me vieron con mi hijo y comentaron: "Pos pareix bona persona. Deu ser un bon home, perquè porta un chiquet al bras."» Sus palabras son interrumpidas por una vieja beata que exclama: «Viva el Corasón de Quesús»[2].

La Valencia de principios de siglo fue escenario de violentas algaradas callejeras entre blasquistas y sorianistas, bando escindido del partido fundado por Blasco. Cansado de esta pugna fratricida y esterilizadora, Blasco se retiró de la política en 1908. Luego vendrían su triunfo en Hispanoamérica como conferenciante, su labor —a la postre frustrada— de colonizador en Argentina, su campaña a favor de los aliados en la guerra de 1914, su consagración internacional tanto en la novela como en el cine, su muerte en enero de 1928, el recibimiento apoteósico en Valencia de sus restos mortales en 1933, y con Franco la prohibición y el olvido tan injusto del que ahora se le pretende rescatar.

Génesis de «La barraca»

En su prólogo a *La barraca,* escrito en 1925, sintetiza Blasco la fuente inspiradora de su novela sin descender al detalle de lo visto y lo inventado: «Era la historia de unos campos forzosamente yermos, que vi muchas veces, siendo niño, en

---

[2] Ramir Reig, *Obrers i ciutadans,* València, Institució Alfons el Magnànim, 1982, págs. 230-231.

los alrededores de Valencia, por la parte del cementerio... el relato de una lucha entre labriegos y propietarios que tuvo por origen un suceso trágico que abundó luego en conflictos y violencias»[3].

Según León Roca los sucesos debieron situarse entre los años 1875-1879, años dominados por una de las más largas sequías y que originó la huelga de los huertanos frente a los propietarios de las tierras, ya que las cosechas se perdían y los colonos no podían pagar el arriendo abusivo que imponían los terratenientes. De los abundantes testimonios periodísticos de la época citemos estas palabras de un artículo publicado en *Las Provincias* el 26 de junio de 1879:

> Cuatro años hace que se pierden las cosechas por falta de lluvias... Hay que pintar con exactos colores la desesperada situación de los pobres labradores, que se están alimentando de yerbas silvestres, y pidiendo a Dios que no les falten; que tienen que ir a dos o tres leguas de su casa para buscar el agua que beben o pagarla a tres y cuatro cuartos el cántaro; hay que decir que hasta los propietarios, en otro tiempo algo acomodados, están reducidos a la miseria.

La solidaridad huertana puso en serio aprieto a los propietarios y a las autoridades gubernativas; algunos colonos querían cumplir con sus contratos, pero o bien no llegaban a hacerlo por miedo a la represión de sus compañeros de clase, o si lo hacían veían sus cosechas y sus barracas reducidas a pavesas. Se incoaban procesos que acababan por sobreseimiento al no poder obtener pruebas los jueces ante el férreo y tácito pacto de silencio de los coaligados.

Al final el gobierno central tomó cartas en el asunto a instancias de los diputados valencianos. El espíritu de la rebelión fue atrozmente sofocado con diversas medidas: concesión de quince millones de pesetas con miras a la construcción de carreteras, la moratoria de los terratenientes en el pago de las contribuciones, el perdón de las deudas para los dueños de los campos que sufran la pertinaz sequía. Para ter-

---

[3] *O. C.*, t. I, pág. 479.

minar de garantizar el derecho de la propiedad y el orden, el Consejo de Ministros del 3 de enero de 1879 dio luz verde para que se persiguiera a los culpables; ello culminó con la deportación al castillo de Mahón de 67 labradores a los que se consideraba sospechosos. Los propietarios, cobrando nuevas fuerzas tras la yugulación del motín reclamaron a los colonos los atrasos del arriendo. Los hechos descritos son el humus de adversidad que nutre las páginas de *La barraca* y el que las dota de un aliento de vida inconfundible; pero la imaginación del novelista que supo transformar los datos conocidos en obra de arte merced al dominio de un lenguaje apropiado y de una estructura sabiamente dispuesta, es lo que a nosotros verdaderamente nos importa. En suma: *La barraca* es el alegato de la vida dura e injusta que han de soportar los habitantes de la huerta valenciana frente a los propietarios ociosos de la ciudad. Pero aunque no existiera la sequía de la que León Roca habla y a la que desde luego alude el propio Blasco al referirse a la vida dura de Batiste en Sagunto, la opresión a la que los arrendatarios estaban sometidos era evidente desde la desamortización. Tomás y Valiente cita estas palabras de un diputado en las cortes:

> Por defecto de la enajenación, las fincas han pasado a manos de ricos capitalistas, y éstos, inmediatamente que han tomado posesión de ellas, han hecho un nuevo arriendo, generalmente aumentando la renta al pobre labrador, amenazándole con el despojo en el caso de que no la pague puntualmente[4].

Como contrapartida al poder de los dueños los arrendatarios tenían facultad de edificar, dividir y subarrendar, limitando la del propietario de la tierra, llegando incluso a impedirles el aumento del precio del arrendamiento más allá de ciertos límites, so pena de la sanción de dejar el campo yermo, sin que se atreva nadie a cultivarlo por temor a las represalias del anterior cultivador o de sus parientes, que frecuen-

---

[4] F. Tomás y Valiente, *El marco político de la desamortización en España*, Barcelona, Ariel, 1977, pág. 69.

16

temente han ensangrentado las huertas valencianas. Estos problemas —que son los planteados por Blasco— dan lugar a canciones de cuna que aún hoy se cantan, como ésta:

> Tinc una barraqueta que no té trespol...
> i com és tan velleta no pague lloguer,
> era dels meus pares i és per als meus xiquets[5].

Por tanto, con sequía o sin ella, la pugna entre propietarios y agricultores estaba latente y podía en cualquier momento desembocar en deshaucios, deserciones y crímenes. Pero *La barraca* es mucho más: piedad hacia unos seres marcados por el sello de la desgracia, amor al paisaje —feraz, pero sometido a las inclemencias del tiempo— amor al lenguaje y apego a la vida de cosas y a unos personajes vistos en su dimensión de primitivismo pasional[6].

COMPOSICIÓN Y REPERCUSIÓN DE «LA BARRACA»

Blasco Ibáñez fecha su novela en La Malvarrosa entre los meses de octubre a diciembre; sin embargo esto no es verdad, ya que había aparecido el 16 de noviembre. *El Pueblo* había prometido su publicación en las páginas del periódico el día 2 de octubre, para mediados de dicho mes; aunque la primera entrega se retrasó hasta el día 6 de noviembre, *La barraca* debía de estar ya terminada para entonces, pues diez días después se publicó en volumen independiente.

Blasco sostiene que la aparición de esta novela pasó casi inadvertida:

---

[5] «Tengo una barraquita que no tiene techo,
es tan viejecita que no paga el arriendo,
fue de mis padres, y ha de ser de mis hijos.»
[6] No creemos que aporte nada importante para la comprensión de la novela la tentativa de Just y de Betoret de encontrar en la realidad modelos para la creación de personajes como Batiste o Pimentó, que se quedan en meros motes carentes de latido humano o tratar de reconocer el escenario donde se ubicaba la taberna de Copa.

Mis bravos amigos, los lectores del diario, sólo pensaban en el triunfo de la República, y no podían interesarle gran cosa unas luchas entre huertanos, rústicos personajes que ellos contemplaban de cerca a todas horas.

Francisco Sempere, mi compañero de empresas editoriales, que iniciaba entonces su carrera y era todavía simple librero de lance, publicó una edición de *La barraca* de setecientos ejemplares, al precio de una peseta. Tampoco fue considerable el éxito del volumen, creo que no pasaron de quinientos los ejemplares vendidos[7].

Poco tiempo después el profesor del liceo de Bayona, Hérelle, le pidió autorización a Blasco para traducir la obra al francés, explicándole cómo había tenido la suerte de conocerla:

> Un día de fiesta había ido de Bayona a San Sebastián, y, aburrido, mientras llegaba la hora de regresar a Francia, entró en una librería para adquirir un volumen cualquiera y leerlo sentado en la terraza de un café. El libro escogido fue *La barraca,* e, interesado por su lectura, el señor Hérelle casi perdió su tren[8].

Blasco desconocía a la sazón que Hérelle había traducido a D'Annunzio y a otros novelistas italianos. La novela adquirió con este lanzamiento internacional una fama que iría creciendo en volumen de ventas al ser traducida a diversos idiomas. Blasco Ibáñez, que lamentaba el escaso eco de la crítica y de lectores despertado por la aparición del libro, del que sólo se vendieron quinientos ejemplares, sostenía en 1925 la cifra significativa de cien mil ejemplares impresos de forma legal, ya que en Hispanoamérica abundaban las ediciones piratas. Teniendo en cuenta las diversas traducciones de la obra aventuraba el número de un millón.

León Roca no está de acuerdo con el autor cuando habla del poco interés suscitado por *La Barraca* en su aparición y cita diversos testimonios: trece días después de ver la luz la

---

[7] *O. C.,* t. I, pág. 480.
[8] *Op. cit.,* pág. 480.

Cubierta de la edición de Prometeo de *La barraca* (Valencia, 1919).

novela apareció en el diario de Barcelona *La Publicidad* una crítica de Emilio Junoy, en diciembre aparecen elogiosos comentarios: Zeda en *La Época* y Dionisio Pérez en *Vida nueva*. También se ocupan de la obra José Ortega y Munilla, Luis Morote —amigo entrañable del autor—, J. Bó y Singla y Eusebio Blasco. En mayo de 1899 *El Pueblo* anuncia la segunda edición de *La barraca*.

Estructura de «La barraca»

La novela se estructura en diez capítulos perfectamente estudiados en los que la acción narrativa se acelera o retarda para presentarnos con el mayor verismo posible la sicología de unos personajes o la evolución de unas circunstancias. La descripción pormenorizada propia del Naturalismo no es como pretenden muchos lectores y, sobre todo, críticos, un peso muerto en la novela, sino el oportuno foco iluminador de la realidad presentada; además, la técnica usada por Blasco no es sólo naturalista, sino que se vivifica con abundantes y precisos toques impresionistas y frecuentes aciertos poéticos.

Flor de mayo y *La barraca* tienen un comienzo parecido: en la primera de ambas asistimos al despertar de la ciudad tras una noche lluviosa; *La barraca* nos ofrece el despertar de la huerta anterior al de la urbe. En *Flor de mayo* están magistralmente descritos el silbido de los primeros trenes, los toques de campanas llamando a misa del alba, el canto del gallo, los pasos de los primeros transeúntes y todo aquello que contribuye a poner en marcha el mecanismo del trabajo diario. La descripción inicial de *La barraca* se nutre de comparaciones y de personificaciones que nos hacen sentir todo el dinamismo vital y estético que envuelve la figura doliente de la laboriosa Pepeta. El capítulo tiene un arranque lírico en el que la luz se funde en comparación sinestésica con el canto último de los ruiseñores; la musicalidad de la prosa que, en ocasiones, se acerca al ritmo del verso, y la elección del léxico donde ya es diáfana la presencia del primer verbo «desperezábase» hecho de voluptuosidad arcaizante (la enclisis domina en el arte de Blasco) nos sumerge en el gozo de empezar un nuevo día en la amplitud deslumbrante de la vega.

En ese ambiente de complacencia el novelista nos va presentando, de modo impresionista, el paulatino apagamiento de los murmullos nocturnos para ser reemplazados por los ruidos diurnos embellecidos por el ritmo musical y armonioso de la prosa que, en ocasiones, se acerca al ritmo pautado del verso. Tras el quinteto, hábilmente orquestado, de los animales de corral, aparece un endecasílabo resumidor seguido de un ritmo ternario coronado por dos hexasílabos desbocados: «del amanecer» y «de vegetación» que incitan al dinamismo verbal y semántico apoyado en tres anfíbracos: «deseaban correr por los campos». La sinestesia borda de novedad la música del pasaje. Para mejor comprobar lo que decimos copiemos el fragmento distribuyéndolo en forma de verso que, para ganar espacio, presentaremos entre barras: «relinchos de caballos, / mugidos de mansas vacas, / cloquear de gallinas, / balidos de corderos, / ronquidos de cerdos; / el despertar ruidoso de las bestias, / que, al sentir la fresca caricia / del amanecer / cargado de acre perfume / de vegetación, / deseaban correr por los campos» (pág. 62).

Dentro de la variada fauna llama la atención la jerarquización de los animales según los menesteres a los que se destinan. En la escala zoológica se presentan como seres libres y traviesos los gorriones, como representantes de una vida diferente sometida a los dictados de la belleza aparecen los ruiseñores, y también los ánades, comparados con galeras de marfil que mueven «cual fantásticas proas sus cuellos de serpiente» (pág. 62).

El dinamismo musical de la frase y las dos comparaciones modernistas subliman lo humilde y conocido.

En el peldaño inferior zoológico, debajo de los animales ruidosos de corral, está el caballo, que carga sobre sí el trabajo más duro e ingrato de la huerta. Las vacas y las cabras se ordeñaban en las calles de Valencia dando lugar al oficio de lechero, que iba sirviendo a domicilio la leche encargada según un tosco código primitivo que luego aparece en este mismo capítulo. Los caballejos estercoleros son imprescindibles para otro oficio desaparecido: el «femater», palabra valenciana que significa recogedor de basura o de estiércol, necesarios para hacer fructificar las cosechas. La figura del «femater» es tratada con compasión y cariño en el relato de igual título perteneciente a los *Cuentos valencianos*.

Tras el núcleo inicial y largamente detallado del amanecer, la mirada del novelista se fija en la barraca de *Pimentó* —satisfecho en su molicie de hombre guapo y dominador— para centrar la atención en su mujer, débil y enferma de constitución, pero laboriosa y tenaz como ninguna. Se retrocede un poco en el tiempo para participarnos la faceta de vendedora de hortalizas llevada a cabo antes del amanecer y seguidamente se nos presenta —empalmando de nuevo con el amanecer abandonado— su vuelta a la ciudad en calidad de lechera, acompañada ya por el desfile de trabajadores y más específicamente de trabajadoras, como cigarreras o hilanderas de la seda.

En su recorrido de calles enrevesadas viene al fin Pepeta a recalar en el barrio de Pescadores, donde tiene lugar un encuentro crucial: el de Rosario, la desdichada hija del tío *Barret*, del que el lector todavía no conoce nada. Las noticias entre ambas están teñidas de un halo de misterio y de desgracia que anticipa los hechos del final del capítulo y justifica la técnica del *flashback* del segundo capítulo.

En suma: el capítulo en su conjunto tiene la estructura de un doble viaje de ida y vuelta que, reteniendo en apariencia un elemento de repetición, se aparta por completo del trazado habitual de la vida diaria; este itinerario se apoya en tres descripciones y tres núcleos narrativos de importancia:

El amanecer en la huerta exuberante y laboriosa.

Encuentro en Valencia entre Pepeta y Rosario con la rememoración aún parcial de una tragedia y sus actuales consecuencias.

Descripción a cámara lenta de la barraca abandonada y de las tierras malditas que rompen la indiferente mirada del personaje en virtud de dos hechos: el encuentro reciente y la llegada de los forasteros. Tal llegada conmueve a los huertanos que ven su cohesión en peligro y magnifican el hecho con ecos de cruzada.

El capítulo segundo es, según una técnica preferida por

Blasco Ibáñez, un retroceso en el tiempo para contarnos la historia trágica de *Barret* que, aunque individual en sus detalles tiene mucho de paradigma de la opresión que los dueños de la tierra ejercen sobre los arrendatarios. El dibujo sicológico de *Barret* está perfectamente trazado en su evolución. Aunque honrado padre de familia, su amor principal es el de la tierra, demasiado grande para un hombre solo que, además, debe sostener a una amplia familia constituida por mujeres solas y tiene que hacer frente a las exigencias de un amo avaro.

La decadencia se acentúa con la muerte del rocín —motivo que tendrá enorme importancia en la vida también de Batiste y en otras novelas de Blasco— y culmina con el préstamo abusivo de don Salvador (el motivo del usurero reaparece en *Arroz y tartana, Entre naranjos* y *Cañas y barro*). La desesperación cambia el carácter del tío *Barret* que se toma la justicia por su mano. La solidaridad de los huertanos los hará fuertes frente a los ricos, aunque ya no le sirva de gran cosa a *Barret*[9].

Núcleo importante en la desesperación del personaje es el incendio de la barraca —proyectado, pero no realizado— elemento prefigurador del desenlace de la novela y el destrozo de la cosecha para que nadie se beneficie de su esfuerzo.

El capítulo tercero se centra en la reconstrucción de la barraca —incluso mejorándola— y en la recuperación de los campos.

Como contrapunto, todavía en sordina, la hostilidad de los labradores que tiene un líder: *Pimentó*.

El capítulo tiene un final climático, tenso por el desafío.

El capítulo cuarto está estructurado en tres partes:

Descripción del Tribunal de las Aguas, que desde hace más de mil años se ocupa de la distribución del agua de las acequias entre los regantes. Este tribunal imparte justicia de forma oral y sin apelación. Dado que la mayoría de la gente no sabía leer, confiaba más en la palabra de los jueces populares que en el interminable e incomprensible papeleo de los

---

[9] González Martínez, estudiando la criminalidad en Valencia, afirma que el delito más disculpado es el cometido en defensa de la propiedad.

tribunales ordinarios. La historia del tribunal y su anacronismo en las multas puede ser un aval de garantía para la justicia cuando no interfiere, como en el presente caso, la calumnia de *Pimentó,* respaldado por sus vecinos.

El subtema del paso del tiempo con la pintura esperpéntica de los apóstoles, además de ser un hallazgo expresivo autónomo, puede anticipar el escarnio de que es víctima Batiste nombrado dos veces con su apellido, una vez en valenciano y otra en castellano.

El segundo núcleo está constituido por la inmersión en la sicología del personaje, con su orgullo y su impotencia entrecruzados por delirios hechos de la atormentadora sed de los campos que serán su ruina.

El núcleo final es la rebeldía ante la injusta sentencia y el desafío general.

Se insinúa en esbozo el tema amoroso entre Roseta y el nieto del tío *Tomba.*

El capítulo quinto está visto desde la perspectiva de Roseta quien, a sus dieciséis años, cambia de niña a mujer. La mirada del novelista se proyecta sobre los pensamientos de la joven y su conducta con Tonet y con las compañeras de trabajo, que son sus enemigas.

El comienzo del capítulo nos presenta la despedida matutina, llena de desvelo, de Roseta, quien deja a los suyos gratamente instalados en la barraca, mientras ella sale, sola y medrosa, a la incertidumbre de los caminos. Lo que más teme la muchacha es el regreso al anochecer pensando en el odio que su familia despierta en la vega y, por consiguiente, en la venganza de *Pimentó* y sus secuaces, de cuyos atropellos sexuales se hablaba con frecuencia. Comprobemos cómo su terror —alimentado por la leyenda— concluye con un toque de denuncia social no demostrado al que se alude en *La Celestina* y que se practica —con las variantes de la tecnología moderna— en pueblos subdesarrollados:

> Y Roseta, que ya no era inocente después de su entrada en la fábrica, dejaba correr su imaginación hasta los últimos límites de lo horrible, y se veía asesinada por uno de tales monstruos, con el vientre abierto y rebañada por dentro

como los niños de que hablaban las leyendas de la huerta, a quienes verdugos misteriosos sacaban las mantecas, confeccionando milagrosos medicamentos para los ricos (págs. 127-128).

Poco a poco un compañero empieza a seguirla para protegerla porque se ha enamorado de ella. Este amor va cobrando cuerpo sin necesidad de palabras entre ambos; amor puro y limpio hecho de las primicias de dos almas tímidas y solitarias.

Tras un paréntesis idílico en el que un grupo de chicas —como «canéforas griegas»— va, como Roseta, en busca del agua a la Fuente de la Reina, la enemistad disimulada se abre en brutal agresión. Así pues, la tensión dramática sube un grado más en la escala de la imposible convivencia.

Además de los centros apuntados, que tienen una función de exposición, nudo y desenlace —aunque el desenlace no pueda ser aún definitivo—, hay otros núcleos de singular importancia: la aparición del sueño premonitorio que viene a confundir en la vigilia el estado de ánimo de la chica, y la pintura descarnada y naturalista de las otras jóvenes que se manifiestan de forma antitética según estén en presencia de las familias o estén a solas o incluso frente a otros chicos.

El capítulo sexto que, al principio, parece una desviación del tema principal, es una nueva vuelta de tuerca más aplicada a la vida de los intrusos. El capítulo se abre de manera impresionista con la detección de un rumor misterioso que resulta ser el que procede de la escuela de don Joaquín. La pintura de un día de escuela en la huerta a cargo de un maestro que no tenía título de tal aparece salpicada de elementos esperpénticos como la burla de los gorriones y demás pájaros humildes, libres momentáneamente de la persecución infantil, y el retrato grotesco del maestro en una doble vertiente: la del lenguaje incomprensible para los niños, y lo ridículo de su indumentaria.

Hay un intermedio de holganza con la aparición del tío *Tomba* con sus hazañas exageradas.

Y finalmente la venganza de los niños y la desgracia de Pascualet.

El capítulo séptimo sirve de colofón al anterior: se adivina la muerte del niño al producirse la del rocín, el indispensable y querido «Morrut». (Se repite el tema del caballo muerto y se impone la adquisición de otro.) Esta vez el préstamo no es oneroso, porque los hijos de don Salvador necesitan que a Batiste le vayan bien las cosas para romper el maleficio de las tierras.

A su llegada a Valencia hay dos cuadros de sabor costumbrista muy oportunamente insertados en la acción principal:

La rápida descripción de las barberías al aire libre, barberías de los pobres.

Y la trata de bestias de labor a cargo de los gitanos que desarrollan su labia del regateo y el embuste. Incluso entre los animales hay castas, hasta lo despreciable puede tener para alguien su utilidad.

Batiste vuelve orgulloso de su compra, pero poco le dura su alegría. Cuatro elementos contribuyen a su desmoronamiento:

Contempla a Pascualet muy enfermo y presiente su muerte.

Mientras estaba en presencia del enfermo, le hieren a traición al caballo.

Su cólera se vierte en insultos contra *Pimentó* y en puñetazos estériles contra su barraca. Pero los insultos se deshacen en impotencia de llanto infantil.

Aparición misteriosa del tío *Tomba*, con el campanilleo de su rebaño, que tiene ecos del más allá. Batiste se debate entre la idea del suicidio y la lucha inhumana por sacar a flote a los suyos. Aunque se impone el afán de supervivencia, las palabras agoreras del ciego adivino suenan a mazazo irremediable sobre la esperanza.

El capítulo octavo es una auténtica pieza maestra en el conjunto novelesco. La muerte de Pascualet es una clara antítesis con respecto a los capítulos anteriores. Toda la huerta —utilizamos a conciencia la reiterada metonimia preferida por el novelista— se siente culpable, ya que su odio hacia el intruso ha causado la muerte del más desvalido, de un inocente. Así pues, la marejada del odio colectivo que mantenía a distancia a los forasteros hostilizándolos sin descanso, cesa

26

repentinamente para convertirse en necesidad de reparar una culpa o, a veces, en simple curiosidad por acercarse al dolor de los otros; pero incluso la curiosidad, aunque no sea el sentimiento más noble, es una forma primitiva de acercamiento.

El capítulo, muy rico en su trazado sicológico y estilístico, tiene como principales elementos estructuradores éstos:

Remordimiento de los huertanos, que los acerca a la barraca de Batiste y dolor aniquilador de la conciencia de parte de la familia Borrull.

Iniciativa de Pepeta, que se crece incluso ante su esposo y se erige en centro de la situación.

El ceremonial de la muerte es llevado a cabo con infinito mimo por Pepeta siguiendo una costumbre ancestral. El embellecimiento del «muertecito», que puede retrotraernos a la ninfa degollada entre la hierba verde (en la *Tercera Égloga* de Garcilaso) o anticiparnos las muertas hermosas de García Márquez o de Isabel Allende, tiene, sobre todo por su pincelada esperpéntica, un punto de conexión estrecha con *Fiesta al Noroeste* o *Los hijos muertos* de Ana María Matute. La guirnalda de flores y la pincelada de bermellón sobre la boca da ese toque de extravagancia caricaturesca a juicio de la mirada estética del autor implícito, lo que no impide el convencimiento de las labradoras de que la hermosura del tocado embellece al muerto y lo prepara para su último viaje al fin del cual habrá de encontrarse con Dios. La visita de don Joaquín está hecha de dos elementos contradictorios: diagnóstico lúcido acerca de las gentes que serían distintas si tuvieran instrucción y solemnidad grotesca en la elección del lenguaje.

Dos motivos contrapuestos se funden y dialogan en el cortejo fúnebre: el dolor desgarrado de madre e hija y más desgarrado aún en el largo aullido del perro, que adquieren resonancias de tragedia clásica, y la procesión gozosa donde la primavera irrumpe con la fuerza de su savia para desafiar a la muerte, tal como sucede en otras novelas de Blasco como en *Sangre y arena* o en el desenlace de *Los cuatro jinetes del Apocalipsis*. La música acompañante es también regocijada y torpe, pero, ¿qué se puede esperar de unos músicos aficionados, devotos, además, de la taberna de *Copa*?

El final del capítulo es —como de costumbre— climático: Batiste despierta de su torpor y ve primero con esperanza el cambio operado en la vega, pero al darse cuenta de que tal cambio le ha costado un precio demasiado alto, prorrumpe en un grito de desesperación que conmueve a la naturaleza circundante.

El capítulo noveno marca el principio del fin. El novelista se recrea en la visión exuberante de la vega. Vuelve a repetirse el motivo de la Arcadia que más atrás se había calificado de «moruna». En mitad de la plenitud de la naturaleza Batiste se siente orgulloso de sus logros tras las duras pruebas arrostradas.

Como subtema de la paz satisfecha y armoniosa, la complacida estampa de Teresa que cuenta sus ahorros con la esperanza de que algún día le sirvan para librar a sus hijos de quintas.

La Arcadia descrita tiene dos luces de fiesta: una aludida en simple trazo, la del baile al que asisten Roseta y otros jóvenes en una alquería y la fiesta principal, basada en la descomunal apuesta entablada entre *Pimentó* y los hermanos Terrerola[10] con la expectación de casi toda la huerta. El propio Batiste acude también al antro temido y odiado en otro tiempo, creyendo que la paz durará siempre.

Descripción minuciosa de la taberna de *Copa* que, curiosamente, había estado omnipresente, pero que no conocíamos. La larga descripción se justifica por su papel transcendental en la novela:

El asombro de Batiste, quien nunca ha estado allí.

La opulencia de *Copa*, quien se mantiene al margen de los hechos porque ha demostrado en numerosas ocasiones ser el más valiente y el mayor consumidor de alcohol de su establecimiento.

La presencia de un escenario en el que han consumido sus vidas y sus frustraciones tantos labradores. Escuela en aquella época en la que se forjaba el temple de los hombres y el

---

[10] La apuesta anticipa el pulso sostenido durante días en *El viejo y el mar* de Hemingway. Todavía vive Gregorio Fuentes, el exmarino cubano que fue amigo e inspirador del escritor norteamericano.

único lugar que los pobres tenían para encontrar esparcimiento.

Y por fin, el clima de tensión embriagante que embota las conciencias y sirve de detonante para pulverizar la paz ilusoria.

El final del capítulo sigue siendo climático: ya no hay escapatoria.

El capítulo décimo está todo él plagado de una tensión insostenible. Como buen hijo de los campos, Batiste no se engaña: la huerta se ha cerrado unánime sobre él y, al menor descuido, hará su justicia.

Se insiste nuevamente en la desconfianza de los huertanos ante la guardia civil: cuando van a investigar los hechos, el propio *Pimentó* inventa una mentira para zafarse del interrogatorio.

La familia de Batiste tiene que replegarse, como un caracol, en su barraca; el padre es el único que sale, acompañado siempre de su escopeta, con ella en su poder se siente seguro frente a todos juntos.

La cacería de golondrinas en el barranco de Carraixet es un remanso, pronto hecho trizas, de la tensión insoportable. Acecho, emboscada y cacería atroz.

Tras una noche de fiebre y un día de acecho, por una serie de indicios, Batiste sabe la muerte de *Pimentó.*

En la segunda noche el novelista, en posesión de todo su poderío expresivo, nos transmite el clima de angustia que puebla la pesadilla de Batiste, entrecruzada de momentos de lucidez. La pugna en el subconsciente se centra en dos aspectos: la crueldad y sed de venganza de *Pimentó* y el remordimiento de Batiste que, sin embargo, aun en la nebulosa del sueño sabe que no tenía alternativa.

Al final la realidad del incendio aclara el infierno imaginado en el sueño y el personaje sale de su ataraxia.

La visión dantesca se prolonga en la realidad, de modo especial, con la fuga de los animales convertidos en hogueras despavoridas. La petición de socorro se estrella contra la cerrazón de las viviendas, que son una muralla infranqueable.

Hay una denuncia de tipo social que parece estar hecha por el autor implícito, aunque sea compartida por el propio personaje: «El pan, cuánto cuesta ganarlo y cuán malos hace a los hombres.» Este testimonio de protesta y de justificación empalma con el final de *Flor de mayo* —aunque allí se trata del permanente riesgo al que se exponen los pescadores en su subsistencia— y con *La bodega,* donde por dos veces aparece la dramática frase de Cropotkin: «la conquista del pan».

Una resignación fatalista —también de raíz árabe— da fin a la novela que, sin embargo, no tiene un desenlace cerrado, aunque tampoco sea de signo optimista.

LENGUAJE, ESTILO Y MODALIZACIÓN

Siempre se ha dicho que Blasco Ibáñez escribía torrencialmente, sin cuidarse demasiado de la gramática y se ha llegado a afirmar que su sintaxis es floja y desmañada. Hay que puntualizar que la escritura de Blasco es torrencial e intuitiva, pero sus frases están perfectamente construidas y, según la ocasión lo requiera, su prosa es sencilla y de comunicación inmediata, pero en otros momentos calcula muy bien los efectos musicales que pretende conseguir. Como ya hemos comprobado sus innumerables descripciones nunca son gratuitas ni tributo a una moda de época, ya que están muy bien meditadas y estructuradas. Las abundantes descripciones —naturalistas, impresionistas o sicológicas— siempre tienen una intención que las sobrepasa, viniendo a ser, la mayor parte de las veces, anticipos simbólicos de los hechos clave o subrayado fuerte de lo que está sucediendo entonces. (Recuérdense el despertar de la huerta, la pintura de las tierras abandonadas, el ceremonial de la muerte o el cortejo fúnebre, la abundancia de la vega en San Juan, la cacería fantasmal y la estremecedora pesadilla en la que se tocan las dos riberas —la de la realidad y la del sueño febril— si bien en estas dos últimas estén muy mezcladas descripción y narración.) El regodeo en la descripción de la taberna de *Copa* —por largo tiempo aplazada— se sitúa en el momento justo de la novela cuando el escenario del regocijo se convierte, por obra de la imprudencia y del torpor de embriaguez que lo domina, en el escenario del odio refrenado, pero que

30

siempre ha estado en la mente de todos, como una herida que se cierra en falso.

También hemos señalado frecuentes rasgos esperpénticos anticipadores del arte de Valle-Inclán.

Menos los personajes ciudadanos, que son castellano-parlantes, don Joaquín y su mujer, que proceden de la difusa «churrería» —término con que los huertanos designan cualquier lugar donde no se habla el valenciano— y las gentes que se dedican a la prostitución —las cuales deben hablar con acento andaluz— o, claro está, los que son gitanos, como los tratantes de caballos, todos los demás hablan valenciano; y para que su forma de hablar resulte convincente, Blasco usa un recurso muy eficaz: intercalar alguna palabra en valenciano en esquemáticos diálogos o realizar la adaptación de lo que opinan o dicen a un estilo indirecto libre que él utiliza por esta razón con toda eficacia y sistematización[11].

El estilo indirecto libre tiene a veces retoques consistentes en el empleo de una interjección o de una traducción castellana en la que se trasparenta el calco semántico del valenciano. De las numerosas muestras de la novela citemos éstas: *Barret* es el que piensa con repentina rebeldía frente a la injusticia de las leyes:

> ¿Por qué no eran suyos los campos? Todos sus abuelos habían dejado la vida entre aquellos terrones; estaban regados con el sudor de la familia; si no fuera por ellos, por los *Barret,* estarían las tierras tan despobladas como la orilla del mar... y ahora venía a apretarle la argolla, a hacerle morir con sus recordatorios, aquel viejo sin entrañas que era el amo, aunque no sabía coger un azadón ni en su vida había doblegado el espinazo... ¡Cristo! ¡Y cómo arreglan las cosas los hombres!... (pág. 82).

---

[11] Don Salvador habla en valenciano con sus arrendatarios, pero al borde de la muerte y dominado por el terror, se olvida de esta lengua y le brota la lengua nativa de sus pensamientos: el castellano. También el tío *Tomba,* que ha corrido mundo, es capaz de hablar en castellano con don Joaquín, por deferencia hacia él usando, a veces, un francés estropeado al rememorar su estancia en el vecino país.

Cuando el desahucio ya se ha producido interviene *Pimentó,* quien usa el valencianismo «rollo» por pan; aunque este vocablo es lo más evidente, se trasluce también sin esfuerzo el modo de pensar en valenciano (pág. 86).

Aunque lo más frecuente es la existencia del narrador omnisciente, si bien tratado con modernidad, ya que se acerca al alma de diversos personajes en un perspectivismo múltiple que caracterizaremos rápidamente, lo que nos interesa ahora es apuntar también la presencia del autor implícito, aquel que juzga, descifra o ironiza sobre pensamientos y hechos. Por su importancia en la novela señalaremos tres momentos, sin perjuicio de poner alguna nota sobre el texto cuando lo estimemos interesante. La fatigosa labor del tío *Barret* se acrecienta enormemente con la muerte de su rocín. Entonces aparece esta pincelada de sarcasmo acompañada de estilo indirecto libre:

> Pero la Providencia, que nunca abandona al pobre, le habló por boca de don Salvador. Por algo dicen que Dios saca muchas veces el bien del mal.
>
> El insufrible tacaño, el voraz usurero, al conocer su desgracia le ofreció ayuda con bondad paternal y conmovedora. ¿Qué necesitaba para comprar otra bestia? ¿Cincuenta duros? Pues allí estaba él para ayudarle, para demostrar cuán injustos eran los que le odiaban y hablaban mal de él.
>
> Y prestó dinero a *Barret,* aunque con el insignificante detalle de exigirle una firma —los negocios son negocios— al pie de cierto papel en el que se hablaba de interés, de acumulación de réditos y de responsabilidad de la deuda, mencionando para esto último los muebles, las herramientas, todo cuanto poseía el labrador en su barraca, incluso los animales del corral (págs. 80-82).

El segundo pasaje se refiere al ceremonial de la muerte del «albaet». Pepeta y las huertanas creen que el niño queda hermoseado en su atavío de flores, pero el autor implícito juzga el triste resultado:

> Aún no estaba todo: faltaba lo mejor, la guirnalda, un bonete de flores blancas con colgantes que pendían sobre las

orejas; un adorno de salvaje, semejante al de los indios de ópera. La piadosa mano de Pepeta, empeñada en terrible batalla con la muerte, tiñó las pálidas mejillas de rosado colorete; su boca, ennegrecida por la muerte, reanimóse con una capa de encendido bermellón, y en vano pugnó la sencilla labradora por abrir desmesuradamente sus flojos párpados. Volvían a caer cubriendo los ojos mates, entelados, sin reflejo, con la tristeza gris de la muerte.

¡Pobre Pascualet!... ¡Infeliz *Obispillo!* Con su guirnalda extravagante y su cara pintada estaba hecho un mamarracho (pág. 182)[12].

El tercer pasaje se sitúa al final de la novela donde el autor comenta —con gran eficacia, esta vez por su conciso sarcasmo— la venganza inútil de los huertanos, pues todos a la postre resultan vencidos:

¡Adiós, *Pimentó!* Te alejabas del mundo bien servido. La barraca y la fortuna del odiado intruso alumbraban con alegre resplandor tu cadáver mejor que los cirios comprados por la desolada Pepeta, amarillentas lágrimas de luz (pág. 226).

El estilo está plagado de comparaciones y de personificaciones que vitalizan el relato, a alguna de las cuales ya nos hemos referido en páginas anteriores. También queremos insistir en la aparición de la sinestesia, figura clave del Modernismo, pero que no se prodiga mucho en prosa a no ser en la prosa poemática de un Gabriel Miró, de un Valle-Inclán o más tarde en Ana María Matute.

Pero por encima de estos aciertos parciales es la antítesis el recurso primordial porque es el motor auténtico de la novela. Repasemos algunas:

La barraca queda enmarcada entre dos amaneceres de signo opuesto: la abundancia de la tierra que se ve como bendición de Dios e incita a la vida, y el rojo amanecer del incendio donde la devastación invita a la fuga que, presumiblemente, ya no logrará el bienestar para los fugitivos. Tampoco los huertanos pueden estar muy contentos de su proceder. Al

---

[12] La presencia frecuente del autor implícito es la tradicional acusación a Blasco Ibáñez de que no deja en libertad a sus personajes.

comienzo el personaje colectivo era solidario frente a los amos, después de lo sucedido la solidaridad será estéril.

Los antepasados de *Barret* labraron la tierra con su sudor, pero los amos eran comprensivos y la tierra producía lo necesario; luego, toda la ruina de *Barret* y la de los suyos.

El odio de toda la huerta va causando estragos en la familia de Batiste hasta llegar a la muerte del inocente. En la muerte, el odio, sabiamente administrado, se repliega en remordimiento y se produce un periodo de paz. Y en San Juan, cuando todo estaba preparado para la fiesta, se desencadena el drama.

Por fin hay abundantes antítesis sicológicas, unas permanentes, otras evolutivas. Entre las permanentes citaremos dos estrechamente unidas: Pepeta, débil y anémica, tiene una voluntad de hierro y es la más trabajadora de la huerta; su marido, en cambio, es el más forzudo y holgazán, dejándose mantener por la esposa.

Entre las antítesis evolutivas o circunstanciales enumeraremos tres: la de *Barret*, la de Batiste y la de su hija Roseta; los tres personajes son pacíficos, pero ante la injusticia se yerguen con toda la fiereza moruna.

La antítesis simbolizadora de la luz y la oscuridad cruza la novela toda con su red proliferante de connotaciones. La luz —además de su mediterraneidad— representa la vida, la alegría, el dinamismo, la confianza y el trabajo. La oscuridad, el acecho, la amenaza, el misterio, que también puede estar habitado por la superstición. Pese a que las ruinas de las tierras de *Barret* sean una bandera de hermandad, ello no impide a las almas sencillas —como la de Pepeta— experimentar ante ellas un temor atávico:

> Aquella ruina apenaba el ánimo, oprimía el corazón. Parecía que del casuco abandonado iban a salir fantasmas en cuanto cerrase la noche; que de su interior partían gritos de personas asesinadas; que toda aquella maleza era un sudario que ocultaba centenares de trágicos cadáveres (pág. 72).

Y el temor ahuyenta a los pájaros incluso dando a esta huida una doble interpretación posible, la directa y realista o la simbólica:

> Hasta los pájaros huían de aquellos campos de muerte, tal vez por temor a los animaluchos que rebullían bajo la maleza o por husmear el hálito de la desgracia (pág. 72).

Si se nos pidiera resumir toda la novela en un solo sintagma lo haríamos con éste: «el hálito de la desgracia» símbolo que junta el pasado al futuro aniquilando la ilusoria paz del presente y cruce de culturas y de mundos: el helénico y el árabe, aunque con mayor inflexión sobre éste debido a los orígenes más inmediatos y a las referencias múltiples a lo arábigo que aparecen en la obra y, por supuesto, porque el destino no es fruto de la venganza de algún dios, sino de unas circunstancias.

De entre los numerosos recursos expresivos de *La barraca* queremos resaltar por su acierto sicológico y estético estas dos muestras estrechamente vinculadas por la turbación de Batiste tras haber sido condenado por el Tribunal de las Aguas. El primer fragmento es una personificación llena de dinamismo:

> La sed de su trigo y el recuerdo de la terrible multa eran dos feroces perros que se agarraban a su corazón. Cuando el uno, cansado de morderle, iba durmiéndose, llegaba el otro a todo correr y le clavaba los dientes (pág. 118).

El segundo es un largo símil entrecruzado de antítesis, sinestesia y personificación:

> Y como los náufragos agonizantes de hambre y sed, que en sus delirios sólo ven interminables mesas de festín y clarísimos manantiales, Batiste veía confusamente campos de trigo con los tallos verdes y erguidos y el agua entrando a borbotones por las bocas de los ribazos, extendiéndose con un temblor luminoso, como si riera suavemente al sentir las cosquillas de las tierras sedientas (pág. 119).

EL PERSPECTIVISMO MÚLTIPLE

Aunque el protagonista de la novela sea Batiste, el narrador acerca su foco de atención y de comprensión hacia muchos otros personajes según el transcurso de la acción así lo haga conveniente. El narrador, que es omnisciente, se acerca más a sus personajes cuando adopta el estilo indirecto libre —o incluso libre personalizado—; con tal técnica son privilegiados Roseta, al estudio de cuyas sensaciones y reacciones se dedica buena parte del capítulo quinto, a Pepeta, protagonista del capítulo primero y que desempeña un destacado papel en el ceremonial lúgubre de Pascualet y el tío *Barret,* personaje central del segundo capítulo. El autor ha puesto mucho afecto en la exploración sicológica de Roseta.

Pero aún hay más: determinados animales se personifican y el narrador se aproxima a sus sensaciones: tal sucede con la vaca de Pepeta, que siente añoranza por dejar su establo o con los gorriones que se burlan del encierro de los niños —sus eternos enemigos— en la escuela de don Joaquín; ante la cantilena de los escolares reaccionan los pájaros:

> Y los gorriones, los pardillos y las calandrias, que huían de los chicos como del demonio cuando les veían en cuadrilla por las sendas, posábanse con la mayor confianza en los árboles inmediatos, y hasta se paseaban con sus saltadoras patitas frente a la puerta de la escuela, riéndose con escandalosos gorjeos de sus fieros enemigos al verles enjaulados, bajo la amenaza de la caña, condenados a mirarlos de reojo, sin poder moverse y repitiendo un canto tan fastidioso y feo (pág. 144).

En estos casos la perspectiva de acercamiento está llevada a cabo por el narrador implícito que es quien juzga o adivina.

El espacio y el tiempo

La acción transcurre en la huerta próxima a Alboraya, pueblo renombrado por su cultivo de chufa, de la que se extrae la horchata. La comunicación con la cercana Valencia es diaria para los que tienen que vender sus productos en la ciudad, la cual es vista con hostilidad porque allí viven los que los explotan con sus exagerados arriendos o los que los desprecian o ignoran ya que no son conscientes del rudo trabajo a brazo partido con la tierra, que si es feraz, exige muchos desvelos y constancia. Pero el espacio novelesco no es un escenario estático en el que el narrador se recrea más o menos justificadamente, sino que el paisaje está poblado por gentes que actúan sobre él y por él también son modeladas en comportamiento, ideas y prejuicios.

La huerta es un laberinto de senderos y de barracas que sirven de refugio al indígena, pero que es hostil para el forastero. Pueblo ignorante e iletrado tiene un respeto sagrado hacia la propiedad y un concepto primario y directo de la justicia. Sometido en apariencia tiene un temperamento fogoso heredado de los árabes en opinión del narrador.

Esta sociedad primitiva es fuertemente patriarcal; como le sucede a Batiste, el hombre prefiere el miedo o el respeto de los hijos y de sus mujeres, que el verdadero cariño que dictan la confianza y la igualdad. Los valores dominantes son el trabajo y el honor; las lacras, el alcoholismo y la brutalidad que, en ocasiones, puede conducir al crimen. No sólo de crímenes reivindicativos se habla en la obra, sino también de asesinatos de jóvenes que tienen un halo legendario ligado a una magia curativa de la que se benefician los ricos.

Las mujeres están sometidas a un doble yugo implacable: de obediencia al marido y de un trabajo que puede llegar a ser sobrehumano. En cuanto a las chicas tienen una doble moral: tímidas y pudorosas en la intimidad del hogar, audaces y deslenguadas, provocadoras fuera de él, sobre todo actuando en grupo.

La ciudad de Valencia no tiene el protagonismo de *Arroz y tartana*, pero siempre se divisa como telón de fondo y aunque no se detallen mucho los lugares, quedan aludidos el Mercado, el Puente del Mar, donde estaba el fielato, la plaza de la Virgen donde todos los jueves, ante la puerta de los Apóstoles aún funciona el Tribunal de las Aguas, aunque ahora esté menos concurrido y haya cambiado ligeramente la hora, pues la sesión se abre a las doce. Las Alameditas de Serranos, donde existían las barberías de pobres y el cauce del río —hoy totalmente seco— para la trata de caballos y otras bestias de labor. Tampoco hay que olvidar el barrio de Pescadores situado entre la Bajada de San Francisco —que

37

sirvió de base para la actual plaza del Ayuntamiento— y la calle Lauria. Era un dédalo de callejuelas pestilentes muy distintas a las que ennoblecieron la prostitución en el siglo XV.

El tiempo de la novela viene marcado por el ciclo natural de la cosecha, es decir: la acción inicial se sitúa en otoño, cuando Batiste llega a las tierras abandonadas, las rescata para el cultivo y consigue segar el trigo en las proximidades de San Juan. Este tiempo exterior se articula en tres ejes:

Desde el otoño hasta la primavera el odio genera en torno a la familia una isla de soledad y de incomunicación y una amenaza permanente para expulsarla del lugar.

En la primavera se produce la muerte del niño, que dará paso a una actitud de concordia inspirada por un sentimiento de culpabilidad.

En San Juan la tregua se rompe y la guerra será ya sin cuartel.

En el doble incendio del verano valenciano acaba la obra[13].

Éste es el tiempo exterior de la novela porque, como ya hemos visto, el capítulo segundo se desarrolla diez años antes con referencias esporádicas a los antepasados de *Barret*.

Al final del primer capítulo también se alude al pasado desdichado de Batiste, quien pasó por varios oficios y llegaba a la huerta de Alboraya desde las tierras de Sagunto, donde ya se padecían cuatro años de sequía.

En la charla del viejo *Tomba* se recuerdan los años de su mocedad como guerrillero allá por 1812.

Las partes del día más destacadas por su valor simbólico son el amanecer y el anochecer, entre los que se enmarca el tiempo del trabajo. Las noches tienen también magnitud de acontecimiento por los trabajos a tientas realizados por Pepeta y *Barret* y, sobre todo, por la rebelión de Batiste frente a la prohibición de regar sus tierras y las dos últimas noches de la novela hechas de fiebre y muerte. También es de noche cuando muere el albaet, de noche es cuando Roseta tiene su primer sueño de amor y de desdicha.

---

[13] Del otoño a la primavera va el tiempo esencial de la conquista amorosa en *Entre naranjos*.

EL IMPRESIONISMO DE LAS SENSACIONES

El crítico Michael Gerli[14] ha estudiado en un penetrante artículo el impresionismo cromático de algunos pasajes de *Flor de mayo;* esta forma de contemplar la realidad en su instantaneidad la atribuye a la influencia recibida de su amigo el pintor Joaquín Sorolla. No vamos a discutir aquí si se trata de una influencia o no, porque en cualquier caso los lenguajes son tan distintos que, en el supuesto de que hubiera algún tipo de influjo, se trataría más bien de una transformación, ya que son instrumentos de expresión diferente el pincel y la pluma. De todos modos, el impresionismo de Blasco no se queda en lo visual, sino que se introduce en otro tipo de sensaciones como las auditivas, sobre todo, pero también olfativas, sinestésicas y sensaciones internas. La exploración de este ámbito nos ocuparía demasiado espacio, por lo que vamos a contentarnos con el análisis de tres pasajes importantes. El primero ha sido aludido más de una vez, con diferentes motivos; se trata del despertar de la huerta:

> Desperezábase la inmensa vega bajo el resplandor azulado del amanecer, ancha faja de luz que asomaba por la parte del mar[15].
> Los últimos ruiseñores, cansados de animar con sus trinos aquella noche de otoño que por lo tibio de su ambiente parecía de primavera, lanzaban el gorjeo final como si les hiriera la luz del alba con sus reflejos de acero[16] [...].
> Apagábanse lentamente los rumores que poblaban la noche: el borboteo de las acequias, el murmullo de los cañaverales, los ladridos de los mastines vigilantes (pág. 61).

En la escala descendente del sonido hay una trimembración imperfecta —voluntariamente imperfecta— y dos ono-

---

[14] «"Flor de Mayo", Sorolla y el impresionismo», *Iberoromania,* New series, I, 1, 1974.

[15] Van Gogh llamó al Mediterráneo el «reino de la luz».

[16] Este estertor primoroso de luz y de música parece anticipar uno de los pasajes mejores de *Entre naranjos.*

matopeyas que, aunque lexicalizadas, son oportunas al pautar los diversos ruidos.

> Despertaba la huerta, y sus bostezos eran cada vez más ruidosos. Rodaba el canto del gallo de barraca en barrrraca (pág. 61).

La aliteración de la «r» no intenta describir el canto, sino destacar cómo se produce la propagación de éste.

> Los campanarios de los pueblecitos devolvían con ruidosas badajadas el toque de misa primera que sonaba a lo lejos, en las torres de Valencia, azules, esfumadas por la distancia (págs. 61-62).

Esta difuminación de campanas nos trae a la mente la alegría festiva de la suite *Iberia* de Debussy. No importa si nuestra asociación de impresiones es demasiado subjetiva en este caso, puesto que, al fin y al cabo, estamos hablando de impresionismo.

> El espacio se empapaba de luz; disolvíanse las sombras como tragadas por los abiertos surcos y las masas de follaje, y en la indecisa neblina del amanecer iban fijando sus contornos húmedos y brillantes las filas de moreras y frutales, las ondulantes líneas de cañas, los grandes cuadros de hortalizas semejantes a enormes pañuelos verdes, y la tierra roja cuidadosamente labrada.
> En los caminos marcábanse filas de puntos negros y movibles como rosarios de hormigas, que marchaban hacia la ciudad. Por todos los extremos de la vega sonaban chirridos de ruedas, canciones perezosas interrumpidas por el grito arreando a las bestias, y de vez en cuando, como sonoro trompetazo del amanecer, rasgaba el espacio un furioso rebuzno del cuadrúpedo paria, como protesta del pesado trabajo que caía sobre él apenas nacido el día (pág. 62).

Los chirridos de carros o de puertas aparecen varias veces así como las canciones de las chicas en el trabajo y en la iglesia.

El segundo pasaje lo constituye el arranque del capítulo noveno, en el que nos presenta la tierra en la plenitud de San

Juan; en este pasaje que podríamos calificar metafóricamente de preludio en sol mayor, todos los sentidos componen un himno a la vida con toques de pasión, de ternura y de un refinamiento suntuario y sagrado.

En el tercer pasaje, Batiste se siente desesperado cuando está a punto de morir su hijo y acude a la barraca de su enemigo para matarlo: alguien estaba en la puerta. La ceguera de la cólera y la penumbra crepuscular no le permitieron distinguir si era hombre o mujer:

> —¡Pimentó!... ¡Lladre! ¡asómat!
> Y su voz le causaba extrañeza, como si fuera de otro. Era una voz trémula y aflautada[17], aguda por la sofocación de la cólera (pág. 172).

> Creyó Batiste oír gritos ahogados de mujer, un rumor de lucha, algo que le hizo suponer un pugilato entre la pobre Pepeta deteniendo a *Pimentó*, que quería salir a contestar los insultos (pág. 172).

> Iba a caer al suelo apoplético, agonizante de cólera, asfixiado por la rabia; pero se salvó, pues de repente, las nubes rojas que la envolvían se rasgaron, al furor sucedió la debilidad, vio toda su desgracia, se sintió anonadado (pág. 173).

> Allí lloró y lloró, sintiendo con esto un gran bien, acariciado por las sombras de la noche, que parecían tomar parte en su pena, pues cada vez se hacían más densas, ocultando su llanto de niño (pág. 173).

El campanilleo del tío *Tomba* con su rebaño se presenta misteriosamente y acercándose poco a poco. El doliente padre interpreta este sonido que no reconoce con una pincelada de poética religiosidad primitiva:

> Oíase en el camino un lento campanilleo que poblaba la oscuridad de misteriosas vibraciones. Batiste pensó en su pequeño, en el pobre *Obispo*, que ya habría muerto. Tal vez aquel sonido tan dulce era de los ángeles que bajaban para

---

[17] Lo mismo le sucede a Maximiliano Rubín en *Fortunata y Jacinta* al enfrentarse con Juanito Santacruz.

llevárselo, y revoloteaban por la huerta no encontrando su pobre barraca (pág. 174)

El campanilleo sonaba junto a él y pasaban por el camino bultos informes que su vista turbia por las lágrimas no acertaba a definir. Sintió que le tocaban con la punta de un palo, y levantando la cabeza vio una escueta figura, una especie de espectro que se inclinaba hacia él (pág. 174).

Los personajes

El protagonista de la obra es Batiste —ser marcado por el sello inconfundible de la desgracia— y el antagonista es el conjunto de huertanos que ven arruinados sus escasos privilegios con la llegada del intruso; si bien de la masa hostil se destaca un líder, *Pimentó,* que carga sobre sus espaldas de matón la responsabilidad de dar un escarmiento al atrevido. Blasco Ibáñez, experto conocedor y agitador de masas, la usa según el transcurso de los hechos lo aconseja. Pero en general la mantiene a una prudente distancia, emboscada y vigilante, pero delegando su justicia en el personaje escogido. Más tarde veremos su comportamiento en grupos compactos o fragmentado en sexos y en edades.

Hay algunos personajes secundarios que logran en algún capítulo o fragmento un relieve especial: tal sucede con Pepeta, Roseta, don Joaquín y el tío *Tomba* o el tío *Barret*.

Batiste

Parece una geminación del tío *Barret,* con el que comparte su sino y su temperamento que, de pacífico y sufrido, pasa a la violencia del crimen, espoleado por las circunstancias. Pero difiere esencialmente de él por su condición de forastero que viene a romper con su sola presencia el pacto de solidaridad huertana. Batiste es, pues, un héroe contradictorio ya que pertenece a los de abajo y, sin embargo, traiciona a su clase, por el simple motivo de querer defender su derecho a la subsistencia. Sabiéndose rechazado hubiera podido huir

42

del cerco como antes hicieron otros; pero no lo hace por dos motivos: la larga situación de penuria por la que atraviesan él y su numerosa familia le impulsa a aceptar las espléndidas condiciones de arrendamiento que le proponen los hijos de don Salvador. Y su tenacidad de valiente que le lleva a luchar contra la adversidad al límite de sus fuerzas. Esta fuerza tenaz y desafiante, propia de muchos seres desheredados y esclavos del trabajo la poseía también el propio Blasco, que nunca se arredró ante un duelo o incluso —como haría en 1909— enfrentándose con arrogante ademán y elocuencia apasionada a un numeroso público en Santiago de Chile; idéntica actitud adoptó en 1915 en Barcelona ante una masa de germanófilos que lo amenazaban con insultos y piedras.

Quién sabe en qué medida se proyectaría el recuerdo de Batiste sobre el propio Blasco a la hora de emprender su labor colonizadora en Argentina. Aunque los móviles fueran diversos, el proceso y los resultados en ambos casos no diferirían mucho.

El esfuerzo sostenido de Batiste —con la ayuda de los suyos— le hace triunfar en su tarea de dar esplendor a las tierras abandonadas. La tierra, una vez librada de abrojos y sabandijas, da mejores frutos debido a su largo y forzoso descanso. La barraca resplandece más que en los tiempos de su antiguo propietario, pues no en balde Batiste es más joven y la ayuda de sus familiares es más eficaz.

En sus enfrentamientos con *Pimentó* siempre sale victorioso, tan solo es derrotado por las mentiras del atandador ante el famoso Tribunal de las Aguas. Su amor a la verdad y a la justicia le lleva a no callarse ante el tribunal, y después de un largo día de ensimismamiento y de impotencia ante el fallo injusto, decide afrontar el riesgo de que le corten el agua para siempre, pero dar a beber a sus campos. El hecho de poseer una escopeta y un talante aguerrido hacen desistir a *Pimentó* por el momento de denunciarlo de nuevo. La consigna de *Pimentó* es la que siguen los demás: «Calma y mala intención.»

Batiste tiene el defecto de un padre de la época y, por añadidura, iletrado: el autoritarismo. Cuando descubre los amores entre Roseta y el nieto del tío *Tomba*, está predispuesto a darle una paliza a su hija; pues los hijos —y menos las hijas— no tienen derecho a escoger la criatura con la que quieren casarse. No lleva a cabo su amenaza porque otra obsesión más fuerte lo domina entonces. Y cuando las chicas del contorno hieren a Roseta y el propio tío *Tomba* le prohíbe a su nieto el amor a la muchacha, se conmueve de piedad ante la doble desgracia de la hija.

Su compasión por el hijo que está a punto de expirar estalla en un llanto infantil después del desafío a *Pimentó* y del ataque de cólera que está a punto de aniquilarlo.

La piedad impotente le inspira una idea repentina de suicidio, de la que se repone pronto, puesto que tiene que luchar por los que quedan. Tras la muerte del *albaet* y la derrota final lo invade un sopor que se reviste con la forma de la resignación.

Al sentirse como animal acorralado debe actuar con instinto de conservación, ello le hace reaccionar con rápidos reflejos ocultándose con el tronco de un árbol ante la barraca de *Pimentó* o agazapándose entre los cañares en la cacería nocturna, teniendo la precaución de mantener el arma siempre en alto para que no se moje la pólvora en la acequia. Desde luego el sentido que más desarrollado tiene es el del oído, que se afina para percibir cualquier crujido sospechoso.

A pesar de su instinto de conservación una vez, desafiando con altanería todas las leyes de la prudencia le da la espalda a *Pimentó,* con lo que se aumenta su valor, dejando paralizado al enemigo.

Pimentó

El antagonista de Batiste ampara y desarma al tío *Barret* para que no tenga que ir a presidio. Se erige espontáneamente en caudillo de la masa y atemoriza a todos menos a Batiste y al tabernero *Copa.* Siendo el líder de los labradores también presenta una profunda contradicción en su carácter, pues quien defiende la justicia de los pobres es un borracho y fanfarrón que no trabaja y vive a expensas de Pepeta, a la que ignora. Pese a su temperamento machista obedece a Pepeta en dos ocasiones cruciales: cuando es desarmado por ésta para evitar el encuentro con Batiste y cuando contrata a los músicos para que acompañen el cortejo fúnebre de Pascualet.

Su jactancia la explota bien ante su ama cuando va a visitarla las dos veces de rigor en el año, y sabiendo que no le va a pagar, se goza picando tabaco con su enorme navaja con parsimonia de amenaza que es más elocuente que cualquier discurso.

Rehúye todo lo que puede el encuentro directo con Batiste y prefiere dar tiempo al tiempo y esparcir calumnias sobre el enemigo.

Aunque se le califique de caballero andante de la huerta, tal calificación tiene más de ironía que de realidad.

El personaje colectivo

La tensión del acecho a distancia es una constante de *La barraca*. Pero hay momentos en que la masa da la cara, como en la comparecencia de Batiste ante el Tribunal de las Aguas; todos acogen con risotadas la sentencia, incluso una vieja se despega del grupo para jalear la actuación judicial. En el regreso a la barraca va constatando un regocijo generalizado entre los parroquianos de *Copa* y poco después adivina la actitud de burla entre los labriegos que fingen insultarse entre ellos, para insultarle a él, hasta los niños se permiten motejarlo con los insultos de «morralón y chodio».

Otras veces el hostigamiento se produce contra miembros de su familia a cargo de grupos bien diferenciados. Tal sucede en las dos escenas clave que sirven de pórtico a una pasajera reconciliación: la primera tiene lugar en la Fuente de la Reina donde treinta chicas —depositarias del odio heredado de sus familias— arremeten contra Roseta y huyen despavoridas cuando la ven sangrar.

La segunda está protagonizada por los niños de la escuela y culminará con la muerte de Pascualet.

Este hecho parte en dos la novela: las mujeres son las que

primero se apiadan del dolor en el que todos han puesto su granito de veneno, y los hombres y los niños las siguen en su acercamiento a la familia maltratada. En la reconciliación desempeña un papel de primer orden Pepeta, precisamente ella, la que alertó al marido de la llegada de la familia intrusa.

La venganza final es llevada a cabo con toda la premeditación y alevosía de la nocturnidad y el anonimato. El silencio espeso de la huerta y la luz lúgubre que alumbra la barraca de *Pimentó* son una muralla infranqueable ya.

En su confabulación secreta frente a la guardia civil los habitantes de la huerta nos recuerdan el proceder de *Fuenteovejuna*.

Pepeta

Aunque es un personaje secundario lleva las riendas de la novela en el primer capítulo y en el octavo al participar y organizar todos los detalles del atavío funerario. Se trata de un ser paradigmático de tantas mujeres pobres que extraen del sufrimiento y de su debilidad orgánica energías sobrehumanas para sobrevivir y mantener al marido guapo y egoísta, que una vez las sedujo esclavizándolas de por vida.

Es en suma: mujer de cuerpo débil, voluntad de acero y alma compasiva. Aunque le parece lo más degradante la prostitución se compadece de Rosario viéndola caída lo mismo que de la familia odiada.

Roseta

El novelista bucea en el alma adolescente dándonos a conocer sus temores —que oculta con celo ante los suyos— su arrojo en el trabajo y el deslumbrante encuentro con el amor de Tonet, tan tímido y noble como ella.

Cuando se reconoce ya enamorada del muchacho tiene el sueño en el que Tonet se metamorfosea en perro fiel y apaleado. El recuerdo del sueño disparatado proyectó sus efectos estando ella ya despierta, pero el desconcierto que se apodera de ella indica que ha dicho adiós a su niñez:

> Sentíase otra, con distintos pensamientos, como si la noche anterior fuese una pared que dividía en dos partes su existencia.
> Cantaba alegre como un pájaro, mientras sacaba la ropa del arca e iba colocándola sobre la cama, aún caliente, que conservaba las huellas de su cuerpo.
> Mucho le gustaban los domingos, con su libertad para levantarse más tarde, con sus horas de holganza y su viajecito a Alboraya para oír misa; pero aquel domingo era mejor que los otros, brillaba más el sol, cantaban con más fuerza los pájaros, entraba por el ventanillo un aire que olía a gloria: ¡cómo decirlo!... en fin, que la mañana tenía algo de nuevo y extraordinario (pág. 132).

Luego cobra conciencia, con femenino ademán de coquetería, de su cuerpo y, aunque no se envanece en exceso, en el fondo se siente complacida tal como es:

> Y sin saber por qué, se deleitaba contemplando sus ojos de un verde claro; las mejillas moteadas de suaves pecas que el sol hace surgir de la piel tostada; el pelo rubio blanquecino, con la finura desmayada de la seda; la naricita de palpitantes alas cobijando la boca sombreada por un vello de fruto sazonado y que al entreabrirse mostraba una dentadura fuerte e igual, de deslumbrante blancura de leche, con un brillo que parecía iluminar el rostro: una dentadura de pobre (pág. 133).

Enmarcando este retrato se destaca el cuidado con el que se viste sus pobres galas de domingo y peinándose y volviendo a hacerlo, siempre insatisfecha del resultado. Para completar la ceremonia del vestirse citemos este pasaje revelador de unos prejuicios muy extendidos no sólo en la huerta:

> Y se apretaba el corsé como si no le oprimiera aún bastante aquel armazón de altas palas, un verdadero corsé de labradora valenciana que aplastaba con crueldad el naciente pecho, pues en la huerta es impudor que las solteras no oculten

47

los seductores adornos de la Naturaleza, para que nadie pueda pecaminosamente ver en la virgen la futura maternidad (pág. 132)[18].

El amor entre Roseta y Tonet tiene la inocencia y sencillez del primer amor que aún está en agraz, por eso se satisfacen ambos con la compañía apacible sin la punzante ansiedad del deseo.

Los regalos que le hace Tonet a la novia son de dos clases, regalos naturales consistentes en nidos de pájaros y otros humildes, pero que le cuestan caros al pobre empleado de carnicería: cacahuetes y altramuces —las golosinas típicas valencianas de entonces— estas gollerías nos remiten al noviazgo libre de sobresaltos de Juanito y Tonica en *Arroz y tartana*.

Luego, la terrible escena de la Fuente de la Reina ya aludida y la separación forzosa entre los enamorados.

Al final de la obra —en medio de la catástrofe— todavía se preocupa Roseta pudorosamente por cubrir su semidesnudez de la malévola mirada de cualquier huertano.

El tío Tomba

Se ha hecho hincapié en páginas precedentes en su condición de ciego agorero y adivino como en la tradición helénica. También nos hemos referido al hablar del tiempo a su condición de guerrillero contra los franceses a los que —según su verbo hiperbólico— mató sin piedad y en elevado número, número que iba acrecentándose en sus reiterados relatos. Cuesta imaginar a este personaje lúcido y tranquilo despanzurrando franceses sin parar. Creemos que lo más destacado en él —aparte de su poder de adivinación— es su condición de narrador que disfruta recreando o inventando su pasado. También sorprende en él su neutralidad, tal vez sea éste un privilegio de su edad y de su ceguera. Tan solo una vez ejerce su autoridad sobre el nieto para cortar su amor

---

[18] Igual obsesión acusadora acucia a Elvira en *Nuestro Padre San Daniel* y en *El obispo leproso de* Gabriel Miró.

con Roseta, pero entonces actúa impelido por la necesidad, ya que el nieto ha sido despedido por el carnicero de Alboraya.

Don Joaquín

Es un personaje grotesco que se las da de fino y en otro tiempo ocupó una buena posición. La bruma de su pasado y el hablar en castellano acentúan su distancia de los labradores, quienes sienten por él un vago respeto, aunque se olvidan frecuentemente de pagar las lecciones que les da a sus hijos. La distancia con los niños es doble: los reprime duramente con la caña y les habla en un idioma que ellos no comprenden.

Aunque sea grandilocuente y caricaturesco cree en el saber como método de cambiar la sociedad. El desajuste entre maestro y alumnos es una fuente de humor que el novelista no quiere exagerar sino que parece tomada del natural. (Léase el retrato esperpéntico que hace de su atuendo.)

Personificación de animales

Algunos animales, como ya hemos estudiado, se personifican con diversos motivos. Pero hay tres animales que cobran una vida propia y que no queremos pasar por alto. Se trata del caballo de *Barret* que se muere porque no puede permitirse el lujo de rebelarse contra su dueño y ya no puede más con su cansancio, y el perro «Lucero» —llamado así en antítesis pintoresca por lo feo que es— quien aúlla de dolor junto a Teresa y Roseta ante la muerte del niño y querría seguirlo en su camino.

La más conmovedora de todas las estampas es la que nos ofrece *Morrut,* cuya muerte es llorada por toda la familia, en especial por Teresa. En el pasaje que transcribimos el presentimiento de la muerte queda rodeado de una atmósfera dramático-lírica:

Y con la muerte de la pobre bestia creía que quedaba abierta una brecha por donde se irían otros. ¡Señor, que la engañasen sus presentimientos de madre dolorosa; que fuera sólo el sufrido animal el que se iba; que no se llevara sobre sus lomos al pobre chiquitín camino del cielo, como en otros tiempos le llevaba por las sendas de la huerta agarrado a sus crines, a paso lento, para no derribarlo! (pág. 159).

Esta edición

Para esta edición hemos usado la de Prometeo, Valencia, 1919, ya que sin duda fue conocida por el autor. Hemos respetado la puntuación original del texto primitivo, pero hemos actualizado la acentuación para que resulte accesible al lector moderno de cualquier nivel cultural.

Rechazamos de plano la versión de Aguilar, Madrid, 1969, por sus numerosas e inexplicables infidelidades a la edición de Prometeo. El corrector entró a saco en el texto de la novela del que conservó el sentido, pero alteró gran parte de sus frases. Sin intención de ser exhaustivos —no merece la pena— he aquí algunos de los prejuicios del corrector que hemos detectado en el cotejo de ambas versiones: con enorme frecuencia el pretérito imperfecto de indicativo usado por Blasco es sustituido en Aguilar por el perfecto simple, el pluscuamperfecto o alguna perífrasis verbal. Esta corrección casi sistemática elimina el aspecto durativo de la acción verbal.

La forma en «ra» del pretérito imperfecto de subjuntivo es sustituida por la forma en «se».

Las oraciones de relativo son reemplazadas por gerundios y, a veces, el gerundio por oraciones de relativo.

Eliminación de algunos adjetivos como, por ejemplo, «terrible» o «trágico».

Desmontar la frase primitiva sin añadir ningún rasgo digno de tenerse en cuenta.

Como quiera que las correcciones no tienen ninguna base que las justifique ya no es necesario ocuparse de ellas. Tan sólo como muestra compárense las dos descripciones que abren la novela y que transcribimos en dos columnas. Sin necesidad de comentario, el lector puede cotejar fácilmente las diferencias entre ambas versiones:

(Prometeo)

(Aguilar)

I

I

Desperezábase la inmensa vega bajo el resplandor azulado del amanecer, ancha faja de luz que asomaba por la parte del mar.

Los últimos ruiseñores, cansados de animar con sus trinos aquella noche de otoño que por lo tibio de su ambiente parecía de primavera, lanzaban el gorjeo final como si les hiriera la luz del alba con sus reflejos de acero. De las techumbres de paja de las barracas salían las bandadas de gorriones como tropel de pilluelos perseguidos, y las copas de los árboles estremecíanse con los primeros jugueteos de aquellos granujas del espacio, que todo lo alborotaban con el roce de su blusa de plumas.

Apagábanse lentamente los rumores que poblaban la noche: el borboteo de las acequias, el murmullo de los cañaverales, los ladridos de los mastines vigilantes.

Despertaba la huerta, y sus bostezos eran cada vez más ruidosos. Rodaba el canto del gallo de barraca en barraca; los campanarios de los pueblecitos devolvían con ruidosas badajadas el toque de misa primera que so-

Desperezóse la inmensa vega bajo el resplandor azulado del amanecer, ancha faja de luz que asomaba por la parte del Mediterráneo.

Los últimos ruiseñores, cansados de animar con sus trinos aquella noche de otoño, que, por lo tibio de su ambiente, parecía de primavera, lanzaban el gorjeo final como si los hiriese la luz del alba con sus reflejos de acero. De las techumbres de paja de las barracas salían las bandadas de gorriones como un tropel de pilluelos perseguidos, y las copas de los árboles empezaban a estremecerse bajo los primeros jugueteos de estos granujas del espacio, que todo lo alborotaban con el roce de sus blusas de plumas.

Apagábanse lentamente los rumores que habían poblado la noche: el borboteo de las acequias, el murmullo de los cañaverales, los ladridos de los mastines vigilantes.

Despertaba la huerta, y sus bostezos eran cada vez más ruidosos. Rodaba el canto del gallo de barraca en barraca. Los campanarios de los pueblecitos denaba a lo lejos, en las torres de Valencia, azules, esfumadas por la distancia, y de los corrales salía un discordante concierto animal: relinchos de caballos, mugidos de mansas vacas, cloquear de gallinas, balidos de corderos, ronquidos de cerdos; el despertar ruidoso de las bestias, que, al sentir la fresca caricia del amanecer cargada de acre perfume de vegetación, deseaban correr por los campos.

volvían con ruidoso badajeo el toque de misa primera que sonaba a lo lejos, en las torres de Valencia, esfumadas por la distancia. De los corrales salía un discordante concierto animal: relinchos de caballos, mugidos de corderos, ronquidos de cerdos; un despertar ruidoso de bestias que, al sentir la fresca caricia del alba cargada de acre perfume de vegetación, deseaban correr por los campos.

Bibliografía

ALMELA Y VIVES, Francisco, *Valencia y su reino*, Valencia, Mariola, 1965.

BALSEIRO, José A., *Blasco Ibáñez, Unamuno, Valle Inclán, Baroja, cuatro individualistas de España*, Chapel Hill, The University of North Carolina Press, 1949.

BETORET-PARÍS, Eduardo, *El costumbrismo regional en la obra de Blasco Ibáñez*, Valencia, Fomento de Cultura, 1958.

BLASCO IBÁÑEZ, Vicente, *Biobibliografía, Obras Completas*, Madrid, Aguilar, 1969.

BLASCO-IBÁÑEZ TORTOSA, Vicente, «Imagen de mi abuelo», en *Homenaje a Blasco Ibáñez, fundador de «El Pueblo», 1894-1994*, Valencia, *El Mono-Gráfico*, núms. 7-8.

CONTE, Rafael, «Vicente Blasco Ibáñez: Lecciones de un centenario», *Cuadernos hispanoamericanos*, Madrid, 1967.

CUCÓ, Alfons, *Sobre la ideología blasquista*, Valencia, La Unitat, 1979.

GASCÓ CONTELL, Emilio, *Vicente Blasco Ibáñez agitador, aventurero y novelista*, Alcira, Murta, 1996.

GÓMEZ MARTÍ, Pedro, *Psicología del pueblo valenciano según las novelas de Blasco Ibáñez*, Valencia, Prometeo.

GUARNER, Luis, *Valencia, tierra y alma de un país*, Madrid, Espasa-Calpe, 1974.

JUST, Juli, *Blasco Ibáñez i València*, València, Alfons el Magnànim, Institució Valenciana d'Estudis i Investigació, 1990.

LEZCANO ZAMORA, Margarita, «La naturaleza en las novelas del ciclo valenciano de Vicente Blasco Ibáñez», *Cuadernos de Aldeen*, Erie, PA, Mayo-Octubre, 1983.

Los Escritores Españoles, In Memoriam. Libro Homenaje al inmortal novelista Vicente Blasco Ibáñez, Valencia, 1929.

LEÓN ROCA, J. L., *Blasco Ibáñez y la Valencia de su tiempo*, Ayuntamiento de Valencia, 1978.

— *Cómo escribió Blasco Ibáñez «La barraca»*, Valencia, 1978.

— *Vicente Blasco Ibáñez,* Valencia, edición del autor, 1990.

López Sáenz, R., «Algunas motivaciones y aspectos de la violencia en *La terre* de Émile Zola y en *La barraca* de Vicente Blasco Ibáñez», *Filología Moderna,* 1976, 17.

Loubès, Jean Noël y León Roca, J. L., *Vicente Blasco Ibáñez, diputado y novelista. Estudio e ilustración de su vida política,* Toulouse, France-Ibérie, 1972.

Lloris, Manuel, «Vicente Blasco Ibáñez o la formación de un escritor de masas», *Ínsula,* Madrid, octubre 1980.

Mas, José, «La ciudad de Valencia en la obra de Vicente Blasco Ibáñez», en *Homenaje a Blasco Ibáñez, fundador de «El Pueblo» 1894-1994,* Valencia, *El Mono-Gráfico,* núms. 7-8.

Merimée, Henri, «Le romancier Blasco Ibáñez et la cité de Valence», *Bulletin Hispanique,* Toulouse, 1922.

Pitollet, Camille, *Vicente Blasco Ibáñez, ses romans et le roman de sa vie,* París, Calmann-Lévi, 1921.

Profeti, Maria Grazia, «Letteratura di denuncia o letteratura di consolazione?», *Quaderni di Lingue e Letterature,* Verona, 1989.

Reglá, Joan, *Aproximació a la Història del País Valencià,* València, La Unitat, 1975.

Reig, Ramiro, *Populismes,* Debats, 1985.

— *Blasquistas y clericales,* Valencia, Alfons el Magnànim/Diputació de València, 1982.

— *Obrers i ciutadans, blasquisme i moviment obrer,* Col·lecció Politècnica/6, Alfons el Magnànim/Diputació de València, 1982.

— «Blasco político», en *Vicente Blasco Ibáñez, la aventura del triunfo,* Diputación de Valencia, 1986.

Renard Álvarez, Santiago, «La modalización narrativa en las novelas sociales de Vicente Blasco Ibáñez», tesis doctoral presentada en la Universidad de Valencia, 1983.

— «Más allá de *La barraca*», *El Mono-Gráfico,* Valencia, núms. 7-8.

Sanchis Guarner, Manuel, *La ciutat de València,* València, Albatros edicions, 1976.

— *Les barraques valencianes,* Barcelona, Barcino, 1975.

Sebastià, Domingo, *València en les novel·les de Blasco Ibáñez: proletariat i burgesia,* València, L'Estel.

Sebastià, Enric, «El mundo rural de Blasco Ibáñez. En ferrocarril y a caballo», en *Historia y crítica de la literatura española, VI, Modernismo y 98,* Barcelona, Crítica, 1980.

Smith, Paul, *Vicente Blasco Ibáñez. Una nueva introducción a su vida y obra,* Santiago de Chile, Andrés Bello, 1972.

Tomás y Valiente, Francisco, *El marco político de la desamortización en España,* Barcelona, Ariel, 1977.

Tortosa, Pilar, *La mejor novela de Vicente Blasco Ibáñez: su vida*, Valencia, Prometeo, 1977.

VV. AA., *Homenaje a Vicente Blasco Ibáñez, la aventura del triunfo, 1867-1928*, Diputación de Valencia, 1986.

Vickers, Peter, «Naturalismo y protesta social en Blasco Ibáñez», en *Historia y crítica de la literatura española, VI*, Barcelona, Crítica, 1980.

Xandró, Mauricio, *Blasco Ibáñez*, Madrid, Epesa, 1971.

Zamacois, Eduardo, «Vicente Blasco Ibáñez», número homenaje de *La novela mundial*, Madrid, 1928.

La barraca

Barraca en la huerta de Valencia.

I

Desperezábase la inmensa vega bajo el resplandor azulado del amanecer, ancha faja de luz que asomaba por la parte del mar.

Los últimos ruiseñores, cansados de animar con sus trinos aquella noche de otoño que por lo tibio de su ambiente parecía de primavera, lanzaban el gorjeo final como si les hiriera la luz del alba con sus reflejos de acero. De las techumbres de paja de las barracas[1] salían las bandadas de gorriones como tropel de pilluelos perseguidos, y las copas de los árboles estremecíanse con los primeros jugueteos de aquellos granujas del espacio, que todo lo alborotaban con el roce de su blusa de plumas.

Apagábanse lentamente los rumores que poblaban la noche: el borboteo de las acequias, el murmullo de los cañaverales, los ladridos de los mastines vigilantes.

Despertaba la huerta, y sus bostezos eran cada vez más ruidosos. Rodaba el canto del gallo de barraca en barraca; los campanarios de los pueblecitos devolvían con ruidosas badajadas el toque de misa primera que sonaba a lo lejos, en las

---

[1] La barraca es una vivienda de probable origen palafítico. Las paredes se hacían de adobes cuyos materiales eran barro y cáscaras de arroz; las cubiertas tenían la armazón de cañas a las que se sujetaban brozas diversas procedentes de la Albufera o tierras limítrofes. Constituyen el interior de la barraca un pasadizo que abarca toda la longitud de la vivienda, un «estudi» o dormitorio principal, uno o varios cuartos para las chicas solteras y la cocina en la parte posterior. De aquí parte una escalera de madera que conduce a la «andana» o «cambra» es decir: el granero; este lugar sirve también de dormitorio a los hombres en invierno y allí se criaban los gusanos de seda.

torres de Valencia, azules, esfumadas por la distancia, y de los corrales salía un discordante concierto animal: relinchos de caballos, mugidos de mansas vacas, cloquear de gallinas, balidos de corderos, ronquidos de cerdos; el despertar ruidoso de las bestias, que, al sentir la fresca caricia del amanecer cargada de acre perfume de vegetación, deseaban correr por los campos.

El espacio se empapaba de luz; disolvíanse las sombras como tragadas por los abiertos surcos y las masas de follaje, y en la indecisa neblina del amanecer iban fijando sus contornos húmedos y brillantes las filas de moreras y frutales, las ondulantes líneas de cañas, los grandes cuadros de hortalizas semejantes a enormes pañuelos verdes, y la tierra roja cuidadosamente labrada.

En los caminos marcábanse filas de puntos negros y movibles como rosarios de hormigas, que marchaban hacia la ciudad. Por todos los extremos de la vega sonaban chirridos de ruedas, canciones perezosas interrumpidas por el grito arreando las bestias, y de vez en cuando, como sonoro trompetazo del amanecer, rasgaba el espacio un furioso rebuzno del cuadrúpedo paria, como protesta del pesado trabajo que caía sobre él apenas nacido el día.

En las acequias conmovíase la tersa lámina de cristal rojizo con sonoros chapuzones que hacían callar a las ranas y ruidoso batir de alas, y como galeras de marfil avanzaban los ánades, moviendo cual fantásticas proas sus cuellos de serpiente.

La vida, que con la luz inundaba la vega, penetraba en el interior de las barracas y alquerías.

Chirriaban las puertas al abrirse, veíanse bajo los emparrados figuras blancas que se desperezaban con las manos tras el cogote mirando el iluminado horizonte; quedaban de par en par los establos, vomitando hacia la ciudad las vacas de leche, los rebaños de cabras, los caballejos de los estercoleros; tras las cortinas de árboles enanos que cubrían los caminos vibraban cencerros y campanillas, y entre el alegre cascabeleo sonaba el enérgico «*¡arre, acà!*»[2] animando a las bestias reacias.

---

[2] *¡arre, jaca!* Hay que hacer constar que las palabras valencianas que van salpicando la obra tienen un valor testimonial al que el autor no puede re-

En las puertas de las barracas saludábanse los que iban hacia la ciudad y los que se quedaban a trabajar los campos.

—¡Bòn día mos done Deu![3].

—¡Bòn día!

Y tras este saludo, cambiado con toda la gravedad de gente campesina que lleva en sus venas sangre moruna y sólo puede hablar de Dios con gesto solemne, se hacía el silencio si el que pasaba era un desconocido, y si era íntimo, se le encargaba la compra en Valencia de pequeños objetos para la mujer o para la casa.

Ya era de día completamente.

El espacio se había limpiado de las tenues neblinas, transpiración nocturna de los húmedos campos y las rumorosas acequias; iba a salir el sol; en los rojizos surcos saltaban las alondras con la alegría de vivir un día más, y los traviesos gorriones, posándose en las ventanas todavía cerradas, picoteaban las maderas, diciendo a los de adentro con su chillido de vagabundos acostumbrados a vivir *de gorra:* «¡Arriba, perezosos! ¡A trabajar la tierra, para que comamos nosotros!...»

En la barraca de Tòni[4], conocido en todo el contorno por *Pimentó,* acababa de entrar su mujer, Pepeta, una animosa criatura de carne blancuzca y flácida en plena juventud, minada por la anemia, y que era sin embargo la hembra más trabajadora de toda la huerta.

Al amanecer estaba ya de vuelta del Mercado. Levantábase a las tres, cargaba con los cestones de verduras cogidas por Tòni en la noche anterior entre reniegos y votos contra una pícara vida en la que tanto se trabaja[5], y a tientas por los sen-

---

nunciar, pero del que tampoco quiere abusar. La ortografía de las palabras valencianas se ajusta al castellano, según era costumbre de la época. Las primeras normas ortográficas del catalán datan de 1907 y fueron establecidas por Pompeu Fabra. De todos modos su consolidación no se produciría hasta 1932 según la normativa de Castellón.

[3] *Buenos días nos dé Dios.*

[4] Tòni: nombre familiar de Antonio con su correspondiente sobrenombre, tan abundante en los pueblos todavía. Aunque la traducción de un mote no tiene demasiado sentido, podemos advertir que en su significado de pimiento se trasluce una connotación de altivez.

[5] Fuerte ironía.

deros, guiándose en la obscuridad como buena hija de la huerta, marchaba a Valencia, mientras su marido, aquel buen mozo que tan caro le costaba, seguía roncando en el caliente *estudi*[6], bien arrebujado en las mantas del camón matrimonial.

Los que compraban las verduras al por mayor para revenderlas conocían bien a aquella mujercita que antes del amanecer estaba ya en el Mercado de Valencia, sentada en sus cestos, tiritando bajo el delgado y raído mantón, mirando con envidia, de la que no se daba cuenta, a los que bebían una taza de café[7] para combatir el fresco de la mañana, esperando con paciencia de bestia sumisa que le diesen por las verduras el dinero que se había fijado en sus complicados cálculos para mantener a Tòni y llevar la casa adelante.

Después de la venta, otra vez hacia la barraca, corriendo apresurada para salvar una hora de camino.

Entraba de nuevo en funciones para desarrollar una segunda industria: tras las verduras, la leche. Y tirando del ronzal de la rubia vaca, que llevaba pegado al rabo como amoroso satélite el juguetón ternerillo, volvía a la ciudad con la varita bajo el brazo y la medida de estaño para servir a los parroquianos.

La *Ròcha*[8], que así llamaban a la vaca por sus rubios pelos, mugía dulcemente, estremeciéndose bajo la gualdrapa de arpillera, herida por el fresco de la mañana, volviendo sus ojos húmedos hacia la barraca que se quedaba atrás con su establo negro, de ambiente pesado, en cuya olorosa paja pensaba con la voluptuosidad del sueño no satisfecho.

Pepeta la arreaba con la vara: se hacía tarde, se quejarían los parroquianos. Y la vaca y el ternerillo trotaban por el centro del camino de Alboraya, hondo, fangoso, surcado de profundas carrileras.

Por los altos ribazos, con un brazo en la cesta y el otro balanceante, pasaban los interminables cordones de cigarreras e hilanderas de seda, toda la virginidad de la huerta que iba

---

[6] *Estudi:* ya se ha hablado hace poco de su significado de dormitorio principal.

[7] Había diversos vendedores callejeros entre los que destacaba el «cafeter», que tenía un anafe para calentar el preciado líquido.

[8] *Roja;* aunque el narrador lo adscribe al color rubio.

Carretas hacia la ciudad.

a las fábricas, dejando con el revoloteo de sus faldas una estela de castidad ruda y áspera.

Esparcíase por los campos la bendición de Dios.

Tras los árboles y casas que cerraban el horizonte asomaba el sol como enorme oblea roja, lanzando horizontales agujas de oro que obligaban a cubrirse los ojos. Las montañas del fondo y las torres de la ciudad tomaban un tinte sonrosado; las nubecillas que bogaban por el cielo colorábanse como madejas de seda carmesí; las acequias y los charcos del camino parecían poblarse de peces de fuego; sonaba en el interior de las barracas el arrastre de la escoba, el chocar de la loza, todos los ruidos de la limpieza matinal; las mujeres agachábanse en los ribazos, teniendo al lado el cesto de la ropa por lavar; saltaban en las sendas los pardos conejos con su sonrisa marrullera, enseñando, al huir, las rosadas posaderas partidas por el rabo de buey y sobre los montones de rubio estiércol, el gallo[9], rodeado de sus mansas odaliscas, panzaba un grito de sultán irritado, con el ojo ardiente y rojo de rabia.

Pepeta, insensible a aquel despertar, que presenciaba todos los días, continuaba la marcha, cada vez con más prisa, el estómago vacío, las piernas doloridas y con las pobres ropas interiores impregnadas de un sudor de debilidad propio de su sangre blanca y delgada, que a lo mejor escapábase durante semanas enteras, contraviniendo las reglas de la naturaleza.

La avalancha de gente laboriosa que entraba en Valencia llenaba los puentes. Pepeta pasó por entre los obreros de los arrabales que llegaban con el saquito del almuerzo al cuello, se detuvo en el fielato de Consumos[10] para tomar su resguardo —unas cuantas monedas que todos los días le llegaban al alma—, y se metió por las desiertas calles que animaba el cencerro de la *Ròcha* con monótona melodía bucólica, haciendo soñar a los adormecidos burgueses con verdes prados y escenas idílicas de pastores[11].

---

[9] Personificación machista de sabor arábigo; el elemento árabe reviste gran importancia en la obra.

[10] Situado en el Puente del Mar, construido en el siglo XIV y reconstruido en el XVI.

[11] Pincelada crítica sobre la desigualdad de clases.

Pepeta tenía sus parroquianos en toda la ciudad. Era su marcha una enrevesada peregrinación por las calles, deteniéndose ante las cerradas puertas; un aldabonazo aquí, tres y repique más allá, y siempre, a continuación, el grito estridente y agudo que parecía imposible saliera de su pobre y raso pecho: «*¡La lleeet!*»[12]. Y jarro en mano bajaba la criada desgreñada, en chancleta y con los ojos hinchados, a recibir la leche, o la vieja portera todavía con la mantilla que se puso para ir a misa.

A las ocho quedaban servidos todos los parroquianos. Pepeta estaba cerca del barrio de Pescadores[13].

También allí encontraba despacho, y la pobre labradora penetró valerosamente en los sucios callejones, que parecían muertos a aquella hora. Siempre, al entrar, sentía cierto desasosiego, una repugnancia instintiva de estómago delicado; pero su espíritu de mujer honrada y enferma sabía sobreponerse, y continuaba adelante con cierta altivez satisfecha, con el orgullo de la hembra casta, consolándose al ver que ella, débil y agobiada por la miseria, aún era superior a otras.

De las cerradas y silenciosas casas salía el hálito de la crápula barata, ruidosa y sin disfraz: un olor de carne adobada y putrefacta, de vino y de sudor; y por las rendijas de las puertas parecía escapar la respiración entrecortada y brutal del sueño aplastante después de una noche de caricias de fiera y caprichos amorosos de borracho.

Pepeta oyó que la llamaban. En la puerta de una escalerilla le hacía señas una buena moza, despechugada, fea, sin otro encanto que el de una juventud próxima a desaparecer; los ojos húmedos, el moño torcido, y en las mejillas manchas del colorete de la noche anterior: una caricatura, un *clown* del vicio.

---

[12] *La leche.*
[13] El mundo de la prostitución se pinta con descarnado naturalismo. Las condiciones de vida de las prostitutas son muy diferentes de las que se daban en el siglo XV en *La Pobla de les Dones Pecatrius,* Puebla de las Mujeres Pecadoras; en aquel barrio las rameras ejercían su oficio en casitas ajardinadas de extramuros que, aunque constituyeran un gueto, tenía al menos un aspecto grato.

La labradora, apretando los labios con un mohín de orgullo y desdén para que las distancias quedasen bien marcadas, comenzó a ordeñar las ubres de la *Ròcha* dentro del jarro que le presentaba la moza. Ésta no quitaba la vista de la labradora.

—Pepeta... —dijo con acento indeciso, como si no tuviera la certeza de que era ella misma.

Pepeta levantó la cabeza; por primera vez fijó sus ojos en la mujerzuela, y también pareció dudar.

—Rosario... ¿eres tú?

Sí, ella era; lo afirmaba con tristes movimientos de cabeza. Y Pepeta, inmediatamente, manifestó su extrañeza. ¡Ella allí! ¡Hija de unos padres tan honrados! ¡Qué vergüenza, Señor!...

La ramera, por costumbre del oficio, intentó acoger con cínica sonrisa, con la expresión del que está en el secreto de la vida y no cree en nada, aquellas exclamaciones de la escandalizada labradora; pero la fija mirada de los ojos claros de Pepeta pareció avergonzarla, y bajó la cabeza como si fuese a llorar.

No; ella no era mala. Había trabajado en las fábricas, había sido criada, pero al fin sus hermanas le dieron el ejemplo, cansadas de sufrir hambre; y allí estaba, recibiendo unas veces cariños y otras bofetadas, hasta que reventase para siempre. Era natural: donde no hay padre y madre, la familia termina así. De todo tenía la culpa el amo de la tierra, aquel don Salvador que de seguro ardía en los infiernos. ¡Ah, ladrón!... ¡Y cómo había perdido a la familia!

Pepeta olvidó su actitud fría y reservada para unirse a la indignación de la muchacha. Verdad, todo verdad; aquel tío avaro tenía la culpa. La huerta entera lo sabía. ¡Válgame Dios, y cómo se pierde una familia! ¡Tan bueno que era el pobre *tío Barret!* ¡Si levantara la cabeza y viese a sus hijas!... Ya sabían allá que el pobre padre había muerto en Ceuta hacía dos años; y en cuanto a la madre, la infeliz vieja había acabado de padecer en una cama del Hospital. ¡Las vueltas que da el mundo en diez años! ¿Quién les hubiera dicho a ella y a sus hermanas, que estaban en su casa como reinas, que acabarían de tal modo? ¡Señor! ¡Señor! ¡Líbranos de una mala persona!...

Rosario se animaba con la conversación; parecía rejuvenecerse ante aquella amiga de la niñez. Sus ojos, antes muertos, chispeaban al recordar el pasado. ¿Y su barraca? ¿Y las tierras? Seguían abandonadas, ¿verdad?... Aquello le gustaba: ¡que reventaran, que se hicieran la santísima los hijos del pillo de don Salvador![14]. Era lo único que la consolaba; estaba muy agradecida a *Pimentó* y a todos los de allá porque habían impedido que otros entrasen a trabajar lo que de derecho pertenecía a la familia. Y si alguien quería apoderarse de aquello, ya era sabido el remedio... ¡Pum![15]. Un escopetazo que le deshiciera la cabeza.

La moza enardecíase; brillaban sus ojos con chispas de ferocidad: resucitaba dentro de la ramera, pasiva bestia acostumbrada a los golpes, la hija de la huerta, que desde que nace ve la escopeta colgada tras la puerta y en los días de fiesta aspira con delicia el humo de la pólvora.

Después de hablar del triste pasado, la despierta curiosidad de Rosario fue preguntando por todos los de allá, y acabó por fijarse en Pepeta. ¡Pobrecita! Bien se veía que no era feliz. Joven aún, sólo revelaban su edad aquellos ojazos claros de virgen, inocentones y tímidos. El cuerpo, un puro esqueleto; y en el pelo rubio, de un color de mazorca tierna, aparecían ya las canas a puñados antes de los treinta años. ¿Qué vida le daba *Pimentó*? ¿Siempre tan borracho y huyendo del trabajo? Ella se lo había buscado, casándose contra los consejos de todo el mundo. Buen mozo, eso sí; le temblaban todos en la taberna de *Copa*, los domingos por la tarde, cuando jugaba al *truc*[16] con los más guapos de la huerta; pero en casa debía ser un marido insufrible. Aunque bien mirado, todos los hombres eran iguales. ¡Si lo sabría ella! Unos perros que no valían la pena de mirarlos[17]. ¡Hija! ¡y qué desmejorada estaba la pobre Pepeta!

Un vozarrón de marimacho bajó como un trueno por el hueco de la escalerilla.

---

14 Estilo indirecto libre personalizado.
15 Esta onomatopeya no tiene nada que ver con el esperpento de Valle-Inclán, sino con el candor justiciero del personaje.
16 Truco, juego de cartas.
17 Estilo indirecto libre personalizado.

—¡Elisa!... Sube pronto la leche. El señor está esperando.

Rosario comenzó a reír como una loca. Ahora se llamaba Elisa: ¿no lo sabía? Era exigencia del oficio cambiar el nombre, así como hablar con acento andaluz. Y remedaba con burda gracia la voz del marimacho de arriba.

Pero a pesar de su regocijo, tuvo prisa en retirarse. Temía a los de arriba. El vozarrón o el señor de la leche podían darle algo por la tardanza[18]. Y subió veloz por la escalerilla, después de recomendar mucho a Pepeta que pasase alguna vez por allí para recordar las cosas de la huerta.

El cansado esquilón de la *Ròcha* repiqueteó más de una hora por las calles de Valencia; soltaron las mustias ubres hasta la última gota de leche insípida, producto de un mísero pasto de hojas de col y desperdicios, y por fin Pepeta emprendió la vuelta a la barraca.

La pobre labradora caminaba triste y pensativa. La había impresionado el encuentro; recordaba, como si hubiera sido en el día anterior, la espantosa tragedia que se tragó al *tío Barret* con toda su familia.

Desde entonces que los campos que hacía más de cien años trabajaban los ascendientes del pobre labrador estaban abandonados a la orilla del camino. Su barraca, deshabitada, sin una mano misericordiosa que echase un remiendo a la cubierta ni un puñado de barro a las grietas de las paredes, se iba hundiendo lentamente.

Diez años de continuo tránsito junto a aquella ruina bastaban para que la gente no se fijase ya en ella. La misma Pepeta hacía tiempo que no había parado su atención en la vieja barraca. Ésta sólo interesaba a los muchachos, que, heredando el odio de sus padres, se metían por entre las ortigas de los campos abandonados para acribillar a pedradas la abandonada vivienda, abriendo anchas brechas en la cerrada puerta, o para cegar con tierra y pedruscos el pozo que se abría bajo la vetusta parra.

Pero aquella mañana, Pepeta, influida por su reciente encuentro, se fijó en la ruina y hasta se detuvo en el camino para verla mejor.

---

[18] Vozarrón: metonimia que, acompañada del eufemismo «algo» acentúa el carácter perentorio de la orden.

Los campos del *tío Barret*, o más bien dicho, del judío don Salvador y sus descomulgados herederos[19], eran un oasis de miseria y abandono en medio de la huerta tan fecunda, trabajada y sonriente. Diez años de abandono habían endurecido la tierra, haciendo brotar de sus infecundas entrañas todas las plantas parásitas, todos los abrojos que Dios ha criado para castigo del labrador. Una selva enana, enmarañada y deforme se extendía sobre aquellos campos, con un oleaje de extraños tonos verdes, matizado aquí y allá por flores misteriosas y raras, de esas que sólo surgen de las ruinas y los cementerios.

En las frondosidades de aquella selva, alentados por la seguridad de la guarida, crecían y se multiplicaban toda suerte de bichos asquerosos, derramándose en los campos vecinos: lagartos verdes de lomo rugoso, enormes escarabajos con caparazón de metálico reflejo, arañas de patas cortas y vellosas, y hasta culebras que se corrían a las acequias inmediatas. Allí vivían, en el centro de la hermosa y cuidada vega, formando estado aparte, devorándose unos a otros; y aunque causaban algún daño a los labradores, los respetaban hasta con cierta veneración, pues las siete plagas de Egipto parecían poca cosa a los de la huerta para arrojarlas sobre aquellos terrenos malditos.

Las tierras del *tío Barret* no habían de ser nunca para los hombres; que anidasen, pues, en ellas los bicharracos asquerosos, y cuantos más, mejor.

En el centro de estos campos de desolación, que se destacaban sobre la hermosa vega como una mancha de mugre en un manto regio de verde terciopelo, alzábase la barraca, o más bien dicho, caía, con su montera de paja despanzurrada, enseñando por las aberturas que agujerearon el viento y la lluvia el carcomido costillaje de madera. Las paredes, arañadas por las aguas, mostraban los adobes de barro, sin más que algunas ligerísimas manchas blancas que delataban el antiguo enjabelgado; la puerta estaba rota por debajo, roída por las ratas, con grietas que la cortaban de un extremo a otro; las dos o tres ventanillas, completamente abiertas y martirizadas

---

[19] El narrador implícito toma la expresión insultante del resto de huertanos, quienes harán un uso abundante de esta palabra a lo largo de la novela.

por los vendavales, pendían de un solo gozne e iban a caer de un momento a otro, apenas soplase un buena ventolera.

Aquella ruina apenaba el ánimo, oprimía el corazón. Parecía que del casuco abandonado iban a salir fantasmas en cuanto cerrase la noche; que de su interior partían gritos de personas asesinadas; que toda aquella maleza era un sudario que ocultaba centenares de trágicos cadáveres.

Cosas horribles era lo que inspiraba la contemplación de los campos abandonados; y su tétrica miseria aún descollaba más con el contraste de las tierras que los rodeaban, rojas, bien cuidadas, con sus correctas filas de hortalizas y sus arbolillos, a cuyas hojas daba el otoño una transparencia acaramelada[20]. Hasta los pájaros huían de aquellos campos de muerte, tal vez por temor a los animaluchos que rebullían bajo la maleza o por husmear el hálito de la desgracia.

Sobre la rota techumbre de paja, si algo se veía revolotear eran alas negras y traidoras, plumajes fúnebres que al agitarse hacían enmudecer los árboles cargados de gozosos aleteos y juguetones píidos, quedando silenciosa la huerta, como si no hubiese gorriones en media legua a la redonda.

Pepeta iba a seguir adelante, hacia su blanca barraca, que asomaba entre los árboles algunos campos más allá; pero hubo de permanecer inmóvil en el alto borde del camino, para que pasase antes un carro cargado que avanzaba dando tumbos y parecía venir de la ciudad.

Su curiosidad femenil se excitó al fijarse en él.

Era un pobre carro de labranza tirado por un rocín viejo y huesudo, al que ayudaba en los baches difíciles un hombre alto que marchaba junto a él animándole con gritos y chasquidos de tralla.

Vestía de labrador; pero el modo de llevar el pañuelo anudado a la cabeza, sus pantalones de pana y otros detalles de su traje, delataban que no era de la huerta, donde el adorno personal ha ido poco a poco contaminándose del gusto de la ciudad. Era labrador de algún pueblo lejano: tal vez venía del riñón de la provincia[21].

---

[20] Rasgo impresionista.
[21] Metáfora que indica vagamente una tierra lejana del interior.

Sobre el carro amontonábanse, formando pirámide hasta más arriba de los varales, toda clase de objetos domésticos. Era la emigración de una familia entera. Tísicos colchones, jergones rellenos de escandalosa hoja de maíz, sillas de esparto, sartenes, calderas, platos, cestas, verdes banquillos de cama, todo se amontonaba sobre el carro, sucio, gastado, miserable, oliendo a hambre, a fuga desesperada[22], como si la desgracia marchase tras la familia pisándole los talones. Y en la cumbre de este revoltijo veíanse tres niños abrazados que contemplaban los campos con los ojos muy abiertos, como exploradores que visitan un país por vez primera[23].

A pie y tras el carro, como vigilando por si algo caía de éste, marchaban una mujer y una muchacha alta, delgada, esbelta, que parecía hija de aquélla. Al otro lado del rocín, ayudando cuando el carro se detenía en un mal paso, iba un muchacho de unos once años; su exterior grave delataba al niño que, acostumbrado a luchar con la miseria, es un hombre a la edad en que otros juegan. Un perrillo sucio y jadeante cerraba la marcha.

Pepeta, apoyada en el lomo de su vaca, les veía avanzar, poseída cada vez de mayor curiosidad. ¿Adónde iría la pobre gente?

El camino aquel, afluyente al de Alboraya, no iba a ninguna parte: se extinguía a lo lejos, como agotado por las bifurcaciones innumerables de sendas y caminitos que daban entrada a las barracas.

Pero su curiosidad tuvo un final inesperado. ¡Virgen Santísima! El carro se salía del camino, atravesaba el ruinoso puentecillo de troncos y tierra que daba acceso a las tierras malditas, y se metía por los campos del *tío Barret*, aplastando con sus ruedas la maleza respetada.

La familia seguía detrás, manifestando con gestos y confusas palabras la impresión que le causaba tanta miseria, pero en línea recta hacia la destrozada barraca, como quien toma posesión de lo que es suyo.

---

[22] Olor simbólico de connotación fuertemente dramática.

[23] En este asombro y sed de aventuras se concentra toda la ironía del fracaso siguiente.

Pepeta no quiso ver más. Ahora sí que corrió de veras hacia su barraca. Hasta para llegar antes abandonó la vaca y el ternerillo, que siguieron su marcha tranquilamente, como quien no se preocupa de las cosas humanas y tiene el establo seguro.

Pimentó estaba tendido a un lado de su barraca, fumando perezosamente, con la vista fija en tres varitas untadas con liga, puestas al sol, y en torno de las cuales revoloteaban algunos pájaros. Aquella ocupación era de señor.

Al ver llegar a su mujer con los ojos asombrados y el pobre pecho jadeante, *Pimentó* mudó de postura para escuchar mejor, recomendándola[24] que no se aproximase a las varitas.

Vamos a ver, ¿qué era aquello? ¿Le habían robado la vaca?

Pepeta, con la emoción y el cansancio, apenas podía decir dos palabras seguidas.

Las tierras de *Barret*... una familia entera... iban a trabajar, a vivir en la barraca[25]. Ella lo había visto.

Pimentó, cazador con liga, enemigo del trabajo y terror de la contornada, no pudo conservar su gravedad impasible de gran señor ante tan inesperada noticia.

—¡*Recontracordóns!*[26].

De un salto puso recta su pesada y musculosa humanidad, y echó a correr sin aguardar más explicaciones.

Su mujer vio cómo corría a campo traviesa hasta un cañar inmediato a las tierras malditas. Allí se arrodilló, se echó sobre el vientre, para espiar por entre las cañas como un beduino al acecho, y pasados algunos minutos volvió a correr, perdiéndose en aquel dédalo de sendas, cada una de las cuales conducía a una barraca, a un campo donde se encorvaban los hombres haciendo brillar en el espacio el azadón como un relámpago de acero.

La huerta seguía risueña y rumorosa, impregnada de luz y de susurros, aletargada bajo la cascada de oro del sol de la mañana.

---

[24] Laísmo muy frecuente en Blasco y, desde luego, en *La barraca*. Indicaremos algún caso más, pero no todos, ya que hay muchos. El laísmo no se da en Valencia, quizás Blasco lo imite del habla madrileña.

[25] Este estilo entrecortado acentúa el susto y la extrañeza del personaje.

[26] Intensificación eufemística del taco «cojones».

Pero a lo lejos sonaban gritos y llamamientos: la noticia se transmitía a grito pelado de un campo a otro campo, y un estremecimiento de alarma, de extrañeza, de indignación, corría por toda la vega, como si no hubieran transcurrido los siglos y circulara el aviso de que en la playa acababa de aparecer una galera argelina buscando cargamento de carne blanca[27].

---

[27] Contrasta lo apacible de la naturaleza con la noticia que, por su carácter de amenaza inesperada, sacude las conciencias con ecos atávicos.

II

Cuando en época de cosecha contemplaba el *tío Barret* los cuadros de distinto cultivo en que estaban divididos sus campos, no podía contener un sentimiento de orgullo, y mirando los altos trigos o las coles con su cogollo de rizada blonda, los melones asomando el verde lomo a flor de tierra y los pimientos y tomates medio ocultos por el follaje, alababa la bondad de sus tierras y los esfuerzos de todos sus antecesores al trabajarlas mejor que las demás de la huerta.

Toda la sangre de sus abuelos estaba allí. Cinco o seis generaciones de *Barrets* habían pasado la vida labrando la misma tierra, volviéndola al revés, medicinando sus entrañas con ardoroso estiércol, cuidando que no decreciera su jugo vital, acariciando y peinando con el azadón y la reja todos aquellos terrones, de los cuales no había uno que no estuviera regado con el sudor y la sangre de la familia.

Mucho quería el labrador a su mujer, y hasta le perdonaba la tontería de haberle dado cuatro hijas y ningún hijo que le ayudara en sus tareas; no amaba menos a las cuatro muchachas, unos ángeles de Dios que se pasaban el día cantando y cosiendo a la puerta de la barraca, y algunas veces se metían en los campos para descansar un poco a su pobre padre; pero la pasión suprema del *tío Barret,* el amor de los amores, eran aquellas tierras sobre las cuales había pasado monótona y silenciosa la historia de su familia.

Hacía muchos años, muchos —en los tiempos que el *tío Tomba,* un anciano casi ciego que guardaba el pobre rebaño de un carnicero de Alboraya[28], iba por el mundo en la partida del *Fraile*[29] disparando trabucazos contra los franceses—, aquellas tierras eran de los religiosos de San Miguel de los Reyes, unos buenos señores gordos, lustrosos, dicharacheros, que no mostraban gran prisa en el cobro de los arrendamientos, dándose por satisfechos con que por la tarde, al pasar por la barraca, les recibiera la abuela, que era entonces una real moza, obsequiándolos con hondas jícaras de chocolate y las primicias de los frutales. Antes, mucho antes, había sido el propietario de todo aquello un gran señor que al morir descargó sus pecados y sus fincas en el seno de la comunidad, y ahora ¡ay! pertenecían a don Salvador, un vejete de Valencia que era el tormento del *tío Barret*[30], pues hasta en sueños se le aparecía.

El pobre labrador ocultaba sus penas a su propia familia. Era un hombre animoso, de costumbres puras; los domingos, si iba un rato a la taberna de *Copa*, donde se reunía toda la gente del contorno, era para mirar a los jugadores de truque, para reír como un bendito oyendo los despropósitos y brutalidades de *Pimentó* y otros mocetones que actuaban de gallitos de la huerta, pero nunca se acercaba al mostrador a pagar un vaso; llevaba siempre el bolsillo de su faja bien apretado sobre el estómago, y si bebía, era cuando alguno de los gananciosos convidaba a todos los presentes.

Enemigo de participar sus penas, se le veía siempre sonriente, bonachón, tranquilo, llevando encasquetado hasta las orejas el gorro azul que justificaba su apodo.

Trabajaba de noche a noche; cuando toda la huerta dormía aún, ya estaba él, a la indecisa claridad del amanecer, arañando sus tierras, cada vez más convencido de que no podía con ellas.

Era demasiado trabajo para un hombre solo. ¡Si al menos tuviera un hijo!... Buscando ayuda, tomaba criados que le ro-

---

[28] Alboraya. Debería escribirse con «i» en vez de con «y», pero su grafía ya se ha consolidado así. Voz de orige árabe que se relaciona con albor.

[29] Guerrillero de la guerra de la Independencia.

[30] *Gorro.* Más tarde el narrador lo aclara en castellano, añadiéndole la coloración azul propia de la prenda del personaje.

baban, que trabajaban poco, y a los cuales despedía al sorprenderles durmiendo en el establo en las horas de sol.

Influido por el respeto a sus antepasados, quería morir, reventar de fatiga sobre sus terrones, antes que consentir que una parte de ellos fuera cedida en arriendo a manos extrañas. Y no pudiendo con todo el trabajo, dejaba improductiva y en barbecho la mitad de su tierra feraz, pretendiendo con el cultivo de la otra mantener la familia y pagar al amo.

Fue aquel empeño una lucha sorda, desesperada, tenaz, contra las necesidades de la vida y su propia debilidad.

No tenía más que un deseo: que las chicas no lo supieran; que nadie se diese cuenta en la casa de los apuros y tristezas del padre; que no se turbara la santa alegría de aquella vivienda, animada a todas horas por las risas y las canciones de las cuatro hermanas, cuya edad sólo se diferenciaba en un año. Y mientras ellas, que ya comenzaban a llamar la atención de los mozos de la huerta, asistían con sus pañuelos de seda nuevos y vistosos y sus planchadas y ruidosas faldas a las fiestas de los pueblecillos, y despertaban al amanecer para ir descalzas y en camisa a mirar por las rendijas del ventanillo[31] quiénes eran los que cantaban *les albaes*[32] o las obsequiaban con rasgueos de guitarra, el pobre *tío Barret,* empeñado cada vez más en nivelar su presupuesto, sacaba onza tras onza todo el puñado de oro amasado ochavo sobre ochavo que le dejó su padre, acallando así a don Salvador, viejo avaro que nunca tenía bastante, y no contento con exprimirle, hablaba de lo mal que estaban los tiempos, del escandaloso aumento de las contribuciones y de la necesidad de subir el arrendamiento.

No podía haber encontrado *Barret* un amo peor. Gozaba en la huerta una fama detestable, pues rara era la partida donde no tuviese tierras. Todas las tardes, envuelto en su vieja capa, hasta en primavera, con aspecto sórdido de mendigo y acompañado de las maldiciones y gestos hostiles que dejaba a su espalda, iba por las sendas visitando a los colonos. Era la

---

[31] «pueblecillos... ventanillo», rima interna.

[32] Canto popular valenciano basado en cuartetas improvisadas de tono amoroso o burlesco que se entonaba por las noches hasta el alba.

tenacidad del avaro que desea estar en contacto a todas horas con sus propiedades, la pegajosidad del usurero que tiene cuentas pendientes que arreglar.

Los perros ladraban al verle de lejos, como si se aproximara la muerte; los niños le miraban enfurruñados; los hombres se escondían para evitar penosas excusas y las mujeres salían a la puerta de la barraca con la vista en el suelo y la mentira preparada para rogar a don Salvador que tuviese paciencia, y contestaban con lágrimas a sus bufidos y amenazas.

Pimentó, que en su calidad de valiente se interesaba por las desdichas de sus convecinos y era el caballero andante de la huerta, prometía entre dientes algo así como pegarle una paliza y refrescarlo después en una acequia; pero las mismas víctimas del avaro deteníanle hablando de la importancia de don Salvador, hombre que se pasaba las mañanas en los juzgados y tenía amigos de muchas campanillas. Con gente así siempre pierde el pobre.

De todos sus colonos, el mejor era *Barret:* aunque a costa de grandes esfuerzos, nada le debía. Y el viejo, que le citaba como modelo a los otros arrendatarios, cuando estaba frente a él extremaba su crueldad, se mostraba más exigente, excitado por la mansedumbre del labrador y contento de encontrar un hombre en el que podía saciar sin miedo sus instintos de opresión y de rapiña.

Aumentó, por fin, el arrendamiento de las tierras; *Barret* protestó, hasta lloró recordando los méritos de su familia, que había perdido la piel en aquellos campos para hacerlos los mejores de la huerta. Pero don Salvador fue inflexible. ¿Eran los mejores? Pues debía pagar más. Y *Barret* pagó el aumento: la sangre daría él antes que abandonar las tierras que poco a poco absorbían su vida.

Ya no tenía dinero para salir de apuros; sólo contaba con lo que produjeran los campos. Y completamente solo, ocultando a la familia su situación, teniendo que sonreír cuando estaba entre su mujer y sus hijas, que le recomendaban que no se esforzase tanto, el pobre *Barret* se entregó a la más disparatada locura del trabajo.

No dormía: parecíale que sus hortalizas crecían con menos rapidez que las de los vecinos; quiso él solo cultivar todas las tierras; trabajaba de noche a tientas; el menor nubarrón le ponía fuera de sí, trémulo de miedo; y él, tan bueno, tan honrado, hasta se aprovechaba de los descuidos de los labradores colindantes para robarles una parte de riego[33].

Si la familia estaba ciega, en las barracas vecinas bien adivinaban la situación de *Barret,* compadeciendo su mansedumbre. Era un buenazo, no sabía «plantarle cara» al repugnante avaro, y éste lo chupaba lentamente hasta devorarlo por entero.

Y así fue. El pobre labrador, agobiado por una existencia de fiebre y locura laboriosa, quedábase en los huesos, encorvado como un octogenario, con los ojos hundidos. Aquel gorro característico que justificaba su mote ya no se detenía en sus orejas, pues aprovechando la delgadez bajaba hasta los hombros como un fúnebre apagaluz de su existencia[34].

Lo peor para él era que un exceso de fatiga tan insostenible sólo servía para pagar a medias al insaciable ogro. Las consecuencias de su locura por el trabajo no se hicieron esperar. El rocín del *tío Barret,* un animal sufrido que le seguía en todos los excesos, cansado de trabajar de día y de noche, de ir tirando del carro al Mercado de Valencia con carga de hortalizas, y a continuación, sin tiempo para respirar ni desudarse, ser enganchado al arado, tomó el partido de morirse antes que osar el menor intento de rebelión contra su pobre amo.

¡Entonces sí que se vio perdido el labrador! Con desesperación miraba sus campos, que ya no podía cultivar; las hileras de frescas hortalizas, que la gente de la ciudad devoraba con indiferencia, sin sospechar las angustias que su producción hacía sufrir a un pobre padre en continua batalla con la tierra y la miseria.

Pero la Providencia, que nunca abandona al pobre, le ha-

---

[33] Es curioso observar cómo hasta la honradez se quiebra cuando el hombre se halla al borde del precipicio. Este motivo anticipa con variantes el riego justiciero de Batiste.
[34] Hipérbole de tinte trágico. Apagaluz es un calco semántico del valenciano «apagallums».

Labrador de la huerta.

bló por boca de don Salvador. Por algo dicen que Dios saca muchas veces el bien del mal.

El insufrible tacaño, el voraz usurero, al conocer su desgracia le ofreció ayuda con bondad paternal y conmovedora. ¿Qué necesitaba para comprar otra bestia? ¿Cincuenta duros? Pues allí estaba él para ayudarle, para demostrar cuán injustos eran los que le odiaban y hablaban mal de él.

Y prestó dinero a *Barret,* aunque con el insignificante detalle de exigirle una firma —los negocios son negocios— al pie de cierto papel en el que se hablaba de interés, de acumulación de réditos y de responsabilidad de la deuda, mencionando para esto último los muebles, las herramientas, todo cuanto poseía el labrador en su barraca, incluso los animales del corral.

Barret, animado por la posesión de un nuevo rocín joven y brioso, volvió con más ahínco a su trabajo, a matarse sobre aquellos terruños que le abrumaban y parecían crecer conforme disminuían sus fuerzas, envolviéndole cual un sudario rojo.

Todo cuanto producían sus campos se lo comía la familia, y los puñados de cobre que sacaba de la venta en el Mercado de Valencia desparramábanse, sin llegar a formar nunca el montón necesario para acallar a don Salvador.

Estas angustias del *tío Barret* por satisfacer su deuda sin poder conseguirlo despertaban en él cierto instinto de rebelión, hacían surgir en su rudo pensamiento vagas y confusas ideas de justicia. ¿Por qué no eran suyos los campos? Todos sus abuelos habían dejado la vida entre aquellos terrones; estaban regados con el sudor de la familia; si no fuera por ellos, por los *Barret,* estarían las tierras tan despobladas como la orilla del mar... y ahora venía a apretarle la argolla, a hacerle morir con sus recordatorios, aquel viejo sin entrañas que era el amo, aunque no sabía coger un azadón ni en su vida había doblado el espinazo... ¡Cristo! ¡Y cómo arreglan las cosas los hombres!...

Pero estas rebeliones eran momentáneas; volvía a él la sumisión resignada del labriego, el respeto tradicional y supersticioso para la propiedad: había que trabajar y ser honrado.

Y el pobre hombre, que consideraba el no pagar como la

mayor de las deshonras, volvía a la carga cada vez más débil, más extenuado, sintiendo en su interior el lento desplome de su energía, convencido de que no podía prolongar la situación, pero indignado ante la posibilidad tan sólo de abandonar un palmo de las tierras de sus abuelos.

Del semestre de Navidad no pudo entregar a don Salvador más que una pequeña parte; llegó San Juan, y ni un céntimo; la mujer estaba enferma; para pagar los gastos hasta había vendido el «oro del casamiento», las venerables arracadas y el collar de perlas, que eran el tesoro de familia, y cuya futura posesión provocaba discusiones entre las cuatro muchachas.

El viejo avaro se mostró inflexible. No, *Barret,* aquello no podía seguir. Como él era bueno (por más que la gente no lo creyera), no podía consentir que el labrador se matara en aquel empeño de cultivar unas tierras más grandes que sus fuerzas. No lo consentiría; era asunto de buen corazón. Y como le habían hecho proposiciones de nuevo arrendamiento, avisaba a *Barret* para que dejase los campos cuanto antes. Lo sentía mucho, pero él también era pobre... ¡Ah! Y por esto mismo le recordaba que habría que hacer efectivo el préstamo para la compra del rocín, cantidad que con los réditos ascendía a...

El pobre labrador ni se fijó en los miles de reales a que subía su deuda con los dichosos réditos: tan turbado y confuso le dejó la orden de abandonar las tierras.

La debilidad, el desgaste interior producido por la abrumadora lucha de dos años, se manifestó repentinamente.

Él, que no había llorado nunca, gimoteó como un niño; toda su altivez, su gravedad moruna, desaparecieron de golpe, y arrodillóse ante el vejete pidiendo que no le abandonara, pues veía en él a su padre.

Pero buen padre se había echado el pobre *Barret.* Don Salvador se mostró inflexible. Lo sentía mucho, pero no podía: él también era pobre, debía procurar por el pan de sus hijos; y continuó embozando su crueldad con frases de hipócrita sentimiento.

El labrador se cansó de pedir gracia. Fue varias veces a Valencia a la casa del amo para hablarle de sus antepasados, de los derechos morales que tenía sobre aquellas tierras, a pedirle un poco de paciencia, afirmando con loca esperanza que él pagaría, y al fin el avaro acabó por no abrirle la puerta.

La desesperación regeneró a *Barret*. Volvió a ser el hijo de la huerta, altivo, enérgico e intratable cuando cree que le asiste la razón. ¿No quería oírle el amo? ¿Se negaba a darle una esperanza? Pues bien; él en su casa estaba; si deseaba algo, que fuese a buscarle. A ver quién era el guapo que le hacía salir de su barraca.

Y siguió trabajando, aunque con recelo, mirando ansiosamente siempre que pasaba algún desconocido por los caminos inmediatos, como quien aguarda de un momento a otro ser atacado por una gavilla de bandidos.

Le citaron al juzgado y no compareció.

Ya sabía él lo que era aquello: enredos de los hombres para perder a las gentes honradas. Si querían robarle, que le buscasen allí, sobre los campos que eran pedazos de su piel y como a tales defendería.

Un día le avisaron que por la tarde iría el juzgado a proceder contra él, a arrojarle de las tierras, embargando además para pago de sus deudas todo cuanto tenía en la barraca. Aquella noche ya no dormiría en ella.

Tan inaudito resultaba esto para el pobre *tío Barret*, que sonreía con incredulidad. Eso sería para los tramposos, para los que no han pagado nunca; pero él, que siempre había cumplido, que nació allí mismo, que sólo debía un año de arrendamiento... ¡quiá! Ni que viviera uno entre salvajes sin caridad ni religión.

Pero por la tarde, cuando vio venir por el camino a unos señores vestidos de negro, unos pajarracos fúnebres con alas de papel arrolladas bajo el brazo, ya no dudó. Aquél era el enemigo. Iban a robarle.

Y sintiendo en su interior la ciega bravura del moro que sufre toda clase de ofensas, pero enloquece de furor cuando le tocan su propiedad, *Barret* entró corriendo en su barraca, agarró la vieja escopeta que tenía siempre cargada tras la puerta, y echándosela a la cara plantóse bajo el emparrado, dispuesto a meterle dos balas al primero de aquellos bandidos de la ley que pusiera el pie en sus campos.

84

Salieron corriendo su enferma mujer y las cuatro hijas gritando como locas y se abrazaron a él, intentando arrancarle la escopeta tirando del cañón con ambas manos. Y tales fueron los gritos del grupo que luchando y forcejeando iba de un pilar a otro del emparrado, que de las vecinas barracas comenzaron a salir gentes, y llegaron corriendo, en tropel, ansiosas, con la solidaridad fraternal de los que viven en despoblado.

Pimentó fue el que se hizo dueño de la escopeta y prudentemente se la llevó a su casa. *Barret* iba detrás, intentando perseguirle, sujeto y contenido por los fuertes brazos de unos mocetones, desahogando su rabia contra aquel bruto que le impedía defender lo suyo.

—*¡Pimentó!... ¡Lladre!... ¡Tórnam la escopeta!*[35]...

Pero el valentón sonreía bondadosamente, satisfecho de parecer prudente y paternal con el viejo rabioso; y así fue conduciéndolo hasta su barraca, donde quedaron él y los amigos vigilándolo, dándole consejos para que no cometiese un disparate. ¡Mucho ojo, *tío Barret!* Aquella gente era de justicia, y el pobre siempre pierde metiéndose con ella. Calma y mala intención, que todo llegaría.

Y al mismo tiempo los negros pajarracos escribían papeles y más papeles en la barraca de *Barret,* revolviendo impasibles los muebles y las ropas, inventariando hasta el corral y el establo, mientras la esposa y las hijas gemían desesperadamente y la multitud agolpada a la puerta seguía con terror todos los detalles del acto, intentando consolar a las pobres mujeres y prorrumpiendo a la sordina en maldiciones contra el judío don Salvador y aquellos tíos que se prestaban a obedecer a semejante perro.

Al anochecer, *Barret,* que estaba como anonadado, y tras la crisis furiosa había caído en un estado de sonambulismo, vio a sus pies unos cuantos líos de ropa y oyó el sonido metálico de un saco que contenía sus herramientas de labranza.

—*¡Pare!... ¡Pare!*[36] —gimotearon unas voces trémulas.

---

[35] *Pimentó, ladrón, devuélveme la escopeta.*
[36] *Padre, padre.*

Eran las hijas, que se arrojaban en sus brazos; tras ellas, la pobre mujer, enferma, temblando de fiebre; y en el fondo, invadiendo la barraca de *Pimentó* y perdiéndose más allá de la puerta oscura, toda la gente del contorno, el aterrado coro de la tragedia.

Ya les habían despedido de su barraca. Los hombres negros la habían cerrado, llevándose las llaves; no les quedaba otra cosa que los fardos que estaban en el suelo, la ropa usada, las herramientas; lo único que les habían permitido sacar de su casa.

Y las palabras eran entrecortadas por los sollozos, y volvían a abrazarse el padre y las hijas, y Pepeta, la dueña de la barraca, y otras mujeres lloraban y repetían las maldiciones contra el viejo avaro, hasta que *Pimentó* intervino oportunamente.

Tiempo quedaba para hablar de lo ocurrido; ahora, a cenar. ¡Qué demonio! No había que gemir tanto por culpa de un tío judío. Si él viera todo aquello, ¡cómo se alegrarían sus malas entrañas!... La gente de la huerta era buena; a la familia del *tío Barret* la querían todos, y con ella partirían un *rollo*[37] si no había más.

La mujer y las hijas del arruinado labrador fuéronse con algunas vecinas a pasar la noche en sus barracas. El *tío Barret* se quedaba allí, bajo la vigilancia de *Pimentó.*

Los dos hombres estuvieron hasta las diez sentados en sus silletas de esparto, a la luz del candil, fumando cigarro tras cigarro.

El pobre viejo parecía loco. Contestaba con secos monosílabos a las reflexiones de aquel terne, que ahora las echaba de bonachón; y si hablaba era para repetir siempre las mismas palabras:

—¡Pimentó!... *¡Tórnam la escopeta!*

Y *Pimentó* sonreía con cierta admiración. Le asombraba la fiereza repentina del vejete, al que toda la huerta había tenido por un infeliz. ¡Devolverle la escopeta!... ¡En seguida! Bien se adivinaba en la arruga recta que se marcaba entre sus cejas el propósito firme de hacer polvo al autor de su ruina.

---

[37] *Pan.*

Barret se incomodaba cada vez más con el mozo. Llegó a llamarle ladrón porque se negaba a devolverle su arma. No tenía amigos, bien lo veía; todos eran unos ingratos, iguales al avaro don Salvador; no quería dormir allí: se ahogaba. Y rebuscando en el saco de las herramientas, escogió una hoz, la atravesó en su faja y salió de la barraca sin que *Pimentó* intentase atajarle el paso.

A tales horas nada malo podía hacer: que durmiera al raso, si era su gusto. Y el valentón, cerrando la barraca, se acostó.

El *tío Barret* fue derechamente hacia sus campos, y como un perro abandonado comenzó a dar vueltas alrededor de la barraca.

¡Cerrada! ¡cerrada para siempre! Aquellas paredes las había levantado su abuelo y las renovaba él todos los años; aún se destacaba en la oscuridad la blancura del nítido enjalbegado con que sus chicas las cubrieron tres meses antes.

El corral, el establo, las pocilgas, eran obra de su padre; y aquella montera[38] de paja, tan alta, tan esbelta, con las dos crucecitas en los extremos, la había levantado él de nuevo, en sustitución de la antigua, que hacía agua por todas partes.

Y obra de sus manos eran también el brocal del pozo, las pilastras del emparrado, las encañizadas por encima de las cuales enseñaban sus penachos de flores los claveles y los dompedros[39]. ¿Y todo aquello iba a ser propiedad de otro, porque sí, porque así lo querían los hombres?...

Buscó en su faja la tira de fósforos de cartón para prender fuego a la paja de la techumbre. Que se lo llevara todo el demonio: al fin era suyo, bien lo sabía Dios, y podía destruir su hacienda antes que verla en manos de ladrones.

Mas al ir a incendiar su antigua casa sintió una impresión de horror, como si tuviera ante él los cadáveres de todos sus antepasados, y arrojó los fósforos al suelo[40].

Pero continuaba rugiendo en su cabeza el ansia de destruc-

---

[38] Cubierta.
[39] Dondiego, flor.
[40] Un respeto supersticioso se apodera de él al imaginar los cadáveres de sus antepasados.

ción, y con la hoz en la mano se metió en aquellos campos que habían sido sus verdugos.

¡Ahora las pagaría todas juntas la tierra ingrata causa de todas sus desdichas!

Horas enteras duró la destrucción. Derrumbábanse a patadas las bóvedas de cañas por las cuales trepaban las verdes hebras de las judías tiernas y los guisantes; caían las habas partidas por la furiosa hoz, y las filas de lechugas y coles saltaban a distancia a impulsos del agudo acero como cabezas cortadas, esparciendo en torno su cabellera de hojas... Nadie se aprovecharía de su trabajo. Y así estuvo hasta cerca del amanecer, cortando, aplastando con locos pataleos, jurando a gritos, rugiendo blasfemias; hasta que por fin el cansancio aplacó su furia, y se arrojó en un surco llorando como un niño, pensando que la tierra sería en adelante su cama propia y su único oficio mendigar en los caminos.

Le despertaron los primeros rayos del sol hiriendo sus ojos y el alegre parloteo de los pájaros que saltaban cerca de su cabeza aprovechando para su almuerzo los restos de la destrucción nocturna.

Se levantó entumecido por el cansancio y la humedad. *Pimentó* y su mujer le llamaban desde lejos, invitándole a que tomase algo. *Barret* les contestó con desprecio. ¡Ladrón! ¡Después que se guardaba su escopeta!... Y emprendió el camino hacia Valencia, temblando de frío, sin saber adónde iba.

Al pasar por la taberna de *Copa*, entró. Unos carreteros de la vecindad le hablaron para compadecer su desgracia y le invitaron a tomar algo. Aceptaba con mucho gusto. Quería algo contra aquel frío que se le metía en los huesos. Y él, tan sobrio, bebió uno tras otro dos vasos de aguardiente, que cayeron como olas de fuego en su estómago desfallecido.

Su cara se coloreó, adquiriendo después una palidez cadavérica; sus ojos se vetearon de sangre. Se mostró con los carreteros que le compadecían expresivo y confiado; casi como un ser feliz. Les llamaba hijos míos, asegurándoles que no se apuraba por tan poco. No lo había perdido todo. Aún le quedaba lo mejor de la casa, la hoz de su abuelo: una joya que no la cambiaba ni por cincuenta hanegadas.

Y sacaba de su faja el curvo acero, puro y brillante: una herramienta de fino temple y corte sutilísimo que, según afirmaba *Barret,* cortaba en el aire un papel de fumar[41].

Los carreteros pagaron, y arreando sus bestias alejáronse hacia Valencia, llenando el camino de chirridos de ruedas.

El viejo aún estuvo más de una hora en la taberna, hablando solo, sintiendo que la cabeza se le iba; hasta que molestado por la dura mirada de los dueños, que adivinaban su estado, experimentó un vago sentimiento de vergüenza y salió sin saludar, andando con paso inseguro.

No podía apartar de su memoria un recuerdo tenaz. Veía con los ojos cerrados un gran huerto de naranjos que existía a más de una hora de distancia, entre Benimaclet[42] y el mar. Allí había ido él muchas veces por sus asuntos, y allá iba ahora, a ver si el demonio era tan bueno que le hacía tropezar con el amo[43], el cual raro era el día que no inspeccionaba con su mirada de avaro los hermosos árboles uno por uno, como si tuviera contadas las naranjas.

Llegó después de dos horas de marcha, deteniéndose muchas veces para dar aplomo a su cuerpo, que se balanceaba sobre las inseguras piernas.

El aguardiente se había apoderado de él; ya no sabía con qué objeto había llegado hasta allí, tan lejos de la parte de la huerta donde vivían los suyos, y acabó por dejarse caer en un campo de cáñamo a la orilla del camino. Al poco rato sus penosos ronquidos de borracho sonaban entre los verdes y erguidos tallos.

Cuando despertó era ya bien entrada la tarde. Sentía pesadez en la cabeza y el estómago desfallecido. Le zumbaban los oídos, y en la boca empastada sentía un sabor horrible. ¿Qué hacía allí, cerca del huerto del judío? ¿Cómo había llegado tan lejos? Su honradez primitiva se avergonzó al verse en tal estado de envilecimiento, e intentó ponerse en pie

---

[41] Hipérbole lexicalizada.

[42] Pueblecito incorporado ya como barrio a la ciudad. Fue escenario de algunos cuentos de Blasco.

[43] El estilo indirecto libre personalizado da la medida del descreimiento religioso del personaje, que ya sólo aspira a perderse matando.

para huir. La opresión que producía sobre su estómago la hoz cruzada en la faja le daba escalofríos.

Al incorporarse asomó la cabeza por entre el cáñamo y vio en una revuelta del camino un hombrecillo que caminaba lentamente envuelto en una capa.

Barret sintió que toda su sangre le subía de golpe a la cabeza, que reaparecía la borrachera, y se incorporó, tirando de la hoz... ¿Y aún dicen que el demonio no es bueno? Allí estaba su hombre; el que deseaba ver desde el día anterior.

El viejo usurero había vacilado antes de salir de su casa. Le escocía algo lo del *tío Barret;* estaba el suceso reciente y la huerta es traicionera; pero el miedo de que aprovechasen su ausencia en el huerto pudo más que sus temores, y pensando que la finca estaba lejos de la barraca embargada, púsose en camino.

Ya veía su huerto, ya se reía del miedo pasado, cuando vio saltar desde el bancal de cáñamo a *Barret,* que le pareció un enorme demonio, con la cara roja y los brazos extendidos, impidiéndole toda fuga, acorralándolo en el borde de la acequia que corría paralela al camino. Creyó soñar; chocaron sus dientes, su cara púsose verde y le cayó la capa, dejando al descubierto un viejo gabán y los sucios pañuelos arrollados al cuello. Tan grande era su terror, su turbación, que hasta le hablaba en castellano.

—¡Barret! ¡hijo mío! —decía con voz entrecortada—. Todo ha sido una broma: no hagas caso. Lo de ayer fue para hacerte un poquito de miedo[44]... nada más. Seguirás en las tierras... Pasa mañana por casa... hablaremos: me pagarás como quieras.

Y doblaba su cuerpo, evitando que se le acercara el *tío Barret;* pretendía escurrirse, huir de la terrible hoz, en cuya hoja se quebraba un rayo de sol y se reproducía el azul del cielo. Pero con la acequia a la espalda no encontraba sitio para moverse y echaba el cuerpo atrás, pretendiendo cubrirse con las crispadas manos.

El labrador sonreía como una hiena, enseñando sus agudos y blancos dientes de pobre.

---

[44] Calco semántico del valenciano que, con la apoyatura del diminutivo, subraya muy bien el terror y la doblez del avaro.

—¡Embustero! ¡embustero! —contestaba con voz que parecía un ronquido.

Y moviendo su herramienta de un lado a otro buscaba sitio para herir, evitando las manos flacas y desesperadas que se le ponían delante.

—¡Pero *Barret!* ¡hijo mío! ¿qué es esto? Baja esa arma... no juegues. Tú eres un hombre honrado... piensa en tus hijas. Te repito que ha sido una broma. Ven mañana y te daré las lla... ¡Aaay!...

Fue un rugido horripilante, un grito de bestia herida. Cansada la hoz de encontrar obstáculos, había derribado de un golpe una de las manos crispadas. Quedó colgando de los tendones y la piel, y el rojo muñón arrojó la sangre con fuerza, salpicando a *Barret,* que rugió al recibir en el rostro la caliente rociada.

Vaciló el viejo sobre sus piernas, pero antes de caer al suelo, la hoz partió horizontalmente contra su cuello, y... ¡zas! cortando la complicada envoltura de pañuelos, abrió una profunda hendidura, separando casi la cabeza del tronco.

Cayó don Salvador en la acequia; sus piernas quedaron en el ribazo, agitadas por un pataleo fúnebre de res degollada. Y mientras tanto, la cabeza, hundida en el barro, soltaba toda su sangre por la profunda brecha y las aguas se teñían de rojo[45], siguiendo su manso curso con un murmullo plácido que alegraba el solemne silencio de la tarde[46].

Barret permaneció plantado en el ribazo como un imbécil. ¡Cuánta sangre tenía el tío ladrón! La acequia se enrojecía, parecía más caudalosa. De repente, el labriego, dominado por el terror, echó a correr, como si temiera que el riachuelo de sangre le ahogara al desbordarse.

Antes de terminar el día circuló la noticia como un cañonazo que conmovió toda la vega. ¿Habéis visto el gesto hipócrita, el regocijado silencio con que acoge un pueblo la muerte del gobernante que le oprime? Pues así lloró la huerta la muerte de don Salvador. Todos adivinaron la mano del *tío*

---

[45] Pintura naturalista. El agua se asocia con frecuencia a la sangre en esta obra.

[46] Se destaca la indiferencia de la naturaleza.

Barret, y nadie habló. Las barracas hubiesen abierto para él sus últimos escondrijos; las mujeres le habrían ocultado bajo sus faldas.

Pero el asesino vagó como un loco por la huerta, huyendo de las gentes, tendiéndose tras los ribazos, agazapándose bajo los puentecillos, escapando al través de los campos asustado por el ladrido de los perros, hasta que al día siguiente lo sorprendió la Guardia civil durmiendo en un pajar.

En seis meses sólo se habló en la huerta del *tío Barret.*

Los domingos iban como en peregrinación hombres y mujeres a la cárcel de Valencia para contemplar al través de los barrotes al pobre «libertador», cada vez más enjuto, con los ojos hundidos y la mirada inquieta.

Llegó la vista del proceso, y le sentenciaron a muerte.

La noticia causó honda impresión en la vega; curas y alcaldes pusiéronse en movimiento para evitar tal vergüenza... ¡Uno del distrito sentándose en el cadalso! Y como *Barret* había sido siempre de los dóciles, votando lo que ordenaba el cacique y obedeciendo pasivamente al que mandaba, se hicieron viajes a Madrid para salvar su vida, y el indulto llegó oportunamente[47].

El labrador salió de la cárcel hecho una momia, y fue conducido a Ceuta, para morir allí a los pocos años.

Disolvióse su familia; desapareció como un puñado de paja en el viento.

Las hijas, una tras otra, fueron abandonando las familias que las habían recogido, trasladándose a Valencia para ganarse el pan como criadas; y la pobre vieja, cansada de molestar con sus enfermedades, marchó al Hospital, muriendo[48] al poco tiempo.

La gente de la huerta, con la facilidad que tiene todo el mundo para olvidar la desgracia ajena, apenas si de tarde en tarde recordaba la espantosa tragedia del *tío Barret,* preguntándose qué sería de sus hijas.

---

[47] Este tema se desarrolla ampliamente en *Entre naranjos* y en el cuento «La paella del roder».

[48] Gerundio anómalo, muy usado por Blasco. Sobre este uso pueden verse nuestras notas a la edición de *Entre naranjos* en Cátedra.

Pero nadie olvidó los campos y la barraca, que permanecieron en el mismo estado que el día en que la justicia arrojó de ellos al infortunado colono.

Fue aquello un acuerdo tácito de toda la huerta; una conjuración instintiva, en cuya preparación apenas si mediaron palabras, pero en la que parecían entrar hasta los árboles y los caminos.

Pimentó lo había dicho el mismo día de la catástrofe. ¡A ver quién era el guapo que se atrevía a meterse en aquellas tierras!

Y toda la gente de la huerta, hasta las mujeres y los niños, parecían contestar con sus miradas de mutua inteligencia: «Sí; a ver.»

Las plantas parásitas, los abrojos, comenzaron a surgir de la tierra maldita que el *tío Barret* había pateado y herido con su hoz la última noche, como presintiendo que por culpa de ella moriría en presidio.

Los hijos de don Salvador, unos ricachos tan avaros como su padre, creíanse sumidos en la miseria porque el pedazo de tierra permanecía improductivo.

Un labrador que vivía en otro distrito de la huerta, hombre que las echaba de guapo y nunca tenía bastante tierra, sintióse tentado por el bajo precio del arrendamiento y apechugó con unos campos que a todos inspiraban miedo.

Iba a labrar la tierra con la escopeta al hombro; él y sus criados se reían de la soledad en que los dejaban los vecinos; las barracas se cerraban a su paso, y desde lejos les seguían las miradas hostiles.

Vigilaba el labrador, presintiendo una emboscada; pero de nada le sirvió su cautela, pues una tarde en que se retiraba solo, cuando aún no había terminado la roturación de los campos, le largaron dos escopetazos sin que viese al agresor, y salió milagrosamente ileso del puñado de postas que pasó junto a sus orejas.

En los caminos no se veía a nadie: ni una huella reciente. Le habían tirado desde alguna acequia, emboscado el tirador tras los cañares.

Con enemigos así no se podía luchar; y el valentón, en la misma noche, entregó las llaves de la barraca a sus amos.

Había que oír a los hijos de don Salvador. ¿Es que no había gobiernos y seguridades para la propiedad... ni nada?

Indudablemente era *Pimentó* el autor del atentado, el que impedía que los campos fuesen cultivados, y la Guardia civil prendió al jaque de la huerta y lo llevó a la cárcel.

Pero cuando llegó el momento de declarar, todo el distrito desfiló ante el juez afirmando la inocencia de *Pimentó,* sin que a aquellos rústicos socarrones se les pudiera arrancar una palabra contradictoria.

Todos recitaban la misma lección. Hasta viejas achacosas que jamás salían de sus barracas declararon que aquel día, a la misma hora en que sonaron los dos tiros, *Pimentó* estaba en una taberna de Alboraya de francachela con sus amigos.

Nada se podía contra una gente de gesto imbécil y mirada cándida, que rascándose el cogote mentía con tanto aplomo; *Pimentó* fue puesto en libertad, y de todas las barracas salió un suspiro de triunfo y satisfacción.

Ya estaba hecha la prueba: ya se sabía que el cultivo de aquellas tierras se pagaba con la piel.

Los avaros amos no cejaron. Cultivarían la tierra ellos mismos; y buscaron jornaleros entre la gente sufrida y sumisa que, oliendo a lana burda y miseria, baja en busca de trabajo, empujada por el hambre, de lo último de la provincia, de las montañas fronterizas a Aragón.

En la huerta compadecían a los pobres *churros*[49]. ¡Infelices! Iban a ganarse un jornal; ¿qué culpa tenían ellos? Y por la noche, cuando se retiraban con el azadón al hombro, no faltaba una buena alma que los llamase desde la puerta de la taberna de *Copa.* Los hacían entrar, bebían, hablábanles al oído con la cara ceñuda y el acento paternal y bondadoso, como quien aconseja a un niño que evite el peligro; y el resultado era que los dóciles *churros,* al día siguiente, en vez de ir al campo, presentábanse en masa a los dueños de las tierras.

—Mi amo: venimos a que nos pague.

---

[49] Los que no saben hablar en valenciano y con frecuencia son de origen aragonés.

Y eran inútiles todos los argumentos de los dos solterones, furiosos al verse atacados en su avaricia.

—Mi amo —respondían a todo—: semos probes, pero no nos hemos encontrao[50] la vida tras un pajar.

Y no sólo dejaban el trabajo, sino que pasaban aviso a todos sus paisanos para que huyesen de ganar un jornal en los campos de *Barret*, como quien huye del diablo.

Los dueños de las tierras pedían protección hasta en los papeles públicos. Y allá iban parejas de la Guardia civil a correr la huerta, a apostarse en los caminos, a sorprender gestos y conversaciones, siempre sin éxito.

Todos los días veían lo mismo: las mujeres cosiendo y cantando bajo los emparrados; los hombres en los campos, encorvados, con la vista en el suelo, sin dar descanso a los activos brazos; *Pimentó* tendido a lo gran señor ante las varitas de liga, esperando a los pájaros, o ayudando a Pepeta torpe y perezosamente; en la taberna de *Copa* unos cuantos viejos tomando el sol o jugando al truque. El paisaje respiraba paz, honrada bestialidad; era una Arcadia moruna. Pero los del gremio no se fiaban; ningún labrador quería las tierras ni aun gratuitamente, y al fin los amos tuvieron que desistir de su empeño, dejando que se cubrieran de maleza y que la barraca se viniera abajo, mientras esperaban la llegada de un hombre de buena voluntad capaz de comprarlas o trabajarlas.

La huerta estremecíase de satisfacción viendo cómo se perdía aquella riqueza y los herederos de don Salvador se hacían la «santísima».

Era un placer nuevo e intenso. Alguna vez se habían de imponer los pobres y quedar los ricos debajo. Y el duro pan parecía más sabroso, el vino mejor, el trabajo menos pesado, pensando en las rabietas de los dos avaros, que con todo su dinero habían de sufrir que los rústicos de la huerta se burlasen de ellos.

Además, aquella mancha de desolación y miseria en medio de la vega servía para que los otros propietarios fuesen menos exigentes, y tomando ejemplo en el vecino no au-

---

[50] Vulgarismo extendido por toda el área del español.

mentaran los arrendamientos y se conformasen cuando los semestres tardaban en hacerse efectivos.

Los desolados campos eran el talismán que mantenía íntimamente unidos a los huertanos, en continuo tacto de codos: un monumento que proclamaba su poder sobre los dueños; el milagro de la solidaridad de la miseria contra las leyes y la riqueza de los que son señores de las tierras sin trabajarlas ni sudar sobre sus terrones.

Todo esto que pensaban confusamente les hacía creer que el día en que los campos de *Barret* fueran cultivados, la huerta sufriría toda clase de desgracias. Y no esperaban, después de un triunfo de diez años, que pudiera entrar en los campos abandonados otra persona que el *tío Tomba,* un pastor ciego y parlanchín que, a falta de auditorio, relataba todos los días sus hazañas de guerrillero a su rebaño de sucias ovejas.

De aquí las exclamaciones de asombro y el gesto de rabia de toda la huerta cuando *Pimentó,* de campo en campo y de barraca en barraca, fue propalando que las tierras de *Barret* tenían ya arrendatario, un desconocido, y que «él...» «¡él!» —fuese quien fuese— estaba allí con toda su familia, instalándose sin reparo... «¡como si aquello fuese suyo!».

III

Batiste, al inspeccionar las incultas tierras, se dijo que había allí trabajo para un rato.

Mas no por esto sintió desaliento. Era hombre enérgico, emprendedor, avezado a la lucha para conquistar el pan; allí lo había, y muy largo, como decía él, y además se consolaba recordando que en peores trances se había visto.

Su vida era un continuo cambio de profesión, siempre dentro del círculo de la miseria rural, mudando cada año un oficio, sin encontrar para su familia el bienestar mezquino que constituía toda su aspiración.

Cuando conoció a su mujer, era mozo de molino en las inmediaciones de Sagunto. Trabajaba entonces «como un lobo» —así lo decía él— para que en casa no faltase nada; y Dios premiaba su laboriosidad enviándole cada año un hijo, hermosas criaturas que parecían nacer con dientes, según la prisa que se daban en abandonar el pecho maternal para pedir pan a todas horas.

Resultado: que tuvo que abandonar el molino y dedicarse a carretero, en busca de mayores ganancias.

La mala suerte le perseguía. Nadie como él cuidaba el ganado y vigilaba la marcha. Muerto de sueño, jamás se atrevía, como los compañeros, a dormir en el carro dejando que las bestias marchasen guiadas por su instinto; vigilaba a todas horas, caminaba siempre junto al rocín delantero, evitando los baches profundos y los malos pasos; y sin embargo, si algún carro volcaba era el suyo; si algún animal enfermaba con las lluvias era de seguro de Batiste, a pesar del cuidado paternal con que se apresuraba a cubrir los flancos de sus bestias con gualdrapas de arpillera apenas caían cuatro gotas.

En unos cuantos años de fatigosa peregrinación por las carreteras de la provincia, comiendo mal, durmiendo al raso y sufriendo el tormento de pasar meses enteros lejos de la familia, a la que adoraba con el afecto reconcentrado de hombre rudo y silencioso, Batiste sólo experimentó pérdidas y vio su situación cada vez más comprometida.

Se le murieron los rocines y tuvo que entramparse para comprar otros; lo que le valía el continuo acarreo de hinchados pellejos de vino o aceite perdíase en manos de chalanes y maestros de carros, hasta que llegó el momento en que, viendo próxima su ruina, abandonó el oficio.

Tomó entonces unas tierras cerca de Sagunto: campos de secano, rojos y eternamente sedientos, en los cuales retorcían sus troncos huecos los centenarios algarrobos o alzaban los olivos sus redondas y empolvadas cabezas.

Fue su vida una continua batalla con la sequía, un incesante mirar al cielo, temblando de emoción cada vez que una nubecilla negra asomaba en el horizonte.

Llovió poco, las cosechas fueron malas durante cuatro años, y Batiste no sabía ya qué hacer ni adónde dirigirse, cuando en un viaje a Valencia conoció a los hijos de don Salvador, unos excelentes señores (Dios les bendiga) que le dieron aquella hermosura de campos libres de arrendamiento por dos años, hasta que recobrasen por completo su estado de otros tiempos.

Algo oyó él de lo que había sucedido en la barraca, de las causas que obligaban a los dueños a conservar improductivas tan hermosas tierras; pero ¡había transcurrido tanto tiempo! Además, la miseria no tiene oídos[51]; a él le convenían los campos, y en ellos se quedaba. ¿Qué le importaban las historias viejas de don Salvador y el *tío Barret*?

Todo lo despreciaba y olvidaba contemplando sus tierras. Y Batiste sentíase poseído de dulce éxtasis al verse cultivador

---

[51] Sentencia muy oportuna incluida dentro de un pasaje en estilo indirecto libre personalizado.

en la huerta feraz que tantas veces había envidiado cuando pasaba por la carretera de Valencia a Sagunto.

Aquello eran tierras: siempre verdes, con las entrañas incansables, engendrando una cosecha tras otra; circulando el agua roja a todas horas como vivificante sangre por las innumerables acequias y regadoras que surcaban su superficie como complicada red de venas y arterias; fecundas hasta alimentar familias enteras con cuadros que, por lo pequeños, parecían pañuelos de follaje. Los campos secos de allá de Sagunto recordábalos como un infierno de sed, del que afortunadamente se había librado.

Ahora sí que estaba en el buen camino. ¡A trabajar! Los campos estaban perdidos; había allí mucho que rascar; pero ¡cuando se tiene buena voluntad!... Y desperezándose, aquel hombretón recio, musculoso, de espaldas de gigante, redonda cabeza trasquilada y rostro bondadoso sostenido por grueso cuello de fraile, extendía sus poderosos brazos, habituados a levantar en vilo los sacos de harina y los pesados pellejos de la carretería.

Tan preocupado estaba con sus tierras, que apenas si se fijó en la curiosidad de los vecinos.

Asomando las inquietas cabezas por entre los cañares o tendidos sobre el vientre en los ribazos, le contemplaban hombres, chicuelos y hasta mujeres de las inmediatas barracas.

Batiste no hacía caso de ellos. Era la curiosidad, la expectación hostil que inspiran siempre los recién llegados. Bien sabía él lo que era aquello; ya se irían acostumbrando. Además, tal vez les interesaba ver cómo ardía la miseria que diez años de abandono habían amontonado sobre los campos de *Barret*.

Y ayudado por su mujer y los chicos, iba incendiando al día siguiente de su llegada toda la vegetación parásita.

Los arbustos retorcíanse entre las llamas, caían hechos brasas, escapando de entre sus cenizas los asquerosos bichos chamuscados, y la barraca aparecía perdida entre las nubes de humo de aquellas luminarias, que despertaban sorda cólera en toda la huerta.

Una vez limpias las tierras, Batiste, sin perder tiempo, procedió al cultivo. Algo duras estaban; pero él, como labriego experto, quería trabajarlas poco a poco, por secciones; y marcando un cuadro cerca de su barraca, comenzó a remover la tierra ayudado por toda la familia.

Los vecinos burlábanse de ellos con ironía que delataba su sorda irritación. ¡Vaya una familia! Eran gitanos como los que duermen bajo de los puentes. Vivían en la vieja barraca como náufragos que se aguantan sobre un buque destrozado: tapando un agujero aquí, apuntalando allá, haciendo verdaderos prodigios para que se sostuviera la techumbre de paja y distribuyendo sus pobres muebles, cuidadosamente fregoteados, en todos los cuartos, que eran antes madriguera de ratones y sabandijas.

En punto a laboriosos eran todo un tropel de ardillas, pues no podían permanecer quietos mientras el padre trabajaba. Teresa la mujer y Roseta la hija mayor, con las faldas recogidas entre las piernas y azadón en mano, cavaban con más ardor que un jornalero, descansando solamente para echarse atrás la greñas que les caían sobre la sudorosa y roja frente. El hijo mayor hacía continuos viajes a Valencia con la espuerta al hombro, trayendo estiércol y escombros que colocaba en dos montones, como columnas de honor, a la entrada de la barraca; y los tres pequeñuelos, graves y laboriosos, como si comprendiesen la situación de la familia, iban a gatas tras los cavadores, arrancando de los terrones las duras raíces de los arbustos quemados.

Duró aquella faena preparatoria más de una semana, sudando y jadeando la familia desde el amanecer a la noche.

La mitad de las tierras estaban removidas; Batiste las entabló y las labró con ayuda del viejo y animoso rocín, que parecía de la familia.

Había que proceder al cultivo; estaban en San Martín, la época de la siembra, y el labrador dividió la tierra roturada en tres partes. La mayor para el trigo, un cuadro más pequeño para plantar habas y otro para el forraje, pues no era cosa de olvidar al *Morrut*[52], el viejo y querido rocín. Bien se lo había ganado.

Y con la alegría del que tras una penosa navegación descu-

---

[52] Hocicudo. Es aquí un mote cariñoso.

bre el puerto, la familia procedió a la siembra. Era el porvenir asegurado. Las tierras de la huerta no engañaban; de allí saldría el pan para todo el año.

La tarde en que se terminó la siembra vieron avanzar por el inmediato camino unas cuantas ovejas de sucios vellones, que se detuvieron medrosas en el límite del campo.

Tras ellas caminaba un viejo apergaminado, amarillento, con los ojos hundidos en las profundas órbitas y la boca circundada por una aureola de arrugas. Andaba lentamente, con pasos firmes, pero con el cayado por delante como reconociendo el terreno.

La familia le miraba con atención: era el único que en las dos semanas que allí estaban se atrevía a aproximarse a las tierras. Al notar la vacilación de sus ovejas, gritó para que pasasen adelante.

Batiste salió al encuentro del abuelo. No se podía pasar: las tierras estaban ahora cultivadas. ¿No lo sabía?...

Algo había oído el *tío Tomba;* pero en las dos semanas anteriores había llevado su rebaño a pastar los hierbajos del barranco de Carraixet[53], sin preocuparse de aquellos campos... ¿De veras que ahora estaban cultivados?

Y el anciano pastor avanzaba la cabeza y hacía esfuerzos para ver con sus ojos casi muertos al audaz que osaba realizar lo que en toda la huerta se tenía por imposible.

Calló un buen rato, y por fin comenzó a murmurar tristemente.

Muy mal; él también, en su juventud, había sido atrevido: le gustaba llevar a todos la contraria. ¡Pero cuando son muchos los enemigos!... Muy mal; se había metido en un paso difícil. Aquellas tierras, después de lo del pobre *Barret,* estaban malditas. Podía creerle a él, que era viejo y experimentado: le traerían desgracia.

---

[53] «Dos barrancos» —el del Carraixet al norte y el de Torrent al sur— sirven para desaguar las avenidas que bajan de las montañas que, por el oeste, cierran la Huerta, cuya belleza ubérrima ya fue ensalzada por el historiador Padre Juan de Mariana, a quien no le duelen prendas al compararla nada menos que con los Campos Elíseos, «Paraíso —nos dice— y morada de los bienaventurados, según lo refirieron los poetas antiguos». Luis Guarner, *Valencia, tierra y alma de un país,* Madrid, Espasa Calpe, 1974, pág. 277.

Y el pastor llamó a su rebaño, le hizo emprender la marcha por el camino, y antes de alejarse se echó la manta atrás, alzando sus descarnados brazos, y con cierta entonación de hechicero que augura el porvenir o de profeta que husmea la ruina, le gritó a Batiste:

—*Creume, fill meu: te portarán desgrasia*[54].

De este encuentro resultó un motivo más de cólera para toda la huerta.

El *tío Tomba* ya no podía meter sus ovejas en aquellas tierras, después de diez años de pacífico disfrute de sus pastos.

No se decía una palabra de la legitimidad de la negativa estando el terreno cultivado; se hablaba únicamente de los respetos que merecía el anciano pastor, un hombre que en sus mocedades se comía los franceses crudos, que había visto mucho mundo, y cuya sabiduría, demostrada con medias palabras y consejos incoherentes, inspiraba un respeto supersticioso a la gente de las barracas.

Cuando Batiste y su familia vieron bien henchidas de fecunda simiente las entrañas de sus tierras, pensaron en la vivienda, a falta de trabajo más urgente.

El campo haría su deber. Ya era hora de pensar en ellos mismos.

Y por primera vez desde su llegada a la huerta, salió Batiste de las tierras para ir a Valencia a cargar en su carro todos los desperdicios de la ciudad que pudieran serle útiles.

Aquel hombre era una hormiga afortunada. Los montones formados por Batistet se agrandaron considerablemente con las expediciones del padre. La giba de estiércol, que formaba una cortina defensiva ante la barraca, crecía rápidamente, y más allá amontonábanse centenares de ladrillos rotos, maderos carcomidos, puertas destrozadas, ventanas hechas astillas, todos los desperdicios de los derribos de la ciudad.

La gente de la huerta contempló con asombro la prontitud y buena maña de las laboriosas hormigas para arreglarse la vivienda.

---

[54] *Créeme, hijo mío: te traerán desgracia.*

La cubierta de paja de la barraca apareció enderezada; las costillas de la techumbre, carcomidas por las lluvias, fueron reforzadas unas y sustituidas otras; una capa de paja nueva cubrió los dos planos pendientes del exterior; hasta las crucecitas de los extremos fueron sustituidas por otras que la navaja de Batiste trabajó cucamente, adornando sus aristas con dentelladas muescas; y no hubo en todo el contorno techumbre que se irguiera más gallarda.

Los vecinos, al ver cómo se reformaba la barraca de *Barret,* colocándose recta la montera, veían en ella algo de burla y de reto.

Después comenzó la obra de abajo. ¡Qué modo de utilizar los escombros de Valencia! Las grietas desaparecieron, y terminado el enlucido de las paredes, la mujer y la hija las enjalbegaron de un blanco deslumbrante. La puerta nueva y pintada de azul parecía madre de todas las ventanillas, que asomaban por los huecos de las paredes sus cuadradas caras del mismo color; bajo la parra hizo Batiste una plazoleta, pavimentada con ladrillos rojos, para que las mujeres cosieran allí en las horas de la tarde; el pozo, después de una semana de descensos y penosos acarreos, quedó limpio de todas las piedras y la basura con que la pillería huertana lo había atiborrado durante diez años, y otra vez su agua limpia y fresca volvió a subir en musgoso pozal con alegres chirridos de la garrucha, que parecía reírse del contorno con estridente carcajada de vieja maliciosa[55].

Los vecinos devoraban su rabia en silencio. ¡Ladrón, más que ladrón! ¡Vaya un modo de trabajar! Aquel hombre parecía poseer con sus membrudos brazos dos varitas mágicas para transformar todo cuanto tocaba.

Dos meses después de su llegada, aún no había salido de sus tierras media docena de veces. Siempre allí, la cabeza entre los hombros, embriagándose en el trabajo; y la barraca de *Barret* presentaba un aspecto coquetón y risueño, como jamás lo había tenido en poder de su antiguo amo.

---

[55] Pasaje de eficacia rítmica en el que destacan la onomatopeya y la desafiante personificación.

El corral, cercado antes con podridas encañizadas, tenía ahora paredes de estacas y barro pintadas de blanco, sobre cuyos bordes correteaban las rubias gallinas y se inflamaba el gallo, irguiendo su roja cabeza... En la plazoleta frente a la barraca florecían macizos de dompedros y plantas trepadoras; una fila de pucheros desportillados pintados de azul servían de macetas sobre el banco de rojos ladrillos, y por la puerta entreabierta —¡ah, fanfarrón![56]— veíase la cantarera nueva con sus chapas de barnizados azulejos y sus cántaros verdes de charolada panza: un conjunto de reflejos insolentes que quitaban la vista al que pasaba por el cercano camino.

Todos, en su furia creciente, acudían a *Pimentó*. ¿Podía aquello consentirse? ¿Qué pensaba hacer el temible marido de Pepeta?

Y *Pimentó* se rascaba la frente, oyéndoles con cierta confusión.

¿Qué iba a hacer? Su propósito era decirle dos palabritas a aquel advenedizo que se metía a cultivar lo que no era suyo; una indicación muy seria para que «no fuese tonto» y se largara a su tierra, pues allí nada tenía que hacer. Pero el demonio de hombre no salía de sus campos, y no era cosa de ir a amenazarle en su propia casa. Esto sería dar el cuerpo para lo que pudiera venir después. Había que ser cauto y guardar la salida. En fin... un poco de paciencia. Él, lo único que podía asegurar es que el tal sujeto no cogería el trigo, ni las habas, ni todo lo que había plantado en los campos de *Barret*. Aquello sería para el demonio.

Las palabras de *Pimentó* tranquilizaban a los vecinos, que seguían con mirada atenta los progresos de la maldita familia, deseando en silencio que llegase pronto la hora de su ruina.

Una tarde volvía Batiste de Valencia muy contento del resultado de su viaje. No quería en su casa brazos inútiles. Batistet, cuando no había labor en el campo, tenía ocupación yendo a la ciudad por estiércol. Quedaba la chica, una mocetona que terminado el arreglo de la barraca no servía para

---

[56] La exclamación imprevista da un toque de originalidad a la descripción.

gran cosa, y gracias a la protección de los hijos de don Salvador, que se mostraban contentísimos con el nuevo arrendatario, acababa de conseguir que la admitiesen en una fábrica de sedas[57].

Desde el día siguiente, Roseta formaría parte del rosario de muchachas que, despertando con el alba, marchaban por todas las sendas con la falda ondeante y la cestita al brazo camino de la ciudad, para hilar el sedoso capullo con sus gruesos dedos de hijas de la huerta.

Al llegar Batiste a las inmediaciones de la taberna de *Copa,* un hombre apareció en el camino saliendo de una senda inmediata y marchó hacia él lentamente, dando a entender su deseo de hablarle.

Batiste se detuvo, lamentando en su interior no llevar consigo ni una mala navaja ni una hoz, pero sereno, tranquilo, irguiendo su cabeza redonda con la expresión imperiosa tan temida por su familia y cruzando sobre el pecho los forzudos brazos de antiguo mozo de molino.

Conocía a aquel hombre, aunque jamás había hablado con él: era *Pimentó.*

Al fin ocurría el encuentro que tanto había temido.

El valentón midió con una mirada al intruso odiado y le habló con voz melosa, esforzándose por dar a su ferocidad y mala intención un acento de bondadoso consejo.

Quería decirle dos razones[58]: hacía tiempo que lo deseaba; pero ¿cómo, si nunca salía de sus tierras?

—*Dos rahonetes no més...*[59].

Y soltó el par de razones, aconsejándole que dejara cuanto antes las tierras del *tío Barret.* Debía creer a los hombres

---

[57] La industria de la seda tiene su auge en el siglo XVIII y decae extraordinariamente en el XIX. A mediados del siglo XVIII había en Valencia tres mil telares que quedaron reducidos a mil sesenta en 1850. Hubo años en los que el número bajó a seiscientos. La decadencia definitiva tuvo dos causas importantes: la política de libre cambio impuesta por Espartero hizo imposible la competencia con Lyon por falta de maquinaria. Además una peste, la pebrina, diezmó el cultivo de las moreras.
[58] Dos palabras; es un calco semántico del valenciano.
[59] Explicación en valenciano, con el diminutivo tan típico de esta lengua, de lo anteriormente traducido.

que le querían bien, a los que conocían la huerta. Su presencia allí era una ofensa, y la barraca casi nueva un insulto a la pobre gente. Había que creerle a él e irse a otra parte con la familia.

Batiste sonreía irónicamente oyendo a *Pimentó*, el cual parecía confundido por la serenidad del intruso, anonadado al encontrar un hombre que no sentía miedo ante él.

¿Marcharse? No había guapo que le hiciera abandonar lo que era suyo, lo que estaba regado con su sudor y había de dar el pan de su familia. Él era un hombre pacífico, ¿estamos? pero si le buscaban las cosquillas, era tan hombre como el que más. Cada cual que se metiera en su negocio, que él haría bastante cumpliendo con el suyo sin faltar a nadie.

Y pasando ante el valentón, siguió su camino, volviéndole la espalda despreciativamente[60].

Pimentó, acostumbrado a que le temblara toda la huerta, estaba cada vez más desconcertado por la serenidad de Batiste.

—*¿Es la última paraula?*[61] —le gritó cuando estaba ya a alguna distancia.

—*Sí; la última* —contestó Batiste sin volverse.

Y siguió adelante, desapareciendo en una revuelta del camino. A lo lejos, en la antigua barraca de *Barret*, ladraba el perro olfateando la proximidad de su amo.

Al quedar solo, *Pimentó* recobró su soberbia. ¡Cristo! ¡Y cómo se había burlado de él aquel tío! Masculló algunas maldiciones, y cerrando el puño señaló amenazante la curva del camino por donde había desaparecido Batiste.

—*Tú me les pagarás... ¡Me les pagarás, morral!*[62].

En su voz, trémula de rabia, vibraban condensados todos los odios de la huerta.

---

[60] Este rasgo de desprecio desconcierta a Pimentó, quien está acostumbrado a sembrar el miedo en torno.

[61] *¿Es la última palabra?*

[62] *Tú me las pagarás... ¡Me las pagarás, sinvergüenza!*

IV

Era jueves, y según una costumbre que databa de cinco siglo, el Tribunal de las Aguas iba a reunirse en la puerta de la Catedral llamada de los Apóstoles[63].

El reloj del Miguelete[64] señalaba poco más de las diez, y los huertanos juntábanse en corrillos o se sentaban en el tazón de la seca fuente que adornaba la plaza, formando en torno del vaso una animada guirnalda de mantas azules y blancas, pañuelos rojos y amarillos y faldas de indiana de colores claros.

Llegaban unos tirando de sus caballejos con el serón cargado de estiércol, contentos de la colecta hecha en las calles; otros en los carros vacíos, procurando enternecer a los guardias municipales para que les dejasen permanecer allí; y mientras los viejos conversaban con las mujeres, los jóvenes se metían en el cafetín cercano para matar el tiempo ante la copa de aguardiente, mascullando el cigarro de tres céntimos.

Toda la huerta que tenía agravios que vengar estaba allí, gesticulante y ceñuda, hablando de sus derechos, impaciente por soltar ante los síndicos o jueces de las siete acequias el interminable rosario de sus quejas.

---

[63] El Tribunal de las Aguas tiene más de mil años de existencia.

[64] El Miguelete —en valenciano «Micalet»— es el campanario de la catedral, cuya construcción se empezó en 1381. El nombre lo debe al hecho de haber sido bendecida su campana mayor, de unos once mil kilos de peso, el día 29 de septiembre —festividad de San Miguel— de 1418. Se trata de una torre octogonal, maciza, cuya escalera consta de 207 peldaños; durante siglos, con su altura de 50,85 metros, fue el edificio más alto de la ciudad.

El alguacil del tribunal, que llevaba más de cincuenta años de lucha con aquella tropa insolente y agresiva, colocaba a la sombra de la ojival portada las piezas de un largo sofá de viejo damasco, y tendía después una verja baja[65], cerrando el espacio de acera que había de servir de sala de audiencia.

La puerta de los Apóstoles, vieja, rojiza, carcomida por los siglos, extendiendo sus roídas bellezas a la luz del sol, formaba un fondo digno del antiguo tribunal: era como un dosel de piedra fabricado para cobijar una institución de cinco siglos.

En el tímpano aparecía la Virgen con seis ángeles de rígidas albas y alas de menudo plumaje, mofletudos, con llameante tupé y pesados tirabuzones, tocando violas y flautas, caramillos y tambores. Corrían por los tres arcos superpuestos de la portada tres guirnaldas de figurillas, ángeles, reyes y santos, cobijándose en calados doseletes; en los robustos macizos, puntos avanzados de la portada, exhibíanse los doce apóstoles; pero tan desfigurados, tan maltrechos, que no los hubiera conocido Jesús; los pies roídos, las narices rotas, las manos cortadas; una fila de figurones, que más que apóstoles parecían enfermos escapados de una clínica, mostrando dolorosamente sus informes muñones. Arriba, al final de la portada, abríase, como gigantesca flor cubierta de alambrado, el rosetón de colores que daba luz a la iglesia, y en la parte baja, en la base de las columnas adornadas con escudos de Aragón, la piedra estaba gastada, las aristas y los follajes borrosos por el frote de innumerables generaciones.

En este desgaste de la portada adivinábase el paso de la revuelta y del motín. Junto a aquellas piedras se había aglomerado y confundido todo un pueblo; allí se había agitado en otros siglos, vociferante y rojo de rabia, el valencianismo levantisco, y los santos de la portada, mutilados y lisos como momias egipcias, al mirar al cielo con sus rotas cabe-

---

[65] El sofá y la verja ya no existen en la actualidad. El sofá ha sido sustituido por sillones.

zas, parecían estar oyendo aún la revolucionaria campana de la Unión[66] o los arcabuzazos de las Germanías[67].

Terminó el alguacil de arreglar el tribunal y plantóse a la entrada de la verja esperando a los jueces.

Iban llegando, solemnes, con su exterior de labriegos ricos, vestidos de negro, con blancas alpargatas y pañuelo de seda bajo el ancho sombrero. Cada uno llevaba tras sí un cortejo de guardias de acequia, de pedigüeños que antes de la hora de la justicia buscaban predisponer el ánimo en su favor.

La gente labradora miraba con respeto a estos jueces salidos de su clase, cuyas deliberaciones no admitían apelación. Eran los amos del agua; en sus manos estaba la vida de las familias, el alimento de los campos, el riego oportuno, cuya carencia mata una cosecha. Y los habitantes de la extensa vega partida por el río, que es como inabordable frontera, designaban a los jueces por el nombre de las acequias.

Un vejete seco, encorvado, cuyas manos rojas y cubiertas de escamas temblaban al apoyarse en el grueso cayado, era Cuart de Faitanar; el otro, grueso y majestuoso, con ojillos que apenas si se veían bajo los dos puñados de pelo blanco de sus cejas, era Mislata; poco después llegaba Rascaña, un

---

[66] Pedro III el Grande, en 1284 tuvo que reconocer la Unión: alianza de nobles aragoneses para defender sus privilegios contra la política expansionista del monarca. Este movimiento aragonés cobró nuevas fuerzas en tiempos de Pedro IV el Ceremonioso, al crearse también la Unión en Valencia: asociación de nobles feudalizantes a los que dio apoyo circunstancial parte de la burguesía y de los menestrales. La Unión aragonesa fue derrotada en Epila el 21 de junio de 1348 y la Unión de Valencia en la batalla de Mislata el 10 de diciembre del mismo año.

[67] El rey Fernando el Católico autorizó al pueblo valenciano a armarse con motivo del saqueo de Cullera en 1503 a cargo del corsario Barbarroja. En 1517 hubo una enorme riada en Valencia y dos años más tarde una terrible peste. Estas calamidades fueron consideradas por el clero como un castigo divino por la inmoralidad de las costumbres y, como quiera que los nobles eran los que llevaban una vida más depravada y los que salían bienparados de estos cataclismos, el pueblo se armó contra ellos. La guerra de las Germanías produjo estragos considerables entre los años 1520 y 1522. Los agermanados nutrían sus filas con la burguesía, los menestrales y los campesinos; sus enemigos —llamados «mascarats»— agrupaban en torno a caballeros, tropas mercenarias y vasallos moros.

mocetón de planchada blusa y redonda cabeza de lego; y tras ellos iban presentándose los demás, hasta siete: Favara, Robella, Tormos y Mestalla.

Ya estaba allí la representación de las dos vegas: la de la izquierda del río, la de las cuatro acequias, la que encierra la huerta de Ruzafa[68] con sus caminos de frondoso follaje que van a extinguirse en los límites de la pantanosa Albufera[69], y la vega de la derecha del Turia, la poética, la de las fresas de Benimaclet, las chufas de Alboraya y los jardines siempre exuberantes de flores.

Los siete jueces se saludaban como gente que no se ha visto en una semana; hablaban de sus asuntos junto a la puerta de la Catedral; y de vez en cuando, abriéndose las mamparas cubiertas de anuncios religiosos, esparcíase en el ambiente ardoroso de la plaza una fresca bocanada cargada de incienso, algo así como la respiración húmeda de un lugar subterráneo.

A las once y media, terminados los oficios divinos, cuando ya no salía de la Basílica más que alguna devota retrasada, comenzó a funcionar el tribunal.

Sentáronse los siete jueces en el viejo sofá; corrió de todos los lados de la plaza la gente huertana para aglomerarse en torno de la verja, estrujando sus cuerpos sudorosos que olían a paja y lana burda, y el alguacil se colocó, rígido y majestuoso, junto al mástil rematado por un gancho de bronce, símbolo de la acuática justicia.

Descubriéronse las siete acequias, quedando con las manos entre las rodillas y la vista en el suelo, y el más viejo pronunció la frase de costumbre:

—*S'òbri el tribunal*[70].

Silencio absoluto. Toda la muchedumbre, guardando un recogimiento religioso, estaba allí, en plena plaza, como en un templo. El ruido de los carruajes, el arrastre de los tranvías, todo el estrépito de la vida moderna pasaba sin rozar ni

---

[68] Ruzafa: era un espléndido parque creado en el siglo IX por 'Abd Al-là al-Balansí. En 1887 se incorporó como barrio a la ciudad.

[69] Palabra de origen árabe que significa lago.

[70] *Se abre el tribunal.*

conmover aquella institución antiquísima, que permanecía allí tranquila, como quien se halla en su casa, insensible al tiempo, sin fijarse en el cambio radical de cuanto les rodeaba, e incapaz de reforma alguna.

Los huertanos estaban orgullosos de su tribunal. Aquello era hacer justicia; la pena al canto, y nada de papeles, que es con lo que se enreda a los hombres honrados.

La ausencia del papel sellado y del escribano que aterra era lo que más gustaba a unas gentes acostumbradas a mirar con cierto terror supersticioso el arte de escribir, que desconocen. Allí no había secretarios, ni plumas, ni días de angustia esperando la sentencia, ni guardias terroríficos, ni nada más que palabras.

Los jueces guardaban las declaraciones en la memoria y sentenciaban en seguida con la tranquilidad del que sabe que sus decisiones han de ser cumplidas. Al que se insolentaba con el tribunal, multa; al que se negaba a cumplir la sentencia, le quitaban el agua para siempre y se moría de hambre.

Con aquel tribunal no jugaba nadie. Era la justicia patriarcal y sencilla del buen rey de las leyendas saliendo por las mañanas a la puerta del palacio para resolver las quejas de sus súbditos; el sistema judicial del jefe de cabila sentenciando a la entrada de la tienda. Así, así es como se castiga a los pillos y triunfa el honrado y hay paz.

Y el público, no queriendo perder palabra, hombres, mujeres y chicos estrujábanse contra la verja, agitándose algunas veces con violentos movimientos de espaldas para librarse de la asfixia.

Iban compareciendo los querellantes al otro lado de la verja, ante aquel sofá tan venerable como el tribunal.

El alguacil les recogía las varas y cayados, considerándolos como armas ofensivas incompatibles con el respeto al tribunal; les empujaba hasta dejarlos plantados a pocos pasos de los jueces, con la manta doblada sobre las manos; y si andaban remisos en descubrirse, de dos repelones les arrancaba el pañuelo de la cabeza. ¡Duro! A aquella gente socarrona había que tratarla así.

Era el desfile una continua exposición de cuestiones intrincadas, que los jueces legos resolvían con pasmosa facilidad.

Los guardias de acequias y los «atandadores»[71] encargados de establecer el turno en el riego formulaban sus denuncias y comparecían los querellados a defenderse con razones. El viejo dejaba hablar a los hijos que sabían expresarse con más energía; la viuda comparecía acompañada de algún amigo del difunto, decidido protector que llevaba la voz por ella.

El ardor meridional asomaba la oreja en todos los juicios. En mitad de la denuncia, el querellado no podía contenerse. «¡Mentira! Lo que decían era falso y malo. ¡Querían perderle!»

Pero las siete acequias acogían estas interrupciones con furibundas miradas. Allí nadie podía hablar mientras no le llegase el turno. A la otra interrupción pagaría tantos sueldos de multa. Y había testarudo que pagaba *sòus* y más *sòus*[72], impulsado por la rabiosa vehemencia, que no le permitía callar ante el acusador.

Los jueces, sin abandonar su asiento, juntaban las cabezas como cabras juguetonas, cuchicheaban sordamente algunos segundos, y el más viejo, con voz reposada y solemne, pronunciaba la sentencia, marcando las multas en libras y sueldos, como si la moneda no hubiese sufrido ninguna transformación y aún fuese a pasar por el centro de la plaza el majestuoso Justicia con su gramalla roja y su escolta de ballesteros de la Pluma.

Eran más de las doce, y las siete acequias comenzaban a mostrarse cansadas de tanto derramar pródigamente el caudal de su justicia, cuando el alguacil llamó a gritos a Bautista Borrull, denunciado por infracción y desobediencia en el riego.

Atravesaron la verja *Pimentó* y Batiste, y la gente se apretó más contra los hierros.

Veíanse allí muchos de los que vivían en las inmediaciones de las antiguas tierras de *Barret*.

---

[71] Atandador. Según la RAE encargado de fijar la tanda o turno en el riego.

[72] Después de poner «sueldos» el narrador lo traduce al valenciano «sous», técnica muy usada por el autor quien suele, sin embargo, introducir primero la palabra en valenciano y aclararla después.

Aquel juicio era interesante. El odiado novato había sido denunciado por *Pimentó*, que era el «atandador» de la partida.

El valentón, mezclándose en elecciones y galleando en toda la contornada, había conquistado este cargo, que le daba cierto aire de autoridad y consolidaba su prestigio entre los convecinos, los cuales le mimaban y convidaban en los días de riego.

Batiste estaba asombrado por la injusta denuncia. Su palidez era de indignación. Miraba con ojos de rabia todas las caras conocidas y burlonas que se agolpaban en la verja, y a su enemigo *Pimentó*, que se contoneaba con altivez, como hombre acostumbrado a comparecer ante el tribunal y a quien correspondía una pequeña parte de su indiscutible autoridad.

—*Parle vosté* —dijo avanzando un pie[73] la acequia más vieja, pues por secular vicio, el tribunal, en vez de usar de las manos, señalaba con la blanca alpargata al que debía de hablar[74].

Pimentó soltó su acusación. Aquel hombre que estaba junto a él, tal vez por ser nuevo en la huerta creía que el reparto del agua era cosa de broma y que podía hacer su santísima voluntad.

Él, *Pimentó*, el «atandador», el que representaba la autoridad de la acequia en su partida, le había dado a Batiste la hora para regar su trigo: las dos de la mañana. Pero sin duda, el señor, no queriendo levantarse a tal hora, había dejado perder su turno, y a las cinco, cuando el agua era ya de otros, había alzado la compuerta sin permiso de nadie (primer delito), había robado el riego a los demás vecinos (segundo delito) e intentado regar sus campos, queriendo oponerse a viva fuerza a las órdenes del «atandador», lo que constituía el tercero y último delito.

El triple delincuente, volviéndose de mil colores e indignado por las palabras de *Pimentó*, no pudo contenerse.

—*¡Mentira y recontramentira!*[75].

El tribunal se indignó ante la energía y la falta de respeto con que protestaba aquel hombre.

---

[73] *Hable usted*. Ya no se señala con el pie.
[74] Lo correcto es: «debía hablar».
[75] El doble prefijo re- contra- es intensificativo y muy usado en valenciano.

Si no guardaba silencio, se le impondría una multa. Pero ¡gran cosa eran las multas para su reconcentrada cólera de hombre pacífico! Siguió protestando contra la injusticia de los hombres, contra el tribunal, que tenía por servidores a pillos y embusteros como *Pimentó*.

Alteróse el tribunal; las siete acequias se encresparon.

—*¡Cuatre sòus de multa!*

Batiste, dándose cuenta de su situación, calló de repente, asustado por haber incurrido en multa, mientras en el público sonaban las risas y los aullidos de alegría de sus enemigos.

Quedó inmóvil, con la cabeza baja y los ojos empañados por lágrimas de rabia, mientras su brutal enemigo acababa de formular la denuncia.

—*Parle vosté* —le dijo el tribunal.

Pero en las miradas de los jueces se notaba poca simpatía por aquel alborotador que venía a turbar con sus protestas la solemnidad de las deliberaciones.

Batiste, trémulo por la ira, balbuceó, no sabiendo cómo empezar su defensa, por lo mismo que la creía justísima.

Había sido engañado; *Pimentó* era un embustero y además su enemigo declarado. Le había dicho que su hora de riego era a las cinco, se acordaba muy bien, y ahora afirmaba que a las dos; todo para hacerle incurrir en multa, para matar unos trigos en los que estaba la vida de su familia... ¿Valía para el tribunal la palabra de un hombre honrado? Pues esta era la verdad, aunque no podía presentar testigos. ¡Parecía imposible que los señores síndicos, todos buenas personas, se fiasen de un pillo como *Pimentó!*

La blanca alpargata del presidente hirió la baldosa de la acera, conjurando el chaparrón de protestas y faltas de respeto que veía en lontananza.

—*Calle vosté.*

Y Batiste calló, mientras el monstruo de las siete cabezas, replegándose en el sofá de damasco, cuchicheaba preparando la sentencia.

—*El tribunal sentènsia*[76]... —dijo la acequia más vieja, y se hizo un silencio absoluto.

---

[76] *El tribunal sentencia...*

Toda la gente de la verja mostraba en sus ojos cierta ansiedad, como si ellos fuesen los sentenciados. Estaban pendientes de los labios del viejo síndico.

—*Pagará el Batiste Borrull dos lliures de pena y cuatre sòus de multa*[77].

Esparcióse un murmullo de satisfacción, y hasta una vieja comenzó a palmotear gritando «¡vítor! ¡vítor!» entre las risotadas de la gente.

Batiste salió ciego del tribunal, con la cabeza baja, como si fuera a embestir, y *Pimentó* permaneció prudentemente a sus espaldas.

Si la gente no se aparta, abriéndole paso, es seguro que hubiera disparado sus puños de hombre forzudo, aporreando allí mismo a la canalla hostil.

Se alejó. Iba a casa de sus amos a contarles lo ocurrido, la mala voluntad de aquella gente, empeñada en amargarle la existencia; y una hora después, ya más calmado por las buenas palabras de los señores, emprendió el camino hacia su casa.

¡Insufrible tormento! Marchando junto a sus carros cargados de estiércol o montados en los borricos sobre los serones vacíos, encontraba en el hondo camino de Alboraya a muchos de los que habían presenciado el juicio.

Eran gente enemiga, vecinos a los que no saludaba nunca.

Al pasar junto a ellos callaban, hacían esfuerzos para conservar su gravedad, aunque les brillaba en los ojos la alegre malicia; pero así como se alejaba estallaban a su espalda insolentes risas, y hasta oyó la voz de un mozalbete que, remedando el grave tono del presidente, gritaba:

—*¡Cuatre sòus de multa!*

Vio a lo lejos, en la puerta de la taberna de *Copa*, a su enemigo *Pimentó*, con el porrón en la mano, en el centro de un corro de amigos, gesticulando y riendo como si imitase las protestas y quejas del denunciado. Su condena era un tema de regocijo para la huerta: todos reían.

¡Rediós! Ahora comprendía él, hombre de paz y padre bondadoso, por qué los hombres matan.

---

[77] Dos libras de pena y cuatro sueldos de multa.

Le temblaban los poderosos brazos y sentía una cruel picazón en las manos. Fue moderando el paso al acercarse a casa de *Copa:* quería ver si se burlaban de él en su presencia.

Hasta pensó, novedad extraña, entrar por primera vez en la taberna para beber un vaso de vino cara a cara con sus enemigos; pero las dos libras de multa las llevaba en el corazón, y se arrepintió de su generosidad. ¡Dichosas dos libras! Aquella multa era una amenaza para el calzado de sus hijos; iban a llevarse el montoncito de ochavos recogidos por Teresa para comprar alpargatas nuevas a los pequeños.

Al pasar frente a la taberna se ocultó *Pimentó,* con la excusa de llenar el porrón, y sus amigos fingieron no ver a Bastiste.

Su aspecto de hombre resuelto a todo imponía respeto a los enemigos.

Pero este triunfo le llenaba de tristeza. ¡Cómo le odiaba la gente! La vega[78] entera alzábase ante él a todas horas ceñuda y amenazante. Aquello no era vivir. Hasta de día evitaba el salir de sus campos, rehuyendo el roce con los vecinos.

No les temía; pero como hombre prudente, evitaba las cuestiones.

De noche dormía con zozobra, y muchas veces, al menor ladrido del perro, saltaba de la cama, echábase fuera de la barraca escopeta en mano, y aun así creyó ver en más de una ocasión negros bultos que huían por las sendas inmediatas.

Temía por su cosecha, por el trigo, que era la esperanza de la familia y cuyo crecimiento seguían todos los de la barraca silenciosamente con ávida mirada.

Conocía las amenazas de *Pimentó,* que, apoyado por toda la huerta, juraba que aquel trigo no había de segarlo quien lo sembró, y Batiste casi olvidaba a sus hijos para pensar en sus campos, en el oleaje verde que crecía y crecía bajo los rayos del sol y había de convertirse en rubios montones de mies.

El odio silencioso y reconcentrado le seguía en su camino. Apartábanse las mujeres frunciendo los labios, sin dignarse saludarle, como es costumbre en la huerta; los hombres que trabajaban en los campos cercanos al camino llamábanse

---

[78] Metonimia sinonímica de huerta, más frecuente en el autor.

unos a otros con expresiones insolentes, que indirectamente iban dirigidas a Batiste, y los chicuelos, desde lejos, gritaban: «¡Morralón! ¡chodío!»[79], sin añadir más a tales insultos, como si éstos sólo fuesen aplicables al enemigo de la huerta.

¡Ah! Si él no tuviera sus puños de gigante, las espaldas enormes y aquel gesto de pocos amigos, ¡qué pronto hubiera dado cuenta de él toda la vega! Esperando que cada uno que fuese vecino el primero en atreverse, se contentaban con hostilizarle desde lejos.

Batiste, en medio de la tristeza que le infundía aquel vacío, experimentó una ligera satisfacción. Cerca ya de la barraca, cuando oía los ladridos de su perro, que le había adivinado, vio un muchacho, un zagalón que, sentado en un ribazo con la hoz entre las piernas y teniendo al lado unos montones de broza segada, se incorporó para saludarle.

—¡Bòn día, siñor Batiste!

Y el saludo, la voz trémula de muchacho tímido con que le habló, le impresionaron dulcemente.

Poca cosa era el afecto de aquel chico, y sin embargo experimentó la impresión del calenturiento al sentir la frescura del agua.

Miró con cariño sus ojazos azules, su cara sonrosada cubierta por una película rubia, y buscó en su memoria quién era aquel mozo. Al fin recordó que era el nieto del *tío Tomba,* el pastor ciego a quien respetaba toda la huerta; un buen muchacho que servía de criado al carnicero de Alboraya, cuyo rebaño cuidaba el viejo.

—¡Grasies, chiquet, grasies![80] —murmuró agradeciendo el saludo.

Y siguió adelante, siendo recibido por su perro, que saltaba ante él y restregaba sus lanas en la pana de los pantalones.

En la puerta de la barraca estaba la mujer, rodeada de los pequeños, esperando impaciente, por ser ya pasada la hora de comer.

Batiste miró sus campos, y toda la rabia sufrida una hora

---

[79] Grosero o sinvergüenza; judío.
[80] *¡Gracias, niño, gracias!*

antes ante el Tribunal de las Aguas volvió de golpe, como oleada furiosa, a invadir su cerebro.

Su trigo tenía sed. No había más que verlo: la hoja arrugada; el tono verde, antes tan lustroso, y ahora con una amarilla transparencia. Le faltaba el riego, la *tanda* que le había robado *Pimentó* con sus astucias de mal hombre, y que no volvería a corresponderle hasta pasados quince días, porque el agua escaseaba; y encima de esta desdicha, todo el rosario condenado de libras y sueldos de multa. ¡Cristo!...

Comió sin apetito, contando a su mujer lo ocurrido en el Tribunal.

La pobre Teresa oía a su marido, pálida, con la emoción de la campesina que siente punzadas en el corazón cuando ha de deshacer el nudo de la media que guarda el dinero en el fondo del arca. ¡Reina soberana! ¡Se habían propuesto arruinarles! ¡Qué disgusto a la hora de comer!

Y dejando caer su cuchara en la sartén de arroz, lloriqueaba, bebiéndose las lágrimas. Después enrojecía con repentina rabia, miraba el pedazo de vega que se veía al través de la puerta, con sus blancas barracas y su oleaje verde, y extendiendo los brazos gritaba: «¡Pillos! ¡pillos!»

La gente menuda, asustada por el ceño del padre y los gritos de la madre no se atrevía a comer. Mirábanse unos a otros con indecisión y extrañeza, hurgábanse las narices por hacer algo y acabaron todos por imitar a la madre, llorando sobre el arroz.

Batiste, excitado por el coro de gemidos, se levantó furioso; casi cayó la pequeña mesa con una de sus patadas, y se lanzó fuera de la barraca.

¡Qué tarde!... La sed de su trigo y el recuerdo de la terrible multa eran dos feroces perros que se agarraban a su corazón. Cuando el uno, cansado de morderle, iba durmiéndose, llegaba el otro a todo correr y le clavaba los dientes.

Quiso distraerse, olvidar trabajando, y se entregó con toda su voluntad a la obra que llevaba entre manos: una pocilga que levantaba en el corral.

Pero el trabajo no adelantaba. Ahogábase entre las tapias; necesitaba ver su campo, como los que necesitan contemplar su desgracia para anegarse en la voluptuosidad del dolor.

Y con las manos llenas de barro volvió a salir de la barraca y quedó plantado ante su bancal de mustio trigo.

A pocos pasos, por el borde del camino, pasaba murmurando la acequia, henchida de agua roja.

La vivificante sangre de la huerta iba lejos, para otros campos cuyos dueños no tenían la desgracia de ser odiados; y su pobre trigo allí, arrugándose, languideciendo, contrayendo su cabellera verde, como si hiciera señas al agua para que se aproximara y le acariciase con un fresco beso.

Al pobre Batiste le parecía que el sol calentaba más que otros días. Caía el astro en el horizonte, y sin embargo, el pobre hombre se imaginaba que sus rayos eran verticales y lo incendiaban todo.

Su tierra se resquebrajaba, abríase en tortuosas grietas, formando mil bocas que en vano esperaban un sorbo de agua.

No aguardaría el trigo su sed hasta el próximo riego. Se moriría, caería seco, la familia no tendría pan; y después de tanta miseria, multa encima... ¿Y aún dicen si los hombres se pierden?...

Movíase furioso en los linderos de su bancal. ¡Ah, *Pimentó*! ¡Grandísimo granuja!... ¡Si no hubiera Guardia Civil!

Y como los náufragos agonizantes de hambre y sed, que en sus delirios sólo ven interminables mesas de festín y clarísimos manantiales, Batiste veía confusamente campos de trigo con los tallos verdes y erguidos y el agua entrando a borbotones por las bocas de los ribazos, extendiéndose con un temblor luminoso, como si riera suavemente al sentir las cosquillas de las tierras sedientas.

Al ocultarse el sol, Batiste experimentó cierto alivio, como si el astro se apagara para siempre y su cosecha quedase salvada.

Se alejó de sus campos, de su barraca, e insensiblemente fuese camino abajo, con paso lento, hacia la taberna de *Copa*. Ya no pensaba que había Guardia civil y acogía con cierta complacencia la posibilidad de un encuentro con *Pimentó*, que no debía andar lejos de la taberna.

Venían hacia él por los bordes del camino los veloces rosarios de muchachas, cesta al brazo y falda volante, de regreso de las fábricas de la ciudad.

Azuleaba la huerta; en el fondo, sobre las oscuras montañas, coloreábanse las nubes con resplandor de lejano incendio; por la parte del mar temblaban en el infinito azul las primeras estrellas; ladraban los perros tristemente; y con el canto monótono de las ranas y los grillos confundíase el chirrido de carros invisibles alejándose por todos los caminos de la inmensa llanura.

Batiste vio venir a su hija, separada de todas las muchachas, caminando con paso perezoso. Sola no. Creyó ver que hablaba con un hombre que seguía la misma dirección que ella, aunque algo separado, como van siempre los novios en la huerta, para los cuales la aproximación es signo de pecado.

Al distinguir a Batiste en medio del camino, el hombre fue retrasando su marcha y quedó lejos cuando Roseta llegó junto a su padre.

Éste permaneció inmóvil, con el deseo de que el desconocido pasase adelante para conocerle.

—¡Bòna nit, siñor Batiste![81].

Era la misma voz tímida que le había saludado a mediodía, el nieto del *tío Tomba*. Aquel traidor no parecía tener otra ocupación que vagar por los caminos para saludarle y metérsele por los ojos con su blanda dulzura.

Miró a su hija, que enrojecía bajando los ojos.

—¡A casa, a casa! Yo t'arreglaré[82].

Y con toda la terrible majestad del padre latino, señor absoluto de los hijos y más propenso a infundir miedo que a inspirar afecto, comenzó a andar seguido por la trémula Roseta, que acercándose a la barraca creía caminar hacia una paliza segura.

Se equivocaba. El pobre padre no tenía en aquel momento más hijos en el mundo que su cosecha, el pobre trigo enfermo, arrugado, sediento, que le llamaba a gritos pidiendo un sorbo para no morir.

Y en esto pensó mientras su mujer arreglaba la cena. Roseta iba de un lado a otro fingiendo ocupaciones para no llamar la atención, esperando de un momento a otro el estallido de la terrible cólera. Y Batiste seguía pensando en su campo, sentado ante la enana mesilla, rodeado de toda la familia

---

[81] *Buenas noches, señor Batiste.*
[82] *Yo te arreglaré.*

menuda, que a la luz del candil miraba con avaricia la cazuela humeante de bacalao con patatas.

La mujer todavía suspiraba pensando en la multa; estableciendo sin duda comparaciones entre la cantidad fabulosa que iban a arrancarla y el desahogo con que toda la familia meneaba las mandíbulas.

Batiste apenas comía, ocupado en contemplar la voracidad de los suyos. Batistet, el hijo mayor, hasta se apoderaba con fingida distracción del mendrugo de los pequeños. A Roseta, el miedo le daba un apetito feroz.

Nunca como entonces comprendió Batiste la carga que pesaba sobre sus espaldas. Aquellas bocas que se abrían para tragarse los escasos ahorros de la familia quedarían sin alimento si lo de fuera se secaba.

¿Y todo por qué? Por la injusticia de los hombres, porque hay leyes para molestar a los trabajadores honrados... No debía pasar por ello. Su familia antes que todo. ¿No se sentía capaz de defender a los suyos de los mayores peligros? ¿No tenía el deber de mantenerles? Hombre era él capaz de convertirse en ladrón para darles de comer. ¿Por qué había, pues, de someterse, cuando no se trataba de robar, sino de dar vida a la cosecha, a lo que era muy suyo?

La imagen de la acequia que a poca distancia arrastraba su caudal murmurante para otros le martirizaba. Enfurecíale que la vida pasase junto a su puerta sin poder aprovecharla porque así lo querían las leyes.

De repente se levantó, como hombre que adopta una resolución y para cumplirla lo atropella todo:

—¡A regar! ¡a regar!

La mujer se asustó, adivinando rápidamente todo el peligro de la desesperada resolución. ¡Por Dios, Batiste!... Le impondrían una multa mayor; tal vez los del Tribunal, ofendidos por la rebeldía, le quitasen el agua para siempre. Había que pensarlo... Era mejor esperar.

Pero Batiste tenía esa cólera firme de los hombres flemáticos y cachazudos, que cuando pierden la calma tardan a recobrarla[83].

---

[83] Debía decir «tardan en recobrarla».

—*¡A regar! ¡a regar!*

Y Batistet, repitiendo alegremente las palabras de su padre, cogió los azadones y salió de la barraca seguido de su hermana y los pequeños.

Todos querían tomar parte en aquel trabajo que parecía una fiesta.

La familia sentía el alborozo de un pueblo que con la rebeldía recobraba la libertad.

Marcharon todos hacia la acequia, que murmuraba en la sombra. La inmensa vega perdíase en la azulada penumbra; ondulaban los cañares como rumorosas y oscuras masas, y las estrellas parpadeaban en el espacio.

Batiste se metió en la acequia hasta las rodillas, bajando la barrera que había de detener las aguas, mientras su hijo, su mujer y hasta su hija atacaban con los azadones el ribazo, abriendo boquetes por donde entraba el riego a borbotones.

Toda la familia experimentaba una sensación de frescura y bienestar.

La tierra cantaba de alegría con un goloso glu-glu que les llegaba al corazón a todos ellos. ¡Bebe, bebe, pobrecita! Y hundían sus pies en el barro, yendo encorvados de un lado a otro del campo, mirando si el agua llegaba a todas partes.

Batiste mugía con la satisfacción cruel que produce el goce de lo prohibido. ¡Qué peso se quitaba de encima!... Podían venir ahora los del Tribunal y hacer lo que quisieran. Su campo bebía; esto era lo importante.

Y como su fino oído de hombre habituado a la soledad creyó percibir cierto rumor extraño en los vecinos cañares, corrió a la barraca, para volver inmediatamente empuñando su escopeta nueva.

Con el arma sobre el brazo y el dedo en el gatillo, estuvo más de una hora junto a la barrera de la acequia.

El agua no pasaba adelante; se derramaba en los campos de Batiste, que bebían y bebían con la sed del hidrópico.

Tal vez los de abajo se quejaban; tal vez *Pimentó*, advertido como «atandador», rondaba por las inmediaciones, indignado por el insolente ataque a la ley.

Pero allí estaba Batiste, como centinela de su cosecha, desesperado héroe de la lucha por la familia, guardando a los suyos, que se agitaban en el campo extendiendo el riego, dispuesto a soltarle un escopetazo al primero que intentase echar la barrera restableciendo el curso del agua.

Era tan fiera la actitud del hombretón que se destacaba inmóvil en medio de la acequia, se adivinaba en aquel fantasma negro tal resolución de recibir a tiros al que se presentase, que nadie salió de los inmediatos cañares, y bebieron sus campos durante una hora sin protesta alguna.

Y lo que es más extraño: el jueves siguiente, el «atandador» no le hizo comparecer ante el Tribunal de las Aguas.

La huerta se había enterado de que en la antigua barraca de *Barret* el único objeto de valor era una escopeta de dos cañones, comprada recientemente por el intruso con esa pasión africana del valenciano, que se priva gustoso del pan por tener tras la puerta de su vivienda un arma nueva que excite envidias e inspire respeto.

V

Todos los días al amanecer saltaba de la cama Roseta, la hija de Batiste, y con los ojos hinchados por el sueño, extendiendo los brazos con gentiles desperezos que estremecían todo su cuerpo de rubia esbelta, abría la puerta de la barraca.

Chillaba la garrucha del pozo, saltaba ladrando de alegría junto a sus faldas el feo perrucho que pasaba la noche fuera de la barraca, y Roseta, a la luz de las últimas estrellas, echábase en cara y manos todo un cubo de agua fría sacada de aquel agujero redondo y lóbrego, coronado en su parte alta por espesos manojos de hiedra.

Después, a la luz del candil, iba y venía por la barraca preparando su viaje a Valencia.

La madre la seguía sin verla desde la cama, haciéndola toda clase de indicaciones. Podía llevarse lo que sobró de la cena; con esto y tres sardinas que encontraría en el vasar tenía bastante. Cuidado con romper la cazuela, como el otro día. ¡Ah! Y que no se olvidara de comprar hilo, agujas y unas alpargatas para el pequeño. ¡Criatura más destrozona!... En el cajón de la mesita encontraría el dinero.

Y mientras la madre daba una vuelta en la cama, dulcemente acariciada por el calor del *estudi*, proponiéndose dormir media hora más junto al enorme Batiste, que roncaba ruidosamente, Roseta seguía sus evoluciones. Colocaba la mísera comida en una cesta, se pasaba un peine por los pelos de un rubio claro, como si el sol hubiera devorado su color, se anudaba el pañuelo bajo la barba, y antes de salir volvíase con el cariño de hermana mayor para ver si los chicos estaban bien tapados, inquieta por la gente menuda que dormía

124

en el suelo en su mismo *estudi,* y acostada en orden de mayor a menor, desde el grandullón Batistet hasta el pequeñuelo que apenas hablaba, parecía la tubería de un órgano.

—*Vaya, adiós. ¡Hasta la nit!*[84] —gritaba la animosa muchacha pasando su brazo por el asa de la cesta, y cerraba la puerta de la barraca, echando la llave por debajo.

Ya era de día. A la azulada luz del amanecer veíase por sendas y caminos el desfile laborioso marchando en una sola dirección, atraído por la vida de la ciudad.

Pasaban los grupos de airosas hilanderas marchando con un paso igual, moviendo con garbo el brazo derecho, que cortaba el aire como fuerte remo, y chillando todas a coro cada vez que algún mocetón las saludaba desde los campos vecinos con chistes fuertes.

Roseta marchaba sola hacia la ciudad. Bien sabía la pobre lo que eran sus compañeras, hijas y hermanas de los que tanto odiaban a su familia.

Varias de ellas trabajaban en su fábrica, y la pobre rubita, más de una vez, haciendo de tripas corazón, había tenido que defenderse a arañazo limpio. Aprovechando sus descuidos le arrojaban cosas infectas en la cesta de la comida; romperle la cazuela lo habían hecho no recordaba cuántas veces, y no pasaban junto a ella en el taller sin que dejasen de empujarla sobre el humeante perol donde se ahogaba el capullo, llamándola hambrona y dedicando otros elogios parecidos a ella y su familia.

En el camino huía de todas ellas como de un tropel de furias, y únicamente se sentía tranquila al verse dentro de la fábrica, un caserón antiguo cerca del Mercado, cuya fachada, pintada al fresco en el siglo anterior, todavía conservaba entre desconchaduras y grietas ciertos grupos de piernas de rosa y caras de perfil de color bronceado, restos de medallones y pinturas mitológicas.

Roseta era de toda la familia la más parecida a su padre: una fiera para el trabajo, como decía Batiste de sí mismo. El vaho ardoroso de los pucheros donde se ahogaba el capullo subíasele a la cabeza, escaldándole los ojos; pero a pesar de

84 *Vaya, adiós. ¡Hasta la noche!*

esto, siempre estaba firme en su sitio, buscando en el fondo del agua hirviente los cabos sueltos de aquellas cápsulas de seda blanducha, de un suave color de caramelo, en cuyo interior acababa de morir achicharrado el gusano laborioso, la larva de preciosa baba, por el delito de fabricarse una rica mazmorra para su transformación en mariposa[85].

Reinaba en todo el caserón el estrépito del trabajo ensordecedor y fatigoso para las hijas de la huerta, acostumbradas a la calma de la inmensa llanura, donde la voz se transmite a enorme distancia. Abajo mugía la máquina de vapor, dando bufidos espantosos que se transmitían por las múltiples tuberías; rodaban poleas y tornos con un estrépito de mil diablos; y por si no bastaba tanto ruido, las hilanderas, según costumbre tradicional, cantaban a coro con voz gangosa el *Padre nuestro,* el *Ave María* y el *Gloria Patri,* con la misma tonadilla del rosario que recorría la huerta los domingos al amanecer[86].

Todo esto no impedía que rieran cantando, y que por lo bajo, entre oración y oración, se insultasen y apalabrasen para darse cuatro arañazos a la salida, pues aquellas muchachas morenas, esclavizadas por la rígida tiranía que reina en la familia labriega y obligadas por preocupación hereditaria a estar siempre ante los hombres con los ojos bajos, eran allí verdaderos demonios juntas y sin freno, complaciéndose sus lenguas en soltar todo lo oído en los caminos a carreteros y labradores.

Roseta era la más callada y laboriosa. Para no distraerse en el trabajo, no cantaba; jamás provocó riñas; y tenía tal facilidad para aprenderlo todo, que a las pocas semanas ganaba tres reales diarios, casi el máximum del jornal, con grande envidia de las demás.

Mientras aquellas bandas de despeinadas salían de la fábrica a la hora de comer para engullirse el contenido de sus ca-

---

[85] Metáfora interesante por mezclar en un solo haz injusticia y belleza.

[86] En octubre de 1883 se celebra por primera vez el Rosario de la Aurora y el 26 de abril de 1885 se produce la primera manifestación hostil contra esta costumbre religiosa en la plaza de Santo Domingo, hoy de Tetuán. Fueron muy frecuentes los altercados entre devotos y blasquistas.

zuelas formando corro en la acera o en los portales inmediatos, hostilizando a los hombres con insolentes miradas para que les dijeran algo y chillar después falsamente escandalizadas, emprendiendo un tiroteo de desvergüenzas, Roseta quedábase en un rincón del taller sentada en el suelo con dos o tres buenas muchachas que eran de la otra huerta, de la orilla derecha del río, y maldito si les interesaba la historia del *tío Barret* y los odios de las compañeras.

En las primeras semanas, Roseta veía con cierto terror la llegada del anochecer, y con él la hora de la salida...

Temiendo a las compañeras que seguían el mismo camino que ella, entreteníase en la fábrica algún tiempo, dejándolas salir delante como una tromba, de la que partían escandalosas risotadas, aleteos de faldas, atrevidos dicharachos y olor de salud, de miembros ásperos y duros.

Caminaba perezosamente por las calles de la ciudad en los fríos crepúsculos de invierno, comprando los encargos de su madre, deteniéndose embobada ante los escaparates que comenzaban a iluminarse, y por fin, pasando el puente, se metía en los oscuros callejones de los arrabales para salir al camino de Alboraya.

Hasta aquí todo iba bien. Pero después llegaba a la huerta oscura, con sus ruidos misteriosos, sus bultos negros y alarmantes, que pasaban junto a ella saludándola con un «*¡Bòna nit!*» lúbugre, y comenzaba el miedo, el castañeteo de dientes.

Y no es que la intimidasen el silencio y la oscuridad. Como buena hija del campo, estaba acostumbrada a ellos. La certeza de que no iba a encontrar a nadie en el camino la hubiera dado confianza. En su terror, jamás pensaba, como sus compañeras, en muertos, ni en brujas y fantasmas; los que la inquietaban eran los vivos.

Recordaba con creciente pavor ciertas historias de la huerta oídas en la fábrica: el miedo de las chicas a *Pimentó* y otros jaques de los que se reunían en casa de *Copa:* unos desalmados que pellizcaban a las muchachas en cualquier parte y las empujaban al fondo de las regaderas o las hacían caer detrás de los pajares. Y Roseta, que ya no era inocente después de su entrada en la fábrica, dejaba correr su imaginación hasta los últimos límites de lo horrible, y se veía asesinada por uno de tales monstruos, con el vientre abierto y rebañada por dentro como los niños de que hablaban las leyendas de la huerta, a quienes verdugos misteriosos sacaban las mantecas, confeccionando milagrosos medicamentos para los ricos[87].

En los crepúsculos de invierno, oscuros y muchas veces lluviosos, salvaba Roseta temblando más de la mitad del camino. Pero el trance más cruel, el obstáculo más temible, estaba casi al final, cerca ya de su barraca, y era la famosa taberna de *Copa*.

Allí estaba la cueva de la fiera. Era este trozo de camino el más concurrido e iluminado. Rumor de voces, estallidos de risas, rasgueo de guitarra y coplas a grito pelado salían por aquella puerta inflamada como boca de horno, que arrojaba sobre el negro camino un cuadro de luz roja en la que se veían agitarse grotescas sombras. Y sin embargo, la pobre hilandera, al llegar cerca de allí, deteníase indecisa, temblorosa, como las heroínas de los cuentos ante la cueva del ogro, dispuesta a meterse por entre los campos para dar la vuelta por detrás del edificio, a hundirse en la acequia que bordeaba el camino y deslizarse agazapada por entre los ribazos; a cualquier cosa, menos a pasar frente a la rojiza garganta que despedía el estrépito de la borrachera y la brutalidad.

Por fin se decidía; hacía un esfuerzo de voluntad, como quien va a arrojarse de una altura, y por el borde de la acequia, con paso ligerísimo y ese equilibrio portentoso que da el miedo, pasaba veloz ante la taberna.

Era una exhalación, una sombra blanca que no daba tiempo a fijarse en los turbios ojos de los parroquianos de *Copa*.

Y pasada la taberna, la muchacha corría y corría, creyendo que alguien le iba a los alcances, esperando sentir en su falda el tirón de una zarpa poderosa.

No se serenaba hasta que oía el ladrido del perro de su barraca, aquel animal feo a quien por antítesis sin duda llamaban *Lucero*, el cual la recibía en medio del camino con cabriolas y lamiendo sus manos.

---

[87] Sobre un tema parecido versa un cuento de Isabel Allende y la novela de Lourdes Ortiz *La fuente de la vida*.

Nunca le conocieron a Roseta en su casa los terrores pasados en el camino. La pobre muchacha componía el gesto al entrar en la barraca, y a las preguntas de su madre inquieta contestaba echándoselas de valerosa, afirmando que había llegado con unas compañeras.

No quería la hilandera que su padre tuviese que salir por las noches al camino para acompañarla. Conocía el odio de la vecindad; la taberna de *Copa* con su gente pendenciera la inspiraba mucho miedo.

Y al día siguiente volvía a la fábrica para sufrir los mismos temores al regreso, animada únicamente por la esperanza de que pronto vendría la primavera, con sus tardes más largas y los crepúsculos luminosos, que la permitirían volver a la barraca antes que oscureciera.

Una noche experimentó Roseta cierto alivio. Cerca aún de la ciudad, salió al camino un hombre que comenzó a marchar al mismo paso que ella.

—¡Bòna nit!

Y mientras la hilandera andaba por el alto ribazo que bordeaba el camino, el hombre iba por el fondo, entre los profundos surcos abiertos por las ruedas de los carros, tropezando en los ladrillos rotos, pucheros desportillados y hasta objetos de vidrio con los que manos previsoras querían cegar los baches de remoto origen.

Roseta se mostraba tranquila: había conocido a su compañero apenas la saludó. Era Tonet, el nieto del *tío Tomba* el pastor: un buen muchacho que servía de criado al carnicero de Alboraya y de quien se burlaban las hilanderas al encontrarle en el camino, complaciéndose en ver cómo enrojecía, volviendo la cara a la menor palabra.

¡Chico más tímido!... Estaba en el mundo sin otros parientes que el abuelo; trabajaba hasta en los domingos, y lo mismo iba a Valencia a recoger estiércol para los campos de su amo, como le ayudaba en las matanzas de reses y labraba la tierra o llevaba carne a las alquerías ricas. Todo por comer él y su abuelo y para ir roto, con ropas viejas de su amo. No fumaba; había entrado dos o tres veces en su vida en casa de *Copa,* y los domingos, si tenía algunas horas libres, en vez de estarse en la plaza de Alboraya en cuclillas como los demás, viendo cómo los mozos guapos jugaban a pelota, íbase al campo, vagando sin rumbo por la enmarañada red de sendas, y si encontraba algún árbol cargado de pájaros, allí se quedaba embobado con el revoloteo y los chillidos de los bohemios de la huerta.

La gente veía en él algo de la extravagancia misteriosa de su abuelo el pastor; todos lo consideraban como un infeliz, tímido y dócil.

La hilandera se animó con la compañía. Siempre iba más segura al lado de un hombre, y más si era Tonet, que inspiraba confianza.

Le habló, preguntándole de dónde venía, y el joven contestó vagamente con su habitual timidez: «*D'ahí... d'ahí...*»[88]. Y se calló, como si estas palabras le costasen inmenso esfuerzo.

Siguieron el camino en silencio, separándose cerca de la barraca.

—*¡Bòna nit y grasies!*[89] —dijo la muchacha.

—*¡Bòna nit!* —y desapareció Tonet marchando hacia el pueblo.

Fue un incidente sin importancia, un encuentro agradable que la había quitado el miedo; nada más. Y sin embargo, Roseta aquella noche cenó y se acostó pensando en el nieto del *tío Tomba*.

Ahora recordaba las veces que le había encontrado por la mañana en el camino, y hasta le parecía que Tonet procuraba marchar siempre al mismo paso que ella, aunque algo separado para no llamar la atención de las mordaces hilanderas... ¡Si hasta le parecía que algunas veces, al volver bruscamente la cabeza, le había sorprendido con los ojos fijos en ella!

Y la muchacha, como si estuviera hilando un capullo, agarraba estos cabos sueltos de su memoria y tiraba y tiraba, re-

---

[88] *De ahí... de ahí...* Esta fórmula neutra, signo de indeterminación y de timidez, es coloreada por la fantasía en la maravillosa obra de Ana María Matute *Olvidado rey Gudú*, donde la deliciosa Tontina puebla de ilusión la nebulosa región «De por ahí».

[89] *¡Buenas noches y gracias!*

cordando todo lo de su existencia que tenía relación con Tonet: la primera vez que le vio y su movimiento de compasiva simpatía por las burlas de las hilanderas, que sufría cabizbajo y tímido, como si aquellas arpías en cuadrilla le inspira-
sen miedo; después los frecuentes encuentros en el camino y
las miradas fijas del muchacho, que parecían querer decirla[90]
algo.

Al día siguiente, al ir a Valencia, no le vio; pero por la noche, al emprender el regreso a la barraca, la muchacha no sentía miedo, a pesar de que el crepúsculo era oscuro y lluvioso.
Presentía la aparición del compañero que tanto ánimo le
daba, y efectivamente, le salió al paso casi en el mismo punto que el día anterior.

Fue tan expresivo como siempre: «*¡Bòna nit!*», y siguió andando al lado de ella.

Roseta fue más locuaz. ¿De dónde venía? ¡Qué casuali-
dad, encontrarse dos días seguidos! Y él, tembloroso, cual si
las palabras le costasen gran esfuerzo, contestaba como siempre: «*D'ahí... d'ahí...*»

La muchacha, que era tan tímida como él, sentía sin embargo tentaciones de reír ante su turbación. Ella habló de su
miedo, de los sustos que durante el invierno pasaba en el camino; y Tonet, halagado por el servicio que prestaba a la joven, despegó los labios al fin, para decirla que la acompaña-
ría con frecuencia. Él siempre tenía asuntos de su amo en la
huerta.

Se despidieron con el laconismo del día anterior; pero
aquella noche la muchacha se revolvió en la cama, inquieta,
nerviosa, soñando mil barbaridades, viéndose en un camino
negro, muy negro, acompañada por un perro enorme que le
lamía las manos y tenía la misma cara que Tonet; y después
salía un lobo a morderla con un hocico que recordaba vagamente al odiado *Pimentó*, y reñían los dos a dentelladas, y salía su padre con un garrote, y ella lloraba como si le soltasen
en las espaldas los garrotazos que recibía su pobre perro; y así
seguía disparatando su imaginación, pero viendo en todas las

---

[90] Laísmo. Ya no insistiremos en este uso, comentado ya en esta obra y en
Entre naranjos.

atropelladas escenas de su ensueño al nieto del *tío Tomba,* con sus ojos azules y su cara de muchacha, cubierta por una película rubia, que era el primer asomo de la edad viril.

Se levantó quebrantada, como si saliera de un delirio. Aquel día era domingo y no iba a la fábrica. Entraba el sol por el ventanillo de su *estudi* y toda la gente de la barraca estaba ya fuera de la cama. Roseta comenzó a arreglarse para ir con su madre a misa.

El endiablado ensueño aún la tenía trastornada. Sentíase otra, con distintos pensamientos, como si la noche anterior fuese una pared que dividía en dos partes su existencia.

Cantaba alegre como un pájaro, mientras sacaba la ropa del arca e iba colocándola sobre la cama, aún caliente, que conservaba las huellas de su cuerpo.

Mucho le gustaban los domingos, con su libertad para levantarse más tarde, con sus horas de holganza y su viajecito a Alboraya para oír misa; pero aquel domingo era mejor que los otros, brillaba más el sol, cantaban con más fuerza los pájaros, entraba por el ventanillo un aire que olía a gloria: ¡cómo decirlo!... en fin, que la mañana tenía algo de nuevo y extraordinario.

Se echaba en cara haber sido hasta entonces una mujer sin cuidados para sí misma. A los dieciséis años ya es hora de pensar en arreglarse. ¡Cuán estúpida había sido riéndose de su madre siempre que la llamaba desgarbada!

Y como si fuesen galas nuevas que veía por primera vez, metíase por la cabeza con cuidado, cual si fuese de sutiles blondas, la saya de percal de todos los domingos y se apretaba el corsé como si no le oprimiera aún bastante aquel armazón de altas palas, un verdadero corsé de labradora valenciana que aplastaba con crueldad el naciente pecho, pues en la huerta es impudor que las solteras no oculten los seductores adornos de la Naturaleza, para que nadie pueda pecaminosamente ver en la virgen la futura maternidad.

Por primera vez en su vida pasó la hilandera más de un cuarto de hora ante el medio palmo de cristal con azogue y marco de pino barnizado que le regaló su padre, espejo en el que había que contemplar la cara por secciones.

Ella no era gran cosa, lo reconocía; pero de más feas se encontraban a docenas en la huerta. Y sin saber por qué, se deleitaba contemplando sus ojos de un verde claro; las mejillas moteadas de suaves pecas que el sol hace surgir de la piel tostada; el pelo rubio blanquecino, con la finura desmayada de la seda; la naricita de palpitantes alas cobijando la boca sombreada por un vello de fruto sazonado y que al entreabrirse mostraba una dentadura fuerte e igual, de deslumbrante blancura de leche, con un brillo que parecía iluminar el rostro: una dentadura de pobre.

Su madre tuvo que aguardar; la pobre mujer dábala prisa, revolvíase impaciente en la barraca, como espoleada por la campana que sonaba a lo lejos. Iban a perder la misa. Y mientras tanto, Roseta peinábase con calma para deshacer a continuación su obra, poco satisfecha; arreglábase la mantilla con tirones de enfado, no encontrándola nunca de su gusto.

En la plaza de Alboraya, al entrar y al salir de la iglesia, Roseta, levantando apenas los ojos, escudriñó la puerta del carnicero, donde la gente se agolpaba en torno de la mesa.

Allí estaba él, ayudando a su amo, dándole los pedazos de carnero desollado y espantando las nubes de moscas que cubrían la carne.

¡Cómo enrojeció el borregote[91] viéndola! Al pasar ella por segunda vez, hasta se quedó como encantado, con una pierna de cordero en la mano sin dársela a su panzudo patrón, que en vano la esperaba, y que, soltando un taco redondo, le amenazó con la cuchilla.

La tarde fue triste. Sentada a la puerta de la barraca, creyó verle varias veces rondando por sendas algo lejanas, escondiéndose en los cañares para mirarla. La hilandera deseaba que llegase pronto el lunes, para ir a la fábrica y al regreso pasar el horrible camino acompañada por Tonet.

No faltó el muchacho al anochecer del día siguiente.

Más cerca aún de la ciudad que en las otras noches, salió al encuentro de Roseta.

—*¡Bòna nit!*

Pero después de la salutación de costumbre no se calló.

---

[91] Despectivo que realza la timidez y la enajenación del personaje.

Aquel demonio de chico había progresado durante el día de descanso.

Y torpemente, acompañando sus expresiones con muecas y arañazos en las perneras del pantalón, fue explicándose, aunque entre palabra y palabra pasaban a veces dos minutos. Se alegraba de verla buena... (Sonrisa de Roseta y un *«grasies»* murmurado tenuemente.) ¿Se había divertido mucho el domingo?... (Silencio.) Él lo había pasado bastante mal. Se aburría. Sin duda la costumbre... pues... parecía que le faltaba algo... ¡claro! le había tomado ley al camino... no, al camino no; lo que le gustaba era acompañarla...

Y aquí paró en seco; hasta parece que se mordió nerviosamente la lengua para castigarla por su atrevimiento, y se pellizcó en los sobacos por haber ido tan lejos.

Caminaron mucho rato en silencio. La muchacha no contestaba; seguía su marcha con el contoneo airoso de las hilanderas, la cesta en la cadera izquierda y el brazo derecho cortando el aire con vaivén de péndulo.

Pensaba en su ensueño; se imaginaba estar en pleno delirio, viendo extravagancias, y varias veces volvió la cabeza creyendo percibir en la oscuridad aquel perro que le lamía las manos y tenía la cara de Tonet, recuerdo que aún le hacía reír. Pero no; lo que llevaba al lado era un buen mozo capaz de defenderla; algo tímido y encogido, eso sí, con la cabeza baja, como si las palabras que dijo se le hubieran deslizado hasta el pecho y allí estuvieran pinchándole.

Roseta aún le confundió más. Vamos a ver: ¿por qué hacía aquello? ¿por qué salía a acompañarla en su camino? ¿qué diría la gente? Si su padre se enteraba, ¡qué disgusto!...

—¿*Per qué?* ¿*per qué?*[92] —preguntaba la muchacha.

Y el mozo, cada vez más triste, más encogido, como un reo convicto que oye su acusación, nada contestó. Marchaba al mismo paso que la joven, pero separándose de ella, dando tropezones en el borde del camino. Roseta hasta creyó que iba a llorar.

Pero cerca ya de la barraca, cuando iban a separarse, Tonet tuvo un arranque de tímido: habló con la misma violencia

---

[92] *¿Por qué? ¿por qué?*

que había callado; y como si no hubiesen transcurrido muchos minutos, contestó a la pregunta de la muchacha:

—¿Per qué?... Perque te vullc[93].

Lo dijo aproximándose hasta lanzarle su aliento a la cara, brillando sus ojos como si por ellos le saliera toda la verdad; y después de esto, arrepentido otra vez, miedoso, aterrado por sus palabras, echó a correr como un niño.

¡Conque la quería!... Hacía dos días que la muchacha esperaba la palabra, y sin embargo le causó el efecto de una revelación inesperada. También ella le quería; y toda la noche, hasta en sueños, estuvo oyendo, murmuradas por mil voces junto a sus oídos, las mismas palabras: «Perque te vullc.»

No esperó Tonet a la noche siguiente. Al amanecer le vio Roseta en el camino, casi oculto tras el tronco de una morera, mirándola con zozobra, como un niño que teme la reprimenda y está arrepentido, dispuesto a huir al primer gesto de desagrado.

Pero la hilandera sonrió ruborizándose, y ya no hubo más.

Todo estaba hablado; no volvieron a decirse que se querían, pero era cosa convenida el noviazgo, y Tonet no faltó ni una sola vez a acompañarla en su camino.

El panzudo carnicero de Alboraya bramaba de coraje con el repentino cambio de su criado, antes tan diligente y ahora siempre inventando pretextos para pasar horas y más horas en la huerta, especialmente al anochecer.

Pero con el egoísmo de su dicha, Tonet se preocupaba tanto de los tacos y amenazas del amo como la hilandera de su padre, ante el cual sentía aún más miedo que respeto.

Roseta tenía siempre en su *estudi* algún nido que decía haber encontrado en el camino. Aquel muchacho no sabía presentarse con las manos vacías, y exploraba todos los cañares y árboles de la huerta para regalar a su novia ruedos de pajas y ramitas, en cuyo fondo unos cuantos pilluelos con la rosada piel cubierta de finísimo pelo y el trasero desnudo piaban desesperadamente abriendo su descomunal pico, jamás ahíto de migas de pan.

---

[93] *¿Por qué?... Porque te quiero.*

Roseta guardaba el regalo en su cuarto, como si fuese la misma persona de su novio, y lloraba cuando sus hermanos, la gente menuda que tenía por nido la barraca, en fuerza de admirar a los pajaritos, acababan por retorcerles el pescuezo.

Otras veces aparecía Tonet con un bulto en el vientre, la faja llena de altramuces y cacahuetes comprados en casa de *Copa*, y siguiendo el camino lentamente, comían y comían mirándose el uno en los ojos del otro, sonriendo como unos tontos sin saber de qué, y sentándose muchas veces en un ribazo sin darse cuenta de ello.

Ella era la más juiciosa y le reprendía. ¡Siempre gastando dinero! Eran dos reales o poco menos lo que en una semana había dejado en la taberna con tantos obsequios. Y él se mostraba generoso. ¿Para quién quería los cuartos sino para ella? Cuando se casaran —que alguna vez había de ser— ya guardaría el dinero. La cosa sería de allí a a diez o doce años; no había prisa; todos los noviazgos de la huerta duraban una temporada así.

Lo del casamiento hacía volver a Roseta a la realidad. El día que su padre supiera todo aquello... ¡Virgen santísima! la deslomaba a garrotazos. Y hablaba de la futura paliza con serenidad, sonriéndose como muchacha fuerte acostumbrada a esa autoridad paternal, rígida, imponente y honradota, que se manifiesta a bofetadas y palos.

Sus relaciones eran inocentes. Jamás asomó entre ellos el punzante deseo, la rebeldía de la carne. Marchaban por el camino casi desierto, en la penumbra del anochecer, y la misma soledad parecía alejar de su pensamiento todo propósito impuro.

Una vez que Tonet rozó involuntariamente la cintura de Roseta, ruborizóse como si fuese él la muchacha.

Estaban los dos muy distantes de creer que con sus encuentros diarios podía llegarse a algo que no fuese hablar y mirarse. Era el primer amor, la expansión de la juventud apenas despierta, que se contenta con verse, con hablar y reír, sin sombra alguna de deseo.

La hilandera, que en sus noches de miedo tanto deseaba la llegada de la primavera, vio con inquietud la llegada de los crepúsculos largos y luminosos.

136

Ahora se reunía con su novio en pleno día, y nunca faltaban en el camino compañeras de la fábrica o alguna vecina que al verles juntos sonreían maliciosamente adivinándolo todo.

En la fábrica comenzaron las bromas por parte de todas las enemigas, que le preguntaban con ironía cuándo se casaba, y la llamaban de apodo «la Pastora», por tener amores con el nieto del *tío Tomba*.

Temblaba de inquietud la pobre Roseta. ¡Qué paliza iba a ganarse! Cualquier día llegaba la noticia a su padre. Y fue por entonces cuando Batiste, el día de su sentencia en el Tribunal de las Aguas, la vio en el camino acompañada de Tonet.

Pero no ocurrió nada. El dichoso incidente del riego la salvó. Su padre, contento por haber librado la cosecha, limitóse a mirarla varias veces con el entrecejo fruncido, y la advirtió con voz lenta, el índice en alto y acento imperativo, que en adelante cuidase de volver sola de la fábrica, pues de lo contrario sabría quién era él.

Y volvió sola durante toda la semana. Tonet le tenía cierto respeto al señor Batiste, y se contentaba con emboscarse cerca del camino para ver pasar a la hilandera o seguirla después de muy lejos.

Como los días eran más largos, había más gente en el camino.

Pero este alejamiento no podía prolongarse para los impacientes amantes, y un domingo por la tarde, Roseta, inactiva, cansada de pasear frente a la puerta de su barraca y creyendo ver a Tonet en todos los que pasaban por las sendas lejanas, agarró un cántaro barnizado de verde, y dijo a su madre que iba a traer agua de la fuente de la Reina.

La madre la dejó ir. Debía distraerse; ¡pobre muchacha! no tenía amigas, y a la juventud hay que darle lo suyo.

La fuente de la Reina era el orgullo de toda aquella parte de la huerta, condenada al agua de los pozos y al líquido rojo y fangoso que corría por las acequias.

Estaba frente a una alquería abandonada, y era cosa antigua y de mucho mérito, al decir de los más sabios de la huerta: obra de los moros, según *Pimentó;* monumento de la época en que los apóstoles iban bautizando pillos por el mundo, según declaraba con majestad de oráculo el *tío Tomba*[94].

Por las tardes veíanse pasar por el camino, orlado de álamos de inquieto follaje de plata, grupos de muchachas con el cántaro inmóvil y derecho sobre la cabeza, recordando con su rítmico paso y su figura esbelta a las canéforas griegas.

Este desfile daba a la huerta valenciana algo de sabor bíblico; recordaba la poesía árabe cantando a la mujer junto a la fuente con el cántaro a la cabeza, uniendo en un solo cuadro las dos pasiones más vehementes del oriental: la belleza y el agua.

La fuente de la Reina era una balsa cuadrada, con muros de roja piedra y el agua más baja que el nivel del suelo. Descendíase al fondo por seis escalones, siempre resbaladizos y verdosos por la humedad. En la cara del rectángulo de piedra, frente a la escalera, destacábase un bajo relieve con figuras borrosas que era imposible adivinar bajo la capa de enjalbegado.

Debía ser la Virgen rodeada de ángeles: una obra de arte grosero y cándido de la Edad Media; algún voto de los tiempos de la conquista; pero unas generaciones picando la piedra para marcar mejor las figuras borradas por los años, y otras blanqueándola con arranque de curiosidad bárbara, habían dejado la losa de tal modo que sólo se distinguía un bulto informe de mujer, «la reina», que daba su nombre a la fuente: reina de los moros, como forzosamente han de serlo todas en los cuentos del campo.

No eran allí escasas la algazara y la confusión los domingos por la tarde. Más de treinta muchachas[95] agolpábanse con sus cántaros, deseosas de ser las primeras en llenar, pero sin prisa de irse. Empujábanse en la estrecha escalerilla, con las faldas recogidas entre las piernas para inclinarse y hundir su cántaro en el pequeño estanque, cuya superficie estremecíase con las burbujas del agua que surgía incesantemente del fondo de arena, donde crecían manojos de plantas gelatino-

---

[94] Anacronismo muy frecuente en las consejas o dichos populares.

[95] El narrador dice que hay más de treinta muchachas y más tarde sostiene que había treinta; leve inexactitud sin mayor transcendencia.

sas, verdes cabelleras ondeantes en la cárcel de cristal líquido[96], estremeciéndose a impulsos de la corriente. Los inquietos tejedores rayaban con las sutiles patas la clara superficie.

Las que ya habían llenado sus cántaros sentábanse en los bordes de la balsa con las piernas colgando sobre el agua, encogiéndolas con escandalizados chillidos cada vez que algún muchacho bajaba a beber y miraba a lo alto.

Era una reunión de gorriones revoltosos. Todas hablaban a un tiempo; se insultaban unas, despellejaban otras a los ausentes delatando todos los escándalos de la huerta, y la juventud, libre de la severidad paternal, arrojaba el gesto hipócrita fabricado para casa, mostrándose con la acometividad propia de la rudeza falta de expansión. Aquellos ángeles morenos, que tan mansamente cantaban gozos y letrillas en la iglesia de Alboraya al celebrarse la fiesta de las solteras, enardecíanse al estar solas, y matizaban su conversación con votos de carretero, hablando de cosas internas con el aplomo de una comadrona.

Allí cayó Roseta con su cántaro, sin haber encontrado al novio en el camino, a pesar de que anduvo lentamente, volviendo con frecuencia la cabeza, esperando a cada momento verle salir de una senda.

La ruidosa tertulia de la fuente callóse al verla. Causó estupefacción en el primer momento la presencia de Roseta: algo así como la aparición de un moro en la iglesia de Alboraya en plena misa mayor[97]. ¿A qué venía allí aquella «hambrienta»?

Saludó Roseta a dos o tres que eran de su fábrica, y apenas si le contestaron apretando los labios y con un retintín de desprecio.

Las demás, repuestas de la sorpresa, siguieron hablando, como si nada hubiera pasado, no queriendo conceder a la intrusa ni el honor del silencio.

Bajó Roseta a la fuente, y después de lleno el cántaro, al in-

---

[96] Metáfora personificadora de tipo ornamental.
[97] Los moros actúan en *La barraca* como referente legendario de prestigio o de amenaza; el carácter amenazante es perceptible aquí y al final del primer capítulo.

corporarse sacando la cabeza por encima del muro, lanzó una mirada ansiosa por toda la vega.

—*Mira, mira, que no vindrá*[98].

Era una sobrina de *Pimentó* la que decía esto; la hija de una hermana de Pepeta, morenilla nerviosa, de nariz arremangada e insolente, orgullosa de ser hija única y de que su padre no fuese arrendatario de nadie, pues los cuatro campos que trabajaba eran muy suyos.

Sí; podía mirar cuanto quisiera, que no vendría. ¿No sabían las otras a quién esperaba? Pues a su novio, el nieto del *tío Tomba:* ¡vaya un acomodo!

Y las treinta bocas crueles reían y reían como si mordieran; no porque encontrasen gran chiste a la cosa, sino por abrumar a la hija del odiado Batiste.

—¡La Pastora!... ¡La Divina Pastora!...

Roseta alzó los hombros con indiferencia. Ya esperaba aquello; además, las bromas de la fábrica habían embotado su susceptibilidad.

Cargóse el cántaro y subió los peldaños, pero en el último le detuvo la vocecita mimosa de la sobrina de *Pimentó.* ¡Cómo mordía aquella sabandija!

No se casaría con el nieto del *tío Tomba.* Era un infeliz, un muerto de hambre, pero muy honrado e incapaz de emparentar con una familia de ladrones.

Casi soltó su cántaro Roseta. Enrojeció, como si estas palabras, rasgándole el corazón, hubieran hecho subir toda la sangre a su cara, y después quedóse blanca, con palidez de muerte.

—*¿Quí es lladre? ¿Quí?*[99] —preguntó con voz temblona que hacía reír a todas las de la fuente.

¿Quién? Su padre. *Pimentó,* su tío, lo sabía bien, y en casa de *Copa* no se hablaba de otra cosa. ¿Creían que el pasado iba a estar oculto? Habían huido de su pueblo porque les conocían demasiado; por eso habían venido allí a apoderarse de lo que no era suyo. Hasta se tenían noticias de que el señor Batiste había estado en presidio por cosas feas...

---

[98] *Mira, mira, que no vendrá.*
[99] *¿Quién es ladrón? ¿Quién?*

Y así seguía hablando la viborilla, soltando todo lo oído en su casa y en la huerta: las mentiras fraguadas por los perdidos de casa de *Copa*, todo un tejido de calumnias inventado por *Pimentó*, que cada vez se sentía menos dispuesto a atacar cara a cara a Batiste, y buscaba hostilizarle, cansarle y herirle por medio del insulto.

La firmeza del padre surgió de pronto en Roseta, trémula, balbuciente de rabia y con los ojos veteados de sangre. Soltó el cántaro, que se hizo pedazos, mojando a las muchachas más inmediatas, que protestaron a coro llamándola bestia. ¡Pero buena estaba ella para fijarse en tales cosas!

—¡*Mon pare!*... —gritó avanzando hacia la insolente—. *¿Mon pare lladre? Tórnau a repetir y te trenque els morros*[100].

Pero no le fue preciso repetirlo a la morenilla, porque antes de que pudiera abrir la boca, recibió un puñetazo en ella, y los dedos de Roseta se clavaron en su moño. Instintivamente, movida por el dolor, se agarró también a los rubios pelos de la hilandera, y por algunos instantes se las vio a las dos forcejeando encorvadas, lanzando gritos de dolor y rabia, con las frentes casi tocando el suelo, arrastrándose mutuamente con los crueles tirones que cada una daba a la cabellera de la otra. Caían las horquillas, deshacíanse las trenzas; parecían las opulentas cabelleras estandartes de guerra, no flotantes y victoriosos, sino enroscados y martirizados por las manos del contrario.

Pero Roseta, más fuerte o más furiosa, logró desasirse, e iba a arrastrar a su enemiga, tal vez a propinarla una zurra interior, pues con la mano libre intentaba despojarse de un zapato, cuando ocurrió una escena inaudita, irritable, brutal.

Sin acuerdo ni palabra previos, como si los odios de sus familias, las palabras y maldiciones oídas en sus barracas surgiesen en ellas de golpe, todas cayeron a un tiempo sobre la hija de Batiste.

—¡*Lladrona! ¡lladrona!*[101].

Y fue visto y no visto. Desapareció Roseta bajo los iracundos brazos. Su cara cubrióse de arañazos: agobiada por tan-

---

[100] *¡Mi padre! ¿Mi padre ladrón? Vuélvelo a repetir y te rompo los morros.*
[101] *¡Ladrona! ¡ladrona!*

tos golpes, ni caer pudo, pues las mismas apreturas de sus enemigas lo impedían; pero empujada a un lado y a otro, acabó rodando de cabeza por los resbaladizos escalones, chocando su frente contra una arista de la piedra.

¡Sangre! Fue como una pedrada en un árbol cargado de pájaros[102]. Salieron todas corriendo en distintas direcciones, con los cántaros en la cabeza, y al poco rato no se veía en las inmediaciones de la fuente de la Reina más que a la pobre Roseta, con el pelo suelto, las faldas desgarradas, la cara sucia de polvo y sangre, que caminaba llorando hacia su casa.

¡Cómo gritó la madre al verla entrar! ¡Cómo protestó al enterarse de lo ocurrido! Aquellas gentes eran peor que judíos. ¡Señor! ¡Señor! ¿Podía pasar tal crimen en tierra de cristianos?

Era imposible vivir. Ya no les bastaba con que los hombres se metieran con su pobre Batiste y lo persiguieran y calumniaran ante el Tribunal imponiéndole multas injustas. Ahora eran las chicas las que perseguían a su pobre Roseta, como si la infeliz tuviera alguna culpa. ¿Y todo por qué? Porque querían vivir trabajando, sin ofender a nadie, como Dios manda.

Batiste, al ver a su hija, palideció. Dio algunos pasos hacia el camino mirando la barraca de Pimentó, cuya techumbre se destacaba detrás de los cañares.

Pero se detuvo y acabó por reñir dulcemente a su hija. Lo ocurrido la enseñaría a no pasear por la huerta. Ellos debían evitar todo roce con los demás: vivir juntos y unidos en la barraca, no separarse nunca de unas tierras que eran su vida.

En su casa ya se guardarían mucho de venir a buscarles.

---

[102] Comparación muy eficaz para describir la desbandada.

VI

Era un rumor de avispero, un susurro de colmena, lo que oían mañana y tarde los huertanos al pasar frente al molino de la Cadena por el camino que va al mar.

Una espesa cortina de álamos cerraba la plazoleta que formaba el camino al ensancharse ante el amontonamiento de viejos tejados, paredes agrietadas y negros ventanucos del molino, fábrica antigua y ruinosa montada sobre la acequia y apoyada en dos gruesos machones, por entre los cuales caía el agua con espumosa cascada.

El ruido lento y monótono que parecía salir de entre los árboles era el de la escuela de don Joaquín, establecida en una barraca oculta por la fila de álamos.

Nunca el saber se ha visto peor alojado; y eso que por lo común no habita palacios[103].

Una barraca vieja, sin más luz que la de la puerta y la que se colaba por las grietas de la techumbre; las paredes de dudosa blancura, pues la señora maestra, mujer obesa que vivía pegada a su silleta de esparto, pasaba el día oyendo y admirando a su marido; unos cuantos bancos, tres carteles de abecedario mugrientos, rotos por las puntas, pegados a la pared con pan mascado, y en el cuarto inmediato a la escuela unos muebles, pocos y viejos, que parecían haber corrido media España.

En toda la barraca no había más que un objeto nuevo: la larga caña que el maestro tenía tras la puerta, y que renovaba cada dos días en el cañar vecino, siendo una felicidad que el

---

[103] Sarcasmo.

143

género resultase tan barato, pues se gastaba rápidamente sobre las duras y esquiladas testas de aquellos pequeños salvajes.

Libros apenas si se veían tres en la escuela: una misma cartilla servía a todos. ¿Para qué más? Allí imperaba el método moruno: canto y repetición hasta meter las cosas con un continuo martilleo en las duras cabezas.

Por esto, desde la mañana hasta el anochecer, la vieja barraca soltaba por su puerta una melopea fastidiosa, de la que se burlaban todos los pájaros del contorno.

—Pa... dre... nuestro, que... estás... en los cielos...

—Santa... María...

—Dos por dos... cuuuatro...[104].

Y los gorriones, los pardillos y las calandrias, que huían de los chicos como del demonio cuando les veían en cuadrilla por las sendas, posábanse con la mayor confianza en los árboles inmediatos, y hasta se paseaban con sus saltadoras patitas frente a la puerta de la escuela, riéndose con escandalosos gorjeos de sus fieros enemigos al verles enjaulados, bajo la amenaza de la caña, condenados a mirarlos de reojo, sin poder moverse y repitiendo un canto tan fastidioso y feo.

De vez en cuando callábase el coro y sonaba majestuosa la voz de don Joaquín soltando su chorro de sabiduría.

—¿Cuántas son las obras de misericordia?...

—Dos por siete, ¿cuántas son?...

Y rara vez quedaba contento de las contestaciones.

—Son ustedes unos bestias[105]. Me oyen como si les hablase en griego. ¡Y pensar que les trato con toda finura, como en un colegio de la ciudad, para que aprendan ustedes buenas formas y sepan hablar como las personas!... En fin, tienen ustedes a quien parecerse: son tan brutos como sus señores padres, que ladran, les sobra dinero para ir a la taberna, y se inventan mil excusas para no darme el sábado los dos cuartos que me pertenecen.

Y paseábase indignado, especialmente al quejarse de los

---

[104] La separación tipográfica imita la realidad de lo descrito.
[105] Choca la cortesía del usted con el mensaje insultante.

olvidos del sábado. Ya se le notaba en el pelaje, en su figura, que parecía dividida en dos partes.

Abajo, alpargatas rotas, siempre manchadas de barro; viejos pantalones de pana; manos escamosas, ásperas, conservando en las grietas de la piel la tierra de su huertecito, un cuadrado de hortalizas que tenía frente a la barraca, y muchas veces era lo único que llenaba su puchero. Pero de cintura arriba mostrábase el señorío, «la dignidad del sacerdote de la instrucción», como él decía; lo que le distinguía de toda la gente de las barracas, gusarapos pegados al surco: una corbata de colores chillones sobre la sucia pechera, bigote cano y cerdoso partiendo su rostro mofletudo y arrebolado y una gorra azul con visera de hule, recuerdo de uno de los muchos empleos que había desempeñado en su accidentada vida.

Esto era lo que le consolaba de su miseria; especialmente la corbata, lo que nadie llevaba en todo el contorno y que él lucía cual un signo de suprema distinción, algo así como el toisón de oro de la huerta.

La gente de las barracas respetaba a don Joaquín, aunque en lo concerniente a sostener su miseria anduviese remisa y remolona. ¡Lo que aquel hombre había visto!... ¡Lo que llevaba corrido por el mundo!... Unas veces empleado de ferrocarril; otras ayudando a cobrar contribuciones en las más apartadas provincias de España; hasta se decía que había estado en América como guardia civil. En fin que era un pájaro gordo venido a menos.

—Don Joaquín —decía su gruesa mujer, que era la primera en sostenerle el tratamiento— nunca se ha visto como hoy; somos de muy buena familia. La desgracia nos ha traído aquí, pero hemos «apaleado» las onzas.

Y las comadres de la huerta, sin perjuicio de olvidarse alguno que otro sábado de los dos cuartos de la escuela, respetaban como un ser superior a don Joaquín, reservándose el burlarse un poco de la casaquilla verde con faldones cuadrados que se endosaba los días de fiesta, cuando cantaba en el coro de la iglesia de Alboraya durante la misa mayor.

Empujado por la miseria, había caído allí con su enorme y blanducha mitad como podía haber caído en otra parte. Ayudaba al secretario del pueblo en los trabajos extraordina-

145

rios, preparaba con hierbas de él tan sólo conocidas ciertos cocimientos que operaban milagros en las barracas, pues todos reconocían que «aquel tío sabía mucho», y sin título de maestro ni miedo a que nadie se metiera con él para quitarle una escuela que no daba ni para pan, iba logrando a fuerza de repeticiones y cañazos que deletreasen y estuvieran inmóviles todos los pillos de cinco a diez años que en los días de fiesta apedreaban los pájaros, robaban la fruta y perseguían a los perros en los caminos de la huerta.

¿De dónde era el maestro? Todas las vecinas lo sabían: de muy lejos, de allá de la *churrería*[106]. Y en vano se pedían más explicaciones, pues para la ciencia geográfica de la huerta todo el que no habla valenciano es de la *churrería*.

No eran flojos los trabajos que sufría don Joaquín para hacerse entender de sus discípulos y que no reculasen ante el castellano. Los había de ellos que llevaban dos meses en la escuela y abrían desmesuradamente los ojos y se rascaban el cogote sin entender lo que el maestro les decía con unas palabras jamás oídas en su barraca.

¡Cómo sufría el buen señor! ¡Él que cifraba los triunfos de la enseñanza en su «finura», en su distinción de maneras, en lo «bienhablado» que era, según declaración de su esposa!

Cada palabra que sus discípulos pronunciaban mal —y no decían bien ni una— le hacía dar bufidos y levantar las manos con indignación hasta tocar el ahumado techo de su barraca. Estaba orgulloso de la urbanidad con que trataba a sus discípulos.

—Esta barraca humilde —decía a los treinta chicuelos que se apretaban y empujaban en los estrechos bancos, oyéndole entre aburridos y temerosos de la caña— la deben mirar ustedes como si fuera el templo de la cortesía y la buena crianza. ¡Qué digo el templo! Es la antorcha que brilla y disuelve las sombras de barbarie de esta huerta[107]. Sin mí, ¿qué serían

---

[106] Referencia vaga de un sitio lejano donde no se habla valenciano, preferentemente Aragón.

[107] En las palabras de don Joaquín vuelven a contrastar la altisonancia y el tono insultante que producen diversos efectos entre los oyentes y los lectores.

ustedes? Unas bestias, y perdonen la palabra: lo mismo que sus señores padres, a los que no quiero ofender. Pero con la ayuda de Dios, han de salir ustedes de aquí como personas completas, sabiendo presentarse en cualquier parte, ya que han tenido la buena suerte de encontrar un maestro como yo. ¿No es así?...

Y los muchachos contestaban con cabezadas furiosas, chocando algunos la testa con la del vecino, y hasta su mujer, conmovida por lo del templo y la antorcha, cesaba de hacer media y echaba atrás la silleta de esparto, para envolver a su marido en una mirada de admiración.

Interpelaba a toda aquella pillería roñosa, de pies descalzos y faldones al aire, con asombrosa cortesía.

—A ver, señor de Llopis, levántese usted.

Y el «señor de Llopis», un granuja de siete años, con el pantalón a media pierna sostenido por un tirante, echábase del banco abajo y se cuadraba ante el maestro, mirando de reojo la temible caña.

—Hace un rato que veo a usted hurgándose las narices y haciendo pelotillas. Vicio feo, señor de Llopis; crea usted a su maestro. Por esta vez pase, porque es usted aplicado y sabe la tabla de multiplicar; pero la sabiduría es nada cuando falta la buena crianza. No olvide usted esto, señor de Llopis.

Y el de las pelotillas lo aprobaba todo, contento con salir de la advertencia sin cañazo, cuando otro grandullón que estaba a su lado en el banco y debía guardar antiguos resentimientos, al verle de pie y con las posaderas libres, le aplicó en ellas un pellizco traidor.

—¡Ay! ¡ay! Siñor maestro —gritó el muchacho—, «Morros d'aca» me pellisca[108].

¡Qué indignación la de don Joaquín! Lo que más excitaba su cólera era la afición de los muchachos a llamarse por los apodos de sus padres y aun a fabricarlos nuevos.

—¿Quién es Morros d'aca? El señor de Peris, querrá usted decir. ¡Qué modo de hablar, Dios mío! Parece que esto sea una taberna... ¡Si al menos hubiera dicho usted Morros de jaca! Descrísmese usted enseñando a estos imbéciles. ¡Brutos!...

---

[108] El maestro explica luego, adaptándolo al castellano, el mote ofensivo.

Y enarbolando la caña comenzó a repartir sonoros golpes: al uno por el pellizco y al otro por la «impropiedad de lenguaje», como decía bufando don Joaquín sin parar en sus cañazos. E iban tan a ciegas los golpes, que los demás muchachos se apretaban en los bancos, se encogían, escondiendo cada cual la cabeza en el hombro del vecino; y a un chiquitín, el hijo pequeño de Batiste, asustado por el estrépito de la caña, se le fue el cuerpo.

Esto amansó al maestro, le hizo recobrar su perdida majestad, mientras el apaleado auditorio se tapaba las narices.

—Doña Pepa —dijo a su mujer—, llévese usted al señor de Borrull, que está indispuesto, y límpielo tras de la escuela.

Y la mujerona, que tenía cierta consideración a los tres hijos de Batiste porque pagaban todos los sábados, agarró de una mano al «señor de Borrull», que salió de la escuela balanceándose sobre las tiernas piernecitas, llorando todavía del susto y enseñando algo más que el faldón por la abertura trasera de los calzones.

Pasados estos incidentes se volvía a reanudar la lección cantada, y la arboleda estremecíase de fastidio tamizando por entre su ramaje el monótono susurro.

Algunas veces oíase un melancólico son de esquilas, y toda la escuela se movía de contento. Era el rebaño del *tío Tomba* que se aproximaba: todos sabían que cuando llegaba el viejo con su ganado había un par de horas de asueto.

Si parlanchín era el pastor, no le iba en zaga el maestro; ambos emprendían una interminable conversación, mientras los discípulos abandonaban los bancos para oírles de cerca o deslizándose mansamente iban a jugar con las ovejas, que rumiaban la hierba de los ribazos cercanos.

A don Joaquín le inspiraba gran simpatía el viejo. Había corrido mundo, tenía la deferencia de hablar con él en castellano, era entendido en hierbas medicinales, sin arrebatarle por esto clientes; en fin, que resultaba la única persona de la huerta capaz de «alternar» con él.

La aparición era siempre idéntica. Primero llegaban las ovejas a la puerta de la escuela, metían la cabeza, husmeaban curiosas e iban retirándose con cierto desprecio, convencidas de que allí no había más pasto que el intelectual y valía poco; después se presentaba el *tío Tomba* caminando con seguridad por aquella tierra conocida, pero con el cayado por delante, único auxilio de sus moribundos ojos.

Sentábase en el banco de ladrillos inmediato a la puerta, y el maestro y el pastor hablaban, admirados en silencio por doña Josefa y los más grandecitos de la escuela, que lentamente se aproximaban formando corro.

El *tío Tomba*, que hasta por las sendas iba siempre conversando con sus ovejas, hablaba al principio con lentitud, como hombre que teme revelar su defecto; pero la charla del maestro le enardecía, y no tardaba a lanzarse en el inmenso mar de sus eternas historias. Lamentábase de lo pésimamente que «va España», de lo que decían por la huerta los que venían de Valencia, de los malos gobiernos, que tienen la culpa de las malas cosechas, y acababa por repetir lo de siempre.

—Aquellos tiempos, don *Juaquín*[109], aquellos tiempos míos eran otros. Usted no los ha conocido; pero también los de usted eran mejores que éstos. Vamos cada vez peor... ¡Lo que verá toda esa gente menuda cuando sean hombres!

Ya se sabía que esto era el exordio de su historia.

—¡Si usted nos hubiera visto a los de la partida del *Flaire*! (El pastor nunca pudo decir fraile.) Aquéllos eran españoles; ahora sólo hay guapos en casa de *Copa*. Yo tenía dieciocho años, un morrión con un águila de cobre que le quité a un muerto, y un fusil más grande que yo. ¡Y el *Flaire*!... ¡Qué hombre! Ahora hablan del general tal y del cual. ¡Mentira, todo mentira! ¡Donde estaba el padre Nevot no había otro! Había que verlo con el hábito arremangado, sobre su jaca, con sable corvo y pistolas. ¡Lo que corríamos! Unas veces aquí, otras en la provincia de Alicante, después por cerca de Albacete: siempre nos iban pisando los talones; pero nosotros, francés que pillábamos lo hacíamos arena. Aún me parece que los veo: «¡musiú... pardón!»[110]. Y yo, ¡zas, zas! bayonetazo limpio.

Y el arrugado viejo se enardecía, erguíase, sus mortecinos ojos brillaban como débiles pavesas y movía el cayado cual

---

[109] Indistinción de la vocal átona, muy frecuente en el habla vulgar.
[110] Francés estropeado.

si aún estuviera pinchando a los enemigos. Luego venían los consejos: tras el viejo bondadoso levantábase el hombre feroz, de entrañas duras, formado en una guerra sin cuartel. Mostrábanse sus fieros instintos, petrificados en plena juventud e insensibles al paso del tiempo. Dirigíase en valenciano a los muchachos, regalándoles el fruto de su experiencia. Debían creerle a él, que había visto mucho. En la vida, paciencia para vengarse del enemigo; aguardar la pelota, y cuando viene bien, jugarla con fuerza. Y al dar estos consejos feroces guiñaba sus ojos, que en el fondo de las profundas órbitas parecían estrellas moribundas próximas a extinguirse. Delataba con su malicia senil un pasado de luchas en la huerta, de emboscadas y astucias, un completo desprecio a la vida de sus semejantes[111].

El maestro, temiendo por la moral de su gente, cambiaba el curso de la conversación hablando de Francia, el gran recuerdo del *tío Tomba*.

Era tema para una hora. Conocía aquel país como si hubiese nacido en él. Al rendirse Valencia al mariscal Suchet[112] le había llevado prisionero, con unos cuantos miles más, a una gran ciudad, Tolosa de Francia. Y mezclaba en la conversación, horriblemente desfiguradas, las palabras francesas que aún recordaba después de tantos años. ¡Qué país! Allí los hombres van con unos sombreros blancos y felpudos, casacas de color con los cuellos hasta el cogote, botas altas como las de la caballería; las mujeres con unas faldas como fundas de flauta, tan estrechas, que se les marca todo lo que queda dentro. Y así seguía hablando de los trajes y costumbres del tiempo del Imperio, imaginándose que subsistía todo y que la Francia de hoy era como a principios de siglo.

Y mientras detallaba todos sus recuerdos, el maestro y su mujer le oían atentamente, y algunos muchachos, aprove-

---

[111] Aunque es evidente que el narrador exagera sus hazañas cada vez que las cuenta también se deduce, al margen de su capacidad fabuladora, su odio al enemigo.

[112] Mariscal de Francia que durante el reinado de José I se apoderó de Lérida, Tortosa, Tarragona y en 1812 conquisó Valencia, victoria que le valió el título de duque de la Albufera. En 1813 abandonó la ciudad, al conocer la derrota de José I en Vitoria.

chándose del inesperado asueto, iban alejándose de la barraca atraídos por las ovejas, que huían de ellos como del enemigo malo. Las tiraban del rabo, cogíanlas de las piernas, obligándolas a andar con las patas delanteras, las hacían rodar por los ribazos o intentaban montar sobre sus sucios vellones; y los pobres animales en vano protestaban con tiernos balidos, pues no los oía el pastor, ocupado en relatar con fruición la agonía del último francés que había muerto.

—¿Y como cuántos cayeron? —preguntaba el maestro al final del relato.

—Cuestión de ciento veinte o ciento treinta. No recuerdo bien.

Y el matrimonio se miraba sonriendo. Desde la última vez había aumentado veinte. Conforme pasaban los años se agrandaban sus hazañas y el número de las víctimas.

Los quejidos del rebaño llamaban la atención del maestro.

—Señores míos —gritaba a los atrevidos chicuelos al mismo tiempo que requería la caña—, todos aquí. ¿Se figuran que no hay más que pasar el día divirtiéndose? Aquí se trabaja.

Y para demostrarlo con el ejemplo, movía la caña que era un gusto, introduciendo a golpes en el redil de la sabiduría a todo el rebaño de pilletes juguetones.

—Con permiso de usted, *tío Tomba:* hace más de dos horas que estamos hablando. Tengo que continuar la lección.

Y mientras el pastor, cortésmente despedido, guiaba sus ovejas hacia el molino para repetir allí sus historias, comenzaba de nuevo en la escuela el canturreo de la tabla de multiplicar, que era para los discípulos de don Joaquín el gran alarde de sabiduría.

A la caída del sol soltaban los muchachos su último cántico, dando gracias al Señor «porque les había asistido con sus luces», y recogía cada cual el saquillo de la comida, pues como las distancias en la huerta no eran pequeñas, los chicos salían por la mañana de sus barracas con provisiones para pasar el día en la escuela; y hasta decían los enemigos de don Joaquín que éste era aficionado a castigarlos mermándoles la ración, para subsanar de este modo las deficiencias de la cocina de doña Pepa.

Los viernes, al salir de la escuela, oían invariablemente los discípulos el mismo discurso.

—Señores míos: mañana es sábado; recuérdenlo ustedes a sus señoras madres y háganlas saber que el que mañana no traiga los dos cuartos no entrará en la escuela. A usted se lo digo especialmente, «señor de...» tal, y a usted, «señor de...» cual (y así soltaba una docena de nombres). Tres semanas que no traen ustedes el estipendio prometido, y así no es posible la instrucción, ni puede procrear la ciencia, ni combatirse con desahogo la barbarie nativa de estos campos. Yo lo pongo todo: mi sabiduría, mis libros (y miraba las tres cartillas que recogía su mujer cuidadosamente para guardarlas en la vieja cómoda)[113], y ustedes no traen nada. Lo dicho: el que mañana venga con las manos vacías, no pasará de esta puerta. Aviso a las señoras madres.

Formaban los muchachos por parejas, cogidos de la mano —lo mismo que en los colegios de Valencia; ¿qué se creían algunos?—, y salían de la barraca besando antes la diestra escamosa de don Joaquín y repitiendo todos de corrido al pasar junto a él:

—¡Usted lo pase bien! ¡Hasta mañana si Dios quiere!

Acompañábales el maestro hasta la plazoleta del molino, que era una estrella de caminos y sendas, y allí deshacíase la formación en pequeños grupos, alejándose por distintos puntos de la vega.

—Ojo, señores míos, que yo les vigilo —gritaba don Joaquín como última advertencia—. Cuidado con robar fruta, hacer pedreas o saltar acequias. Yo tengo un pájaro que todo me lo cuenta, y si mañana sé algo malo andará la caña suelta como un demonio.

Y plantado en la plazoleta, seguía mucho rato con la vista al grupo más numeroso, que se alejaba camino de Alboraya.

Éstos eran los que pagaban mejor. Iban entre ellos los tres hijos de Batiste, para los cuales se convertía muchas veces el camino en una calle de Amargura.

Cogidos los tres de la mano procuraban andar a la zaga

---

[113] Pincelada esperpéntica.

de los otros muchachos, que, por ser de las barracas inmediatas a la suya, sentían el mismo odio de sus padres contra el tío Batiste y su familia, y no perdían ocasión de molestarles.

Los dos mayorcitos sabían defenderse, y con arañazo más o menos, hasta salían en ciertas ocasiones vencedores. Pero el más pequeño, Pascualet, un chiquillo regordete y panzudo, que sólo tenía cinco años y a quien adoraba la madre por su dulzura y mansedumbre, prometiéndose hacerlo capellán, lloraba apenas veía a sus hermanos enzarzados en terrible pelea con los otros condiscípulos.

Muchas veces los dos mayores llegaban a casa sudorosos y llenos de polvo, como si se hubieran revolcado en el camino, con los pantalones rotos y la camisa desgarrada. Eran las señales del combate; el pequeño lo contaba todo llorando. Y la madre tenía que curar a alguno de los mayores aplicándole una pieza de dos cuartos bien apretada sobre el chichón levantado por una piedra traidora.

Alborotábase Teresa al conocer los atentados de que eran objeto sus hijos, y como mujer ruda y valerosa nacida en el campo, sólo se tranquilizaba oyendo que los suyos habían sabido defenderse dejando al enemigo malparado.

¡Por Dios, que le cuidasen a Pascualet ante todo! Y el hermano mayor, indignado, prometía una paliza a toda la garrapata enemiga cuando la encontrase en las sendas.

Todas las tardes, apenas don Joaquín perdía de vista el grupo, comenzaban las hostilidades.

Los enemigos, hijos o sobrinos de los que en la taberna juraban acabar con Batiste, comenzaban a detener el paso, haciendo menor la distancia entre ellos y los tres hermanos.

Aún sonaban en sus oídos las palabras del maestro y la amenaza del maldito pájaro que lo veía todo y todo lo contaba. Algunos se reían, pero de dientes afuera. ¡Aquel tío sabía tanto!...

Pero conforme se alejaban, amortiguábase la amenaza del maestro.

Comenzaban a caracolear en torno de los tres hermanos, a perseguirse riendo —pretexto malicioso inspirado por la instintiva hipocresía de la infancia—, para empujarles al pa-

sar, con el santo deseo de arrojarlos en la acequia que bordeaba el camino[114].

Después, cuando quedaba agotada y sin éxito esta manio-
bra, comenzaban los pescozones y repelones a todo correr.

—¡Lladres! ¡Lladres![115].

Y lanzándoles este insulto, les tiraban de la oreja y se alejaban corriendo, para volverse un poco más allá y repetir las
mismas palabras.

Esta calumnia inventada por los enemigos de su padre era
lo que ponía a los muchachos fuera de sí. Los dos mayores,
abandonando a Pascualet, que se refugiaba llorando tras un
árbol, agarraban piedras y entablábase una batalla en medio
del camino.

Silbaban los guijarros por entre las ramas, haciendo caer
una lluvia de hojas y rebotando contra los troncos y ribazos;
los perros barraqueros salían con ladridos feroces, atraídos
por el estrépito de la lucha, y las mujeres, desde las puertas de
sus casas, levantaban los brazos al cielo, gritando indignadas:

—¡Condenats! ¡Dimònis![116].

Estos escándalos eran los que a don Joaquín le llegaban al
alma y movían su caña inexorable al día siguiente. ¡Qué di-
rían de su escuela, del templo de la buena crianza!

La lucha no tenía fin hasta que pasaba algún carretero que
enarbolaba el látigo, o salía de las barracas algún viejo, garrote en mano, y los agresores huían, se desbandaban; arrepen-
tidos de su hazaña al verse solos, pensaban aterrados, por el
fácil cambio de impresiones de la infancia, en aquel pájaro
que lo sabía todo y en lo que les guardaba don Joaquín para
el día siguiente.

Y mientras tanto, los tres hermanos seguían su camino rascándose las descalabraduras de la lucha.

Una tarde, la pobre mujer de Batiste puso el grito en el cielo al ver el estado en que llegaron sus pequeños.

Aquel día la batalla había sido dura. ¡Ah, los bandidos!

---

[114] Sarcasmo.
[115] ¡Ladrones! ¡Ladrones!
[116] ¡Condenados! ¡Demonios!

Los dos mayores estaban magullados: era lo de siempre, no había que hacer caso.

Pero el pequeñín, el *Obispo*, como cariñosamente le llamaba su madre, estaba mojado de pies a cabeza, y el pobrecito lloraba y temblaba de miedo y de frío.

La feroz pillería le había arrojado en una acequia de aguas estancadas, y de allí le sacaron sus hermanos cubierto de barro negro y nauseabundo.

La madre le acostó en su cama, pues el pobrecillo seguía temblando entre sus brazos, agarrándose a su cuello y murmurando con voz que parecía un balido:

—¡Mare! ¡Mare!...[117].

«¡Señor! ¡dadnos paciencia!» Toda aquella gentuza, grandes y chicos, se habían propuesto acabar con la familia.

[117] *¡Madre! ¡Madre!...*

VII

Triste y ceñudo, como si fuese a un entierro, emprendió Batiste el camino de Valencia un jueves por la mañana. Era día de mercado de animales en el cauce del río, y llevaba en la faja, como una gruesa protuberancia, el saquito de arpillera con lo que le restaba de sus ahorros.

Llovían desgracias en la barraca. Sólo faltaba que cayera sobre ellos la techumbre, aplastándolos a todos... ¡Qué gente! ¡Dónde se había metido!

El chiquitín cada vez peor, temblando de fiebre en los brazos de su madre, que lloraba a todas horas, visitado dos veces al día por el médico; en fin, una enfermedad que iba a costarle doce o quince duros: como quien dice nada.

El mayor, Batistet, apenas si podía salir más allá de sus campos. Aún tenía la cabeza envuelta en vendas y la cara cruzada de chirlos, después del descomunal combate que una mañana sostuvo en el camino con otros de su edad que iban con él a recoger estiércol en Valencia. Todos los *fematers*[118] del contorno se habían unido contra Batistet, y el pobre muchacho no podía asomarse al camino.

Los dos pequeños ya no iban a la escuela, por miedo a las peleas que habían de sostener al regreso.

Y Roseta, ¡pobre muchacha! ésta era la que se mostraba más triste.

El padre ponía el gesto fosco en su casa, la dirigía severas miradas para recordarle que debía mostrarse indiferente y

---

[118] Recogedor de estiércol. El «femater» protagoniza un intenso cuento de Blasco.

que sus penas eran un atentado a la autoridad paternal. Pero a solas, el buen Batiste lamentaba la tristeza de la pobre muchacha. Él también había sido joven y sabía cuán pesadas resultan las penas del querer.

Todo se había descubierto. Después de la famosa riña en la fuente de la Reina, la huerta entera estuvo varios días hablando de los amores de Roseta con el nieto del *tío Tomba*.

El panzudo carnicero de Alboraya bufaba de coraje contra su criado. ¡Ah, grandísimo pillo! Ahora sabía por qué olvidaba sus deberes, por qué pasaba las tardes vagando por la huerta como un gitano. El señor se permitía tener novia, como si fuese un hombre capaz de mantenerla. ¡Y qué novia, Santo Dios! No había más que oír a los parroquianos cuando parloteaban ante su mesa. Todos decían lo mismo: se extrañaban de que un hombre como él, religioso, honrado y sin otro defecto que robar algo en el peso, permitiera que su criado acompañase a la hija del enemigo de la huerta, de un hombre malo, del cual se decía que había estado en presidio.

Y como todo esto, en concepto del ventrudo patrón, era una deshonra para su establecimiento, a cada murmuración de las comadres se ponía furioso, amenazando con su cuchilla al tímido criado, o increpaba al *tío Tomba* para que corrigiera al pillete de su nieto.

Total: que el carnicero despidió al muchacho, y su abuelo le buscó colocación en Valencia en casa de otro cortante, rogando que no le concediesen libertad ni aun en los días de fiesta, para que no volviera a esperar en el camino a la hija de Batiste.

Tonet partió sumiso, con los ojos húmedos, como uno de los borregos que tantas veces había llevado a rastras ante el cuchillo del amo. No volvería más. En la barraca quedaba la pobre muchacha ocultándose en su *estudi* para gemir, haciendo esfuerzos por no demostrar su dolor ante la madre, que, irritada por tantas contrariedades, se mostraba intratable, y ante el padre, que hablaba de hacerla pedazos si volvía a tener novio y a dar que hablar a los enemigos del contorno.

Al pobre Batiste, tan severo y amenazador, lo que más le dolía de todas sus desgracias era el desconsuelo de la muchacha, falta de apetito, amarillenta, ojerosa, haciendo esfuerzos

157

por aparecer indiferente, sin dormir apenas, lo que no impedía que todos los días marchase puntualmente a la fábrica, con una vaguedad en la mirada reveladora de que su pensamiento rodaba lejos, de que estaba soñando por dentro a todas horas.

¿Eran posibles más desgracias? Pues aún quedaban otras. En aquella barraca ni las bestias se libraban de la atmósfera envenenada de odio que parecía flotar sobre ella. Al que no lo atropellaban le hacían sin duda mal de ojo, y por esto su pobre *Morrut*, el caballo viejo, que era como de la familia, que había arrastrado por los caminos el pobre ajuar y los chicos en las peregrinaciones de la miseria, se había debilitado poco a poco en el establo nuevo, el mejor alojamiento de su larga vida de trabajo.

Se portó como persona honrada en la época peor, cuando recién establecida la familia en la barraca había que arar la tierra maldita, petrificada por diez años de abandono; cuando había que hacer continuos viajes a Valencia en busca del cascote de los derribos y las maderas viejas; cuando el pasto no era mucho y el trabajo abrumador. Y ahora que frente al ventanuco de la cuadra se extendía un gran campo de hierba fresca, erguida y ondeante, toda para él; ahora que tenía la mesa puesta, con aquel verde y jugoso mantel que olía a gloria; ahora que engordaba, que se redondeaban sus ancas puntiagudas y su dorso nudoso, había muerto sin saber de qué; tal vez en uso de su perfecto derecho al descanso, después de sacar a flote la familia.

Se acostó un día sobre la paja, negándose a salir, mirando a Batiste con ojos vidriosos y amarillentos que hacían expirar en los labios del amo los votos y amenazas de la indignación. Parecía una persona el pobre *Morrut*; Batiste, recordando su mirada, sentía deseos de llorar. La barraca púsose en conmoción, y esta desgracia hasta hizo que la familia olvidase momentáneamente al pobre Pascualet, que temblaba de fiebre en la cama.

La mujer de Batiste lloraba. Aquel animal, alargando su manso hocico, había visto venir al mundo a casi todos sus hijos; aún recordaba ella, como si fuera ayer, cuando lo compraron en el mercado de Sagunto, pequeño, sucio, lleno de costras y asquerosidades, como un jaco de desecho. Era alguien de la familia que se iba. Y cuando unos tíos repugnantes llegaron en un carro para llevarse el cadáver del veterano del trabajo a la «caldera», donde convertirían su esqueleto en hueso de pulida brillantez y sus carnes en abono fecundizante, lloraban los chicos, gritando desde la puerta un adiós interminable al pobre *Morrut,* que se alejaba con las patas rígidas y la cabeza balanceante, mientras la madre, como si tuviese un horrible presentimiento, se arrojaba con los brazos abiertos sobre el enfermito.

Veía a su hijo cuando entraba en la cuadra para tirar de la cola al *Morrut,* el cual sufría con pasividad cariñosa todos los juegos de los chicos. Veía al pequeñín cuando lo colocaba su padre sobre la dura espina del animal, golpeando con sus piececitos los lustrosos flancos[119], gritando «¡arre! ¡arre!» con infantil balbuceo. Y con la muerte de la pobre bestia creía que quedaba abierta una brecha por donde se irían otros. ¡Señor, que la engañasen sus presentimientos de madre dolorosa; que fuera sólo el sufrido animal el que se iba; que no se llevara sobre sus lomos al pobre chiquitín camino del cielo, como en otros tiempos le llevaba por las sendas de la huerta agarrado a sus crines, a paso lento, para no derribarlo!

Y el pobre Batiste, con el pensamiento ocupado por tantas desgracias, barajando en su imaginación al niño enfermo, al caballo muerto, al hijo descalabrado y a la hija con su reconcentrado pesar, llegó a los arrabales de la ciudad y pasó el puente de Serranos[120].

Al extremo del puente, en la explanada entre los dos jardines, frente a las ochavadas torres que asomaban por encima de la arboleda las arcadas ojivales, las avanzadas barbacanas y la noble corona de almenas, se detuvo Batiste, pasándose

---

[119] Superposición temporal que constituye un recurso de gran modernidad.

[120] Puente situado junto a las torres de Serranos, que son una de las mejores muestras de la arquitectura gótica militar de Europa. Fueron construidas entre 1392 y 1398 por Pere Balaguer, quien se inspiró en la Puerta Real del monasterio de Poblet. En 1586 fueron habilitadas como prisión. Dejaron de ser usadas con este fin en 1888. Este monumento fue restaurado por la ciudad en 1915.

las manos por la cara. Tenía que visitar a los amos, los hijos de don Salvador, y pedirles a préstamo un piquillo para completar la cantidad que había de costarle un rocín que sustituyese al pobre *Morrut*. Y como el aseo es el lujo del pobre, se sentó en un banco de piedra, esperando que le llegara el turno para limpiarse de las barbas de dos semanas, punzantes y tiesas como púas, que ennegrecían su cara.

A la sombra de los altos plátanos funcionaban las peluquerías de la gente huertana, los barberos de *cara al sòl*. Un par de sillones con asiento de esparto y brazos pulidos por el uso, un anafe en el que hervía el puchero del agua, los paños de dudoso color y unas navajas melladas que arañaban el duro cutis de los parroquianos con rascones que daban escalofríos, constituían toda la fortuna de aquellos establecimientos al aire libre.

Muchachos cerriles que aspiraban a ser mancebos en las barberías de la ciudad hacían allí sus primeras armas; y mientras se amaestraban infiriendo cortes o poblando las cabezas de trasquilones y peladuras, el amo daba conversación a los parroquianos sobre el banco del paseo, o leía en alta voz el periódico al corro[121], que, con la quijada en ambas manos, escuchaba impasible.

A los que se sentaban en el sillón de los tormentos pasábanles un pedazo de jabón de piedra por las mejillas, y frota que te frota, hasta que levantaba espuma. Después venía el navajeo cruel, los cortes que aguantaba firmemente el parroquiano con la cara manchada de sangre. Un poco más allá sonaban las enormes tijeras en continuo movimiento, pasando y repasando sobre la redonda testa de algún mocetón presumido, que quedaba esquilado como perro de aguas; el colmo de la elegancia: larga greña sobre la frente y la media cabeza de atrás cuidadosamente rapada.

Batiste fue afeitado con bastante suerte, mientras oía, hundido en el sillón de esparto y los ojos entornados, la lectura del «maestro», con voz nasal y monótona, y sus comentarios

---

[121] Esta costumbre lectora era habitual en las fábricas de tabaco en Cuba; para amenizar el trabajo y hacerlo más productivo un lector se encargaba de leer novelas en alta voz para los trabajadores.

y glosas de hombre experto en la cosa pública. No sacó más que tres raspaduras y un corte en la oreja. Otras veces había sido más; dio su medio real, y se metió en la ciudad por la puerta de Serranos.

Dos horas después volvió a salir, y se sentó en el banco de piedra, entre el grupo de los parroquianos, para oír al maestro mientras llegaba la hora del mercado.

Los amos acababan de prestarle el piquillo que le faltaba para la compra del caballo. Ahora lo importante era tener buen ojo para escoger; serenidad para no dejarse engañar por la astuta gitanería que pasaba ante él con sus bestias y descendía por la rampa al cauce del río.

Las once. El mercado debía estar en su mayor animación. Llegaba hasta Batiste el confuso rumor de un hervidero invisible; subían los relinchos y las voces desde el fondo del cauce. Dudaba, permanecía quieto, como hombre que desea retrasar el momento de una resolución importante, y al fin se decidió a bajar al mercado.

El cauce del río estaba, como siempre, casi seco. Algunas vetas de agua, escapadas de los azudes y presas que refrescan la vega, serpenteaban formando curvas e islas en un suelo polvoriento, ardoroso y desigual, que más parecía de desierto africano que lecho de un río.

A tales horas estaba todo él blanco de sol, sin la menor mancha de sombra.

Los carros de los labriegos con sus toldos blancos formaban un campamento en el centro del cauce, y a lo largo del pretil, puestas en fila, estaban las bestias a la venta: las mulas negras y coceadoras con sus rojos caparazones y sus ancas brillantes agitadas por nerviosa inquietud; los caballos de labor, fuertes pero tristes, cual siervos condenados a eterna fatiga, mirando con ojos vidriosos a todos los que pasaban, como si adivinasen al nuevo tirano, y las pequeñas y vivarachas jacas, hiriendo el polvo con sus cascos, tirando del ronzal que las mantenía atadas al muro.

Junto a la rampa de bajada estaban los animales de desecho: asnos sin orejas, de pelo sucio y asquerosas pústulas; caballos tristes cuyo pellejo parecía agujerearse con las agudeces de la descarnada osamenta; mulas ciegas con cuello de ci-

güeña; toda la miseria del mercado, los náufragos del trabajo, que, con el cuero molido a palos, el estómago contraído
y las excoriaciones roídas por las moscas verdosas e hinchadas, esperaban la llegada del contratista de las corridas de toros o del mendigo que aún sabría utilizarlos.

Junto a las corrientes de agua, en el centro del cauce, en las
riberas que la humedad había cubierto de una débil capa de
césped, trotaban las manadas de potros sin domar, al aire la
larga crin, arrastrando la cola por el suelo. Más allá de los
puentes, al través de los redondos ojos de piedra, veíanse los
rebaños de toros, con las patas encogidas, rumiando tranquilamente la hierba que les arrojaban los pastores, o andando
perezosamente por el suelo abrasado, sintiendo la nostalgia
de las frescas dehesas y plantándose fieramente cada vez que
los chicuelos les silbaban desde los pretiles.

La animación del mercado iba en aumento. En torno de
cada caballería cuya venta se ajustaba aglomerábanse grupos
de gesticulantes y parlanchines labriegos en mangas de camisa,
con la vara de fresno en la diestra. Los gitanos, secos, broncea-
dos, de zancas largas y arqueadas, zamarra adornada con re-
miendos y gorra de pelo, bajo la cual brillaban sus ojos negros
con resplandor de fiebre, hablaban sin cesar, echando su aliento a la cara del comprador como si quisieran hipnotizarle.

—Pero fíjese usted bien en la jaca. Repare usted en las líneas... ¡si parece una señorita!¹²².

Y el labriego, insensible a las melosidades gitanas, encerrado en sí mismo, pensativo e incierto, miraba al suelo, miraba
la bestia, se rascaba el cogote, y acababa diciendo con energía de testarudo:

—*Bueno... pues no done més*¹²³.

Para concertar los chambos y solemnizar las ventas buscá-
base el amparo de un sombrajo, bajo el cual una mujerona
vendía bollos adornados por las moscas o llenaba pegajosas
copas con el contenido de media docena de botellas alinea-
das sobre una mesa de cinc.

_____

¹²² Esta personificación, así como otras que aparecerán después, realzan
las cualidades de la distinción para poder subir el precio.
¹²³ *Bueno, pues no doy más.*

Mercado de Valencia.

Batiste pasó y repasó varias veces por entre las bestias, sin hacer caso de los vendedores que le acosaban adivinando su intención.

Nada le gustaba. ¡Ay, pobre *Morrut!* ¡Cuán difícil era encontrarle sucesor! De no obligarlo la necesidad, se hubiera ido sin comprar; creía ofender al difunto fijando su atención en aquellas bestias antipáticas.

Por fin se detuvo ante un rocín blanco, no muy gordo ni lustroso, con algunas rozaduras en las piernas y cierto aire de cansancio; una bestia de trabajo que aunque se mostraba abrumada parecía fuerte y animosa.

Apenas le pasó una mano por las ancas, apareció junto a él el gitano, obsequioso, campechanote, tratándole como si le conociera de toda la vida.

—Es un animal de perlas; bien se ve que usted conoce las buenas bestias... Y barato: me parece que no reñiremos... *¡Monote!* Sácalo de paseo para que vea el señor con qué garbo bracea.

Y el aludido *Monote,* un gitanillo con el trasero al aire y la cara con costras, cogió el caballo del ronzal y salió corriendo por los altibajos de arena seguido del pobre animal, que trotaba displicente, como aburrido de una operación tantas veces repetida.

Corrió la gente curiosa agrupándose en torno de Batiste y del gitano, que seguían con la mirada la marcha del animal. Cuando volvió *Monote* con el caballo, Batiste lo examinó detenidamente; metió sus dedos entre la amarillenta dentadura, pasó sus manos por todo el animal, levantó sus cascos para inspeccionarlos y le registró cuidadosamente entre las piernas.

—Mire usted, mire usted —decía el gitano—, que para eso está... Más limpio que la patena. Aquí no se engaña a nadie; todo natural. No se arreglan los animales como hacen otros, que desfiguran un burro en un santiamén. Lo compré la semana pasada y ni me he cuidado de arreglarle esas cosillas que tiene en las piernas. Ya ha visto usted con qué salero bracea. ¿Y tirar de carro? Ni un elefante tiene su empuje. Ahí en el cuello verá usted las señales.

Batiste no parecía descontento del examen, pero hacía esfuerzos por mostrarse disgustado, y todo eran mohínes y carraspeos. Sus infortunios como carretero le habían hecho conocer las bestias, y se reía interiormente de algunos curiosos que, influidos por el mal aspecto del caballo, cuestionaban con el gitano, diciendo que sólo era bueno para enviarlo a la «caldera». Su aspecto triste y cansado era el de los animales de trabajo que obedecen resignados mientras pueden sostenerse.

Llegó el momento decisivo. Se quedaría con él. ¿Cuánto?

—Por ser para usted, que es un amigo —dijo el gitano acariciándole en la espalda—, por ser usted, persona simpática que sabrá tratar bien a esta prenda... lo dejaremos en cuarenta duros y trato hecho.

Batiste aguantó el disparo con calma, como hombre acostumbrado a tales discusiones, y sonrió socarronamente.

—Bueno: *pos* por ser tú, rebajaré poco. ¿Quieres *ventisinco*?[124].

El gitano extendió sus brazos con teatral indignación, retrocedió algunos pasos, se arañó la gorra de pelo e hizo toda clase de grotescos extremos para expresar su asombro.

—¡Madre de Dios! ¡Veinticinco duros! ¿Pero se ha fijao usted en el animal? Ni robao se lo podría dar a tal precio.

Pero Batiste a todos sus extremos contestaba siempre lo mismo:

—*Ventisinco*... ni un *chavo*[125] más.

Y el gitano, apuradas todas sus razones, que no eran pocas, apeló al supremo argumento.

—*Monote*... saca el animal... que el señor se fije bien.

Y allá fue *Monote* otra vez, trotando y tirando del ronzal delante del caballo, cada vez más aburrido de los paseos.

—Qué meneo, ¿eh? —decía el gitano—. Si parece una marquesa en el paseo. ¿Y eso vale para usted veinticinco duros?

---

[124] Vulgarismos: pos, por pues, y ventisinco, por veinticinco. En esta palabra hay un doble vulgarismo: pérdida de la «i» del diptongo inicial y seseo con la «s» ápico-alveolar. Este seseo propio de valencianos, catalanes y vascos es incorrecto, no así el seseo con la «s» predorsal, propio de andaluces e hispanoamericanos.

[125] Perra gorda, equivalente a diez céntimos.

—Ni un *chavo* más —repetía el testarudo.

—*Monote*... vuelve. Ya hay bastante.

Y fingiéndose indignado, el gitano volvía la espalda al comprador como dando por fracasado todo arreglo; pero al ver que Batiste se iba de veras, desapareció su seriedad.

—Vamos, señor... ¿Cuál es su gracia?[126]... ¡Ah! Pues mire usted, señor Bautista, para que vea que le quiero y deseo que esa joya sea suya, voy a hacerle lo que no haría por nadie. ¿Conviene en treinta y cinco duros? Vamos, que sí. Le juro por su salú que no haría esto ni por mi pare[127].

Esta vez aún fue más viva y gesticulante su protesta al ver que el labrador no se conmovía con la rebaja, y que a duras penas le ofreció dos duros más. ¿Pero tan poco cariño le inspiraba aquella perla fina? ¿Pero es que no tenía ojos para apreciarla? A ver, *Monote:* a sacarla otra vez.

Pero *Monote* no tuvo que echar de nuevo los bofes, pues Batiste se alejó fingiendo haber desistido de la compra.

Vagó por el mercado mirando de lejos otros animales, pero viendo siempre con el rabillo del ojo al gitano, el cual, fingiendo igualmente indiferencia, le seguía, le espiaba.

Se acercó a un caballote fuerte y de pelo brillante que no pensaba comprar, adivinando su alto precio. Apenas le pasó la mano por las ancas, sintió junto a sus orejas un aliento ardoroso que murmuraba:

—Treinta y tres... Por la salú de sus pequeños, no diga que no; ya ve que me pongo en razón.

—*Veintiocho* —dijo Batiste sin volverse.

Cuando se cansó de admirar aquella hermosa bestia siguió adelante, y por hacer algo presenció cómo una vieja labradora regateaba un borriquillo.

El gitano había vuelto a colocarse junto a su caballo y le miraba de lejos, agitando la cuerda del ronzal como si le llamase. Batiste se aproximó lentamente, fingiéndose distraído, mirando los puentes, por donde pasaban como cúpulas mo-

---

126 ¿Cuál es su nombre? Fórmula popular.

127 La pérdida de la «d» intervocálica en «padre» más que la pérdida de la «d» final en «salú» reproducen fielmente el habla del gitano, que el novelista no ha querido reproducir en otros momentos.

vibles de colores las abiertas sombrillas de las mujeres de la ciudad.

Era ya mediodía. Abrasaba la arena del cauce; el espacio encajonado entre los pretiles no se conmovía con la más leve ráfaga de viento. En aquel ambiente cálido y pegajoso, el sol, cayendo de plano, pinchaba la piel y abrasaba los labios.

El gitano avanzó algunos pasos hacia Batiste ofreciéndole el extremo de la cuerda, como una toma de posesión.

—Ni lo de usted ni lo mío. Treinta, y bien sabe Dios que nada gano. Treinta... no me diga que no, porque me muero de rabia. Vamos... choque usted.

Batiste agarró la cuerda y tendió una mano al vendedor, que se la apretó expresivamente. Trato cerrado.

El labrador fue sacando de su faja toda aquella indigestión de ahorros que le hinchaba el vientre: un billete que le había prestado el amo, unas cuantas piezas de a duro, un puñado de plata menuda envuelta en un cucurucho de papel; y cuando la cuenta estuvo completa no pudo librarse de ir con el gitano al sombrajo para convidarle a una copa y dar unos cuantos céntimos a *Monote* por sus trotes.

—Se lleva usted la joya del mercado. Hoy es buen día para usted, *señó* Bautista: se ha santiguao con la mano derecha, y la Virgen ha salío a verle[128].

Aún tuvo que beber una segunda copa, obsequio del gitano, y por fin, cortando en seco su raudal de ofrecimientos y zalamerías, cogió el ronzal de su nuevo caballo, y ayudado por el servicial *Monote,* montó en el desnudo lomo, saliendo al trote del ruidoso mercado.

Iba satisfecho del animal: no había perdido el día. Apenas si se acordaba del pobre *Morrut,* y sentía el orgullo del propietario cuando en el puente y en el camino volvíase alguno de la huerta a examinar el blanco caballejo.

Su mayor satisfacción fue al pasar frente a casa de *Copa.* Hizo emprender al rocín un trotecillo presuntuoso, como si fuese un caballo de casta, y vio cómo después de pasar él se asomaban a la puerta *Pimentó* y todos los vagos de la huerta

---

128 Sigue reproduciendo el habla andaluza, no sólo en la parte fonética sino en la inclusión de la hipérbole de la Virgen.

con ojos de asombro. ¡Miserables! Ya estarían bien convencidos de que era difícil hincarle el diente, de que él solo sabía defenderse. Ya lo veían: caballo nuevo. ¡Ojalá lo que ocurría dentro de la barraca pudiera arreglarse tan fácilmente!

Sus trigos altos y verdes formaban como un lago de inquietas ondas al borde del camino; la alfalfa mostrábase lozana, con un perfume que dilataba las narices del caballo. No podía quejarse de sus tierras; pero dentro de la barraca era donde temía encontrar la desgracia, la eterna compañera de su existencia, esperándole para clavarle las uñas.

Al oír el trote del caballo salió Batistet con la cabeza entrapajada y corrió a apoderarse del ronzal mientras su padre desmontaba. El muchacho entusiasmóse con la nueva bestia. La acarició, metióle sus manos entre los morros, y con el ansia de tomar posesión de sus lomos puso un pie sobre el corvejón, se agarró a la cola y montó por la grupa como un moro.

Batiste entró en la barraca, blanca y pulcra como siempre, con los azulejos luminosos y todos los muebles en su sitio, pero que parecía envuelta en la tristeza de una sepultura limpia y brillante[129].

Su mujer salió a la puerta del cuarto con los ojos hinchados y enrojecidos y el pelo en desorden, revelando en su aspecto cansado las largas noches pasadas en vela.

Acababa de marcharse el médico; lo de siempre: pocas esperanzas. Ponía mal gesto, hablaba con medias palabras, y después de examinar un rato al pequeño, acabó por salir sin recetar nada nuevo. Únicamente al montar en su jaca había dicho que volvería por la noche. Y el niño siempre igual, con una fiebre que devoraba su cuerpecillo cada vez más extenuado.

Era lo de todos los días. Se habían acostumbrado ya a aquella desgracia: la madre lloraba automáticamente, y los demás, con una expresión triste, se dedicaban a sus habituales ocupaciones.

Después, Teresa, mujer hacendosa, preguntó a su marido por el resultado del viaje, quiso ver el caballo, y hasta la tris-

---

[129] Comparación eficaz por el contraste entre el orden y el desorden de la desgracia.

te Roseta olvidó sus pesares amorosos para enterarse de la adquisición.

Todos, grandes y pequeños, fuéronse al corral para ver en el establo el caballo, que acababa de instalar allí el entusiasmado Batistet. El niño quedó abandonado en el camón del *estudi,* donde se revolvía con los ojos empañados por la enfermedad, balando débilmente: «*¡Mare! ¡mare!*»

Teresa examinaba con grave expresión la compra de su marido, calculando detenidamente si aquello valía treinta duros; la hija buscaba las diferencias entre la nueva bestia y el *Morrut,* de feliz memoria, y los dos pequeños, con repentina confianza, tirábanle de la cola y le acariciaban el vientre, rogando en vano al hermano mayor que los subiera sobre los blancos lomos.

Decididamente, gustaba a todos aquel nuevo individuo de la familia, que hociqueaba el pesebre con extrañeza, como si encontrase en él algún rastro, algún lejano olor del compañero muerto.

Comió toda la familia, y era tal la fiebre de la novedad, el entusiasmo por la adquisición, que varias veces Batistet y los pequeños escaparon de la mesa para ir a echar una mirada al establo, como si temieran que al caballo le hubieran salido alas y no estuviera allí.

La tarde se pasó sin novedad. Batiste tenía que labrar una parte del terreno que aún conservaba inculto, preparando la cosecha de hortalizas, y él y su hijo engancharon el caballo, enorgulleciéndose al ver la mansedumbre con que obedecía y la fuerza con que tiraba del arado.

Al anochecer, cuando ya iban a retirarse, les llamó a grandes gritos Teresa desde la puerta de la barraca. Era como si pidiese socorro.

—*¡Batiste! ¡Batiste!... Vine pronte*[130].

Y Batiste corrió a través del campo, asustado por el tono de voz de su mujer y por las contorsiones de ésta, que se mesaba los cabellos gimiendo.

El chico se moría: había que verlo para convencerse. Batiste, al entrar en el *estudi* e inclinarse sobre la cama, sintió un

---

[130] *¡Batiste! ¡Batiste!... Ven pronto.*

estremecimiento de frío, algo así como si acabasen de soltarle un chorro de agua por la espalda. El pobre *Obispo* apenas si se movía: únicamente su pecho agitábase con penoso estertor; sus labios tomaban un tinte violado; los ojos casi cerrados dejaban entrever el globo empañado e inmóvil, unos ojos que ya no miraban, y su morena carita parecía ennegrecida por misteriosa lobreguez, como si sobre ella proyectasen su sombra las alas de la muerte. Lo único que brillaba en aquella cabeza eran los pelitos rubios, tendidos sobre la almohada como ensortijada madeja, en la que se quebraba con extraña luz el resplandor del candil.

La madre lanzaba gemidos desesperados, aullidos de fiera enfurecida. Su hija, llorando silenciosamente, tenía necesidad de contenerla, de sujetarla, para que no se arrojara sobre el pequeño o se estrellara la cabeza contra la pared. Fuera lloriqueaban los pequeños sin atreverse a entrar, como si les causaran terror los lamentos de su madre, y junto a la cama estaba Batiste absorto, apretando los puños, mordiéndose los labios, con la vista fija en aquel cuerpecito, al que tantas angustias y estremecimientos costaba soltar la vida. La calma de aquel gigantón, sus ojos secos agitados por nervioso parpadeo, la cabeza inclinada sobre su hijo, tenía una expresión más dolorosa aún que los lamentos de la madre.

De pronto se fijó en que Batistet estaba a su lado; le había seguido alarmado por los gritos de su madre. Batiste se enfadó al saber que dejaba abandonado el caballo en medio del campo, y el muchacho, enjugándose las lágrimas, salió corriendo para traer la bestia al establo.

Al poco rato nuevos gritos sacaron a Batiste de su estupor doloroso.

—¡Pare!... ¡pare!

Era Batistet llamándole desde la puerta de la barraca. El padre, presintiendo una nueva desgracia, corrió tras él, sin comprender sus atropelladas palabras. El caballo... el pobre *Blanco*... estaba en el suelo... sangre...[131].

---

[131] El estilo telegráfico del desconcierto recuerda el pasaje en el que Pepeta le cuenta a Pimentó la invasión de los forasteros en el capítulo I.

Y a los pocos pasos lo vio acostado sobre las patas, enganchado aún al arado, pero intentando en vano levantarse, extendiendo su cuello, relinchando dolorosamente, mientras de su costado, junto a una pata delantera, manaba lentamente un líquido negruzco, del que se empapaban los surcos recién abiertos.

Le habían herido; tal vez iba a morir. ¡Recristo! Un animal que le era tan necesario como la propia vida y que le costaba empeñarse con el amo...

Miró en torno como buscando al autor. Nadie. En la vega, que azuleaba con el crepúsculo, no se oía más que el ruido lejano de carros, el rumor de los cañares y los gritos con que se llamaban de una a otra barraca. En los caminos inmediatos, en las sendas, ni una persona.

Batistet intentaba sincerarse ante su padre de aquel descuido. Cuando corría hacia la barraca había visto venir por el camino un grupo de hombres, gente alegre que reía y cantaba, regresando sin duda de la taberna[132]. Tal vez eran ellos.

El padre no quiso oír más... *Pimentó*, ¿quién otro podía ser? El odio de la huerta le asesinaba un hijo, y ahora aquel ladrón le mataba la caballería, adivinando lo necesaria que le era. ¡Cristo! ¿No había ya bastante para que un cristiano se perdiera?

Y no razonó más. Sin saber lo que hacía regresó a la barraca, cogió su escopeta de detrás de la puerta, y salió corriendo, mientras instintivamente abría la recámara de su arma para ver si los dos cañones estaban cargados.

Batistet se quedó junto al caballo, intentando restañarle la sangre con su pañuelo de la cabeza. Sintió miedo viendo a su padre correr por el camino con la escopeta preparada, ansioso por desahogar su furor matando.

Era terrible el aspecto de aquel hombretón tranquilo y cachazudo, en el cual despertaba la fiera, cansada de que la hostigasen un día y otro día. En sus ojos inyectados de sangre

---

[132] Estos sonidos de la alegría amenazante se suman a los ruidos anteriormente presentados para constituir el mapa sonoro de la huerta, más importante en la caracterización del ambiente que el enrevesado plano visual de sendas que se entrecruzan.

brillaba la fiebre del asesinato; todo su cuerpo estremecíase de cólera, con esa terrible cólera del pacífico que cuando rebasa el límite de la mansedumbre es para caer en la ferocidad.

Como un jabalí furioso se entró por los campos, pisotean-
do las plantas, saltando las regadoras, tronchado cañares; si
abandonó el camino fue por llegar antes a la barraca de *Pimentó*.

Alguien estaba en la puerta. La ceguera de la cólera y la penumbra del crepúsculo no le permitieron distinguir si era
hombre o mujer, pero vio cómo de un salto se metía dentro
y cerraba de golpe la puerta, asustado por aquella aparición,
próxima a echarse la escopeta a la cara.

Batiste se detuvo ante la cerrada barraca.

—¡Pimentó!... ¡Lladre! ¡asómat!

Y su voz le causaba extrañeza, como si fuera de otro. Era
una voz trémula y aflautada, aguda por la sofocación de la
cólera.

Nadie contestó. La puerta seguía cerrada: cerradas las ventanas y las tres aspilleras del remate de la fachada que daban
luz al piso alto, a la *cambra*, donde se guardaban las cosechas.

El bandido le estaría mirando por algún agujero, tal vez
preparaba su escopeta para dispararle a traición desde uno de
los altos ventanillos, e instintivamente, con esa previsión
moruna atenta siempre a suponer en el enemigo toda clase
de malas artes, guardó su cuerpo tras el tronco de una higue-
ra gigantesca que sombreaba la barraca de *Pimentó*.

El nombre de éste sonaba sin cesar en el silencio del crepúsculo, acompañado de toda clase de insultos.

—¡Baixa, cobarde! ¡Asómat, morral! [133].

Y la barraca silenciosa y cerrada, como si la hubiesen abandonado.

Creyó Batiste oír gritos ahogados de mujer, un rumor de
lucha, algo que le hizo suponer un pugilato entre la pobre
Pepeta deteniendo a *Pimentó*, que quería salir a contestar los
insultos; pero después no oyó nada, y sus improperios siguieron sonando en un silencio desesperado.

---

[133] *¡Baja, cobarde! ¡Asómate, sinvergüenza!*

172

Esto le enfurecía más aún que si el enemigo se hubiera presentado. Se sentía enloquecer. Parecíale que la muda barraca se burlaba de él, y abandonando su escondrijo se arrojó contra la puerta, golpeándola a culatazos.

Las maderas estremecíanse con aquel martilleo de gigante loco. Quería saciar su rabia en la vivienda, ya que no podía hacer añicos al dueño, y tan pronto aporreaba la puerta como daba de culatazos a las paredes, arrancando enormes yesones. Hasta se echó varias veces la escopeta a la cara, queriendo disparar los dos tiros contra las ventanillas de la *cambra*[134], deteniéndole únicamente el miedo a quedar desarmado.

Su cólera iba en aumento: rugía los insultos; los ojos inyectados apenas si veían; se tambaleaba como si estuviera ebrio. Iba a caer al suelo apoplético, agonizante de cólera, asfixiado por la rabia; pero se salvó, pues de repente, las nubes rojas que la envolvían se rasgaron, al furor sucedió la debilidad, vio toda su desgracia, se sintió anonadado; su cólera, quebrantada por tan horrible tensión, se desvaneció, y Batiste, en medio del rosario de insultos, sintió que su voz se ahogaba, hasta convertirse en un gemido, y por fin rompió a llorar.

Ya no insultó más a *Pimentó*. Fue poco a poco retrocediendo hasta llegar al camino y se sentó en un ribazo con la escopeta a los pies. Allí lloró y lloró, sintiendo con esto un gran bien, acariciado por las sombras de la noche, que parecían tomar parte en su pena, pues cada vez se hacían más densas, ocultando su llanto de niño.

¡Cuán desgraciado era! Solo contra todos. Al pequeñín lo encontraría muerto al volver a la barraca; el caballo, que era su vida, inutilizado por aquellos traidores; el mal llegando a él de todas partes, surgiendo de los caminos, de las casas, de los cañares, aprovechando todas las ocasiones para herir a los suyos; y él inerme, sin poder defenderse de aquel enemigo que se desvanecía apenas él intentaba revolverse cansado de sufrir.

---

[134] Véase la nota 1.

¡Señor! ¿qué había hecho él para padecer tanto? ¿no era un hombre honrado?

Sentíase cada vez más anonadado por el dolor. Allí se quedaba clavado en el ribazo: podían venir sus enemigos; no tenía fuerzas para coger la escopeta que estaba a sus pies.

Oíase en el camino un lento campanilleo que poblaba la oscuridad de misteriosas vibraciones. Batiste pensó en su pequeño, en el pobre *Obispo,* que ya habría muerto. Tal vez aquel sonido tan dulce era de los ángeles que bajaban para llevárselo, y revoloteaban por la huerta no encontrando su pobre barraca. ¡Si no quedasen los otros... los que necesitaban sus brazos para vivir!... El pobre hombre ansiaba el anonadamiento; pensaba en la felicidad de dejar allí abajo, en el ribazo, aquel corpachón cuyo sostenimiento tanto le costaba, y agarrado a la almita de su hijo, de aquel inocente, volar, volar como los bienaventurados que él había visto guiados por ángeles en los cuadros de las iglesias.

El campanilleo sonaba junto a él y pasaban por el camino bultos informes que su vista turbia por las lágrimas no acertaba a definir. Sintió que le tocaban con la punta de un palo, y levantando la cabeza vio una escueta figura, una especie de espectro que se inclinaba hacia él.

Reconoció al *tío Tomba:* el único de la huerta a quien no debía ningún pesar.

El pastor, tenido por un brujo, poseía la adivinación asombrosa de los ciegos. Apenas reconoció a Batiste pareció comprender toda su desgracia. Tentó con el palo la escopeta que estaba a sus pies, y volvió la cabeza como buscando en la oscuridad la barraca de *Pimentó.*

Hablaba con lentitud, con una tristeza tranquila, como hombre acostumbrado a las miserias de un mundo del que pronto había de salir. Adivinaba el llanto de Batiste.

—¡Fill meu!... ¡fill meu!...

Todo lo que ocurría lo esperaba él. Ya se lo había advertido el primer día que le vio instalado en las tierras malditas. Le traerían desgracia...

Acababa de pasar frente a su barraca y había visto luces por la puerta abierta... había oído gritos de desesperación; el perro aullaba... Había muerto el pequeño, ¿verdad? Y él allí, creyendo estar sentado en un ribazo, cuando en realidad donde estaba era con un pie en presidio. Así se pierden los hombres y se disuelven las familias. Acabaría matando tontamente como el pobre *Barret,* y muriendo como él, en presidio. Era inevitable: aquellas tierras estaban maldecidas por los pobres y no podían dar más que frutos de maldición.

Y mascullando sus terribles profecías, el pastor se alejaba tras de sus ovejas camino del pueblo, aconsejando al pobre Batiste que se marchara también, pero lejos, muy lejos, donde no tuviera que ganar el pan luchando contra el odio de la miseria.

E invisible ya, hundido en las sombras, Batiste escuchaba todavía su voz lenta y triste que le causaba escalofríos.

—*¡Creume, fill meu... te portarán desgrasia!*

VIII

Batiste y su familia no se dieron cuenta de cómo se inició el suceso inaudito, inesperado; quién fue el primero que se decidió a pasar el puentecillo que unía el camino con los odiados campos.

No estaban en la barraca para fijarse en tales pormenores. Agobiados por el dolor, vieron que la huerta venía repentinamente hacia ellos y no protestaron, porque la desgracia necesita consuelo, ni agradecieron el inesperado movimiento de aproximación.

La muerte del pequeño se había transmitido por toda la contornada con la extraña velocidad con que corren en la huerta las noticias, saltando de barraca en barraca en alas del chismorreo, el más rápido de los telégrafos.

Aquella noche, muchos durmieron mal. Parecía como que el pequeñín, al irse, había dejado clavada una espina en la conciencia de los vecinos. Más de una mujer revolvióse en la cama, turbando con su inquietud el sueño de su marido, que protestaba indignado. ¡Pero maldita! ¿quería dormir?... No; no podía: aquel niño turbaba su sueño. ¡Pobrecito! ¿Qué le contaría al Señor cuando entrase en el cielo?

A todos alcanzaba algo de responsabilidad en aquella muerte; pero cada uno, con hipócrita egoísmo, atribuía al vecino la principal culpa de la enconada persecución, cuyas consecuencias habían caído sobre el pequeño; cada comadre atribuía el hecho a la que tenía por enemiga. Y por fin, dormíanse con el propósito de deshacer al día siguiente todo el mal hecho, de ir por la mañana a ofrecerse a la familia, a llorar sobre el pobre niño; y entre las nieblas del sueño creían ver a Pascualet, blanco y luminoso como un ángel, mirando con ojos de reproche a los que tan duros habían sido con él y su familia.

Toda la gente del contorno se levantó rumiando en su pensamiento la forma de acercarse a la barraca de Batiste y entrar en ella. Era un examen de conciencia, una explosión de arrepentimiento que afluía a la pobre barraca de todos los extremos de la vega.

Acababa de amanecer, y ya se colaron en la barraca dos viejas que vivían en una alquería vecina. La familia, consternada, apenas si se extrañó por la presentación de aquellas dos mujeres, allí donde nadie había entrado hacía más de seis meses. Querían ver el niño, el pobre *albaet*[135]; y entrando en el *estudi* le contemplaron todavía en la cama, el embozo de la sábana hasta el cuello, sin marcar apenas el bulto de su cuerpo bajo la cubierta, con la cabeza rubia inerte y pesada sobre el almohadón. La madre no sabía más que llorar, metida en un rincón, encogida, apelotonada, pequeña como una niña, como si se esforzara por anularse y desaparecer.

Tras aquellas mujeres entraron otras y otras: era un rosario de comadres llorosas, que llegaban de todos los lados de la huerta y rodeaban la cama, besaban el pequeño cadáver y parecían apoderarse de él como si fuera cosa suya, dejando a un lado a Teresa y su hija, que, rendidas por el insomnio y el llanto, parecían idiotas, descansando sobre el pecho la cara enrojecida y escaldada por las lágrimas.

Batiste, sentado en una silleta de esparto en medio de la barraca, miraba con expresión estúpida el desfile de aquellas gentes que tanto lo habían maltratado. No las odiaba, pero tampoco sentía gratitud. De la crisis de la víspera había salido anonadado, y miraba todo aquello con indiferencia, como si la barraca no fuese suya ni el pobrecito que estaba en la cama fuese su hijo.

Únicamente el perro, que se enroscaba a sus pies, parecía conservar recuerdos y sentir odio: hociqueaba hostilmente toda la procesión de faldas que entraban y salían, y gruñía

---

[135] *Albaet:* niño muerto antes de alcanzar el uso de razón. Es diminutivo de «albat».

sordamente, como si deseara morder y se contuviese por no dar un disgusto a sus amos.

La gente menuda participaba del enfurruñamiento del perro. Batistet ponía mal gesto a todas aquellas *tías*[136] que tantas veces se burlaron de él cuando pasaba por frente a sus barracas, y se refugiaba en la cuadra para no perder de vista al pobre caballo, al que curaba con arreglo a las instrucciones del veterinario, llamado en la noche anterior. Mucho quería al hermanito; pero la muerte no tiene remedio, y lo que ahora le preocupaba era que el caballo no quedase cojo.

Los dos pequeños, satisfechos en el fondo de una desgracia que atraía sobre la barraca la atención de toda la vega, guardaban la puerta, cerrando el paso a los chicos, que como bandadas de gorriones llegaban por todos los caminos y sendas con la malsana y excitada curiosidad de ver al muertecito. Ahora llegaba la suya: ahora eran los amos. Y con el valor del que está en su casa, amenazaban y despedían a unos, dejaban entrar a los otros, concediéndoles su protección según les habían tratado en las sangrientas y accidentadas peregrinaciones por el camino de la escuela... ¡Pillos! Hasta los había que se empeñaban en entrar después de haber sido actores de la riña en la que el pobre Pascualet cayó en la acequia, pillando la mortal enfermedad.

La aparición de una mujercilla débil y pálida pareció animar con una ráfaga de penosos recuerdos a toda la familia. Era Pepeta, la mujer de *Pimentó*. ¡Hasta aquella venía!...

Hubo en Batiste y su mujer un intento de protesta; pero su voluntad no tenía fuerzas... ¿Para qué? Bienvenida, y si entraba para gozarse en su desgracia, podía reír cuanto quisiera. Allí estaban ellos inertes, aplastados por el dolor. Dios, que lo ve todo, ya daría a cada cual lo suyo.

Pero Pepeta se fue rectamente a la cama, apartando a las otras mujeres. Llevaba entre los brazos un enorme haz de flores y hojas que esparció sobre el lecho. Los primeros perfumes de la naciente primavera se extendieron por el cuarto, que olía a medicinas, y en cuyo pesado ambiente pare-

---

[136] Esta voz, de tantas connotaciones según ambientes y épocas, tiene aquí un claro matiz despectivo.

cían respirarse el insomnio y los suspiros de la desesperación.

Pepeta, la pobre bestia de trabajo, muerta para la maternidad y casada con la esperanza de ser madre, perdió su calma a la vista de aquella cabecita de marfil, orlada por la revuelta cabellera como un nimbo de oro.

—¡Fill meu!... ¡Pobret meu!...[137].

Y lloraba con toda su alma, inclinándose sobre el muertecito, rozando apenas con sus labios la frente pálida y fría, como si temiera despertarle.

Al oír sus sollozos, Batiste y su mujer levantaron la cabeza como asombrados. Ya sabían que era una buena mujer; él era el malo. Y la gratitud paternal brillaba en sus miradas.

Batiste hasta se estremeció viendo cómo la pobre Pepeta abrazaba a Teresa y su hija, confundiendo sus lágrimas con las de ellas. No; allí no había doblez: era una víctima; por esto sabía comprender la desgracia de ellos, que eran víctimas también.

La mujercita se enjugó las lágrimas. Reapareció en ella la hembra animosa y fuerte acostumbrada a un trabajo de bestia para mantener su casa. Miró asombrada en torno. Aquello no podía quedar así; ¡el niño en la cama y todo desarreglado! Había que acicalar al *albat* para su último viaje, vestirle de blanco, puro y resplandeciente como el alba, de la que llevaba el nombre.

Y con instinto de ser superior nacido para el mando y que sabe imponer la obediencia, comenzó a dar órdenes a todas las mujeres, que rivalizaban por servir en algo a la familia antes odiada.

Ella iría a Valencia con dos compañeras para comprar la mortaja y el ataúd; otras fueron al pueblo o se esparcieron por las barracas inmediatas buscando los objetos que les encargó Pepeta.

Hasta el odioso *Pimentó,* que permanecía invisible, tuvo que trabajar en tales preparativos. Su mujer, al encontrarle en el camino, le ordenó que buscase músicos para la tarde. Eran, como él, vagos y borrachines: seguramente que los encontraría en casa de *Copa.* Y el matón, que aquel día parecía

---

[137] *¡Hijo mío!... ¡Pobrecito mío!...*

preocupado, oyó a su mujer sin replicar y sufrió el tono imperioso con que le hablaba, mirando al suelo como avergonzado.

Desde la noche anterior que se sentía otro. Aquel hombre que le había desafiado y le insultó teniéndole encerrado en su barraca como una gallina; su mujer que por primera vez se le imponía quitándole la escopeta; su falta de valor para ponerse frente a la víctima cargada de razón, todo eran motivos para tenerle confuso y atolondrado.

Ya no era el *Pimentó* de otros tiempos; comenzaba a conocerse, y hasta sospechaba que todo lo hecho contra Batiste y su familia era un crimen. Hubo un momento en que llegó a despreciarse. ¡Vaya un hombre que era!... Todas las perrerías de él y los demás vecinos sólo habían servido para quitar la vida a un pobre chicuelo. Y como tenía por costumbre en los días negros, cuando alguna inquietud fruncía su entrecejo, se fue a la taberna, buscando los consuelos que guardaba *Copa* en su famosa bota del rincón.

A las diez de la mañana, cuando Pepeta con sus dos compañeras regresó de la ciudad, estaba la barraca llena de gente.

Algunos hombres de los más cachazudos y «de su casa», que habían tomado poca parte en la cruzada contra los forasteros, formaban corro con Batiste en la puerta de la barraca: unos en cuclillas, a lo moro, otros sentados en silletas de esparto, fumando y hablando lentamente del tiempo y de las cosechas.

Dentro, mujeres y más mujeres, estrujándose en torno de la cama, aturdiendo a la madre con su charla, hablando algunas de los hijos que habían perdido, instaladas otras en los rincones como en su propia casa, chismeando con todas las murmuraciones de la vecindad. Aquel día era extraordinario; no importaba que sus barracas estuviesen sucias y la comida por hacer: había excusa; y las criaturas, agarradas a sus faldas, lloraban y aturdían con sus gritos, queriendo unas volver a casa, pidiendo otras que les enseñasen el *albaet*.

Algunas viejas se apoderaban de la alacena, y a cada momento preparaban grandes vasos de agua con vino y azúcar, ofreciéndolos a Teresa y a su hija para que llorasen con más «desahogo»; y cuando las pobres, hinchadas ya por la inundación azucarada, se negaban a beber, las oficiosas comadres iban por turno echándose al gaznate los refrescos, pues también necesitaban que les pasase el disgusto.

Pepeta comenzó a dar gritos queriendo imponerse en la confusión. ¡Gente afuera! En vez de estar molestando, lo que debían hacer era llevarse a las dos pobres mujeres, extenuadas por el dolor, idiotas por tanto ruido.

Teresa se resistió a abandonar a su hijo aunque sólo fuera por poco rato: pronto dejaría de verlo; que no la robasen el tiempo que le quedaba de contemplar su tesoro. Y prorrumpiendo en lamentos más fuertes, se abalanzó sobre el frío cadáver, queriendo abrazarle.

Pero los ruegos de su hija y la voluntad de Pepeta pudieron más, y Teresa, escoltada por gran número de mujeres, salió de la barraca con el delantal en la cara, gimiendo, tambaleándose, sin prestar atención a las que tiraban de ella disputándose el llevarla cada una a su casa.

Pepeta comenzó el arreglo de la fúnebre pompa. Colocó en el centro de la entrada la mesita blanca de pino en que comía la familia y la cubrió con una sábana, clavando los extremos con alfileres. Encima colocaron una colcha de almidonadas randas, y sobre ella el pequeño ataúd traído de Valencia, una monada que admiraban las vecinas: un estuche blanco galoneado de oro, mullido en su interior como una cuna.

Pepeta sacó de un envoltorio las últimas galas del muertecito: la mortaja de gasa tejida con hebras de plata, las sandalias, la guirnalda de flores, todo blanco, de rizada nieve, como la luz del alba, cuya pureza simbolizaba la del pobrecito *albat*[138].

Lentamente, con mimo maternal, iba Pepeta amortajando el cadáver. Oprimía el cuerpecillo frío contra su pecho con arrebatos de estéril pasión, introducía en la mortaja los rígidos bracitos con escrupuloso cuidado, como fragmentos de vidrio que podían quebrarse al menor golpe, y besaba sus pies de hielo antes de acoplarlos a tirones en las sandalias.

---

[138] Véase la nota 135.

Sobre sus brazos, como una paloma blanca yerta de frío, trasladó al pobre Pascualet a la caja, a aquel altar levantado en medio de la barraca, ante el cual había de pasar toda la huerta atraída por la curiosidad.

Aún no estaba todo: faltaba lo mejor, la guirnalda, un bonete de flores blancas con colgantes que pendían sobre las orejas; un adorno de salvaje semejante a los de los indios de ópera. La piadosa mano de Pepeta, empeñada en terrible batalla con la muerte, tiñó las pálidas mejillas de rosado colorete; su boca, ennegrecida por la muerte, reanimóse con una capa de encendido bermellón, y en vano pugnó la sencilla labradora por abrir desmesuradamente sus flojos párpados. Volvían a caer cubriendo los ojos mates, entelados, sin reflejo, con la tristeza gris de la muerte.

¡Pobre Pascualet!... ¡Infeliz *Obispillo!* Con su guirnalda extravagante y su cara pintada estaba hecho un mamarracho. Más ternura dolorosa inspiraba su cabecita pálida con el verdor de la muerte, caída en la almohada de su madre, sin más adornos que los cabellos rubios.

Pero todo esto no impedía que las buenas huertanas se entusiasmasen ante su obra. ¡Miradlo!... ¡Si parecía dormido! ¡Tan hermoso! ¡tan sonrosado!... Jamás se había visto un *albaet* como aquél.

Y llenaban de flores los huecos de su caja: flores sobre la blanca vestidura, esparcidas en la mesa, apiladas formando ramos en los extremos; era la vega entera abrazando el cuerpo de aquel niño que tantas veces había visto correr por sus senderos como un pájaro, extendiendo sobre su frío cuerpo una oleada de perfumes y colores.

Los dos hermanos pequeños contemplaban a Pascualet asombrados, con devoción, como un ser superior que iba a levantar el vuelo de un momento a otro; el perro rondaba el fúnebre catafalco, estirando el hocico, queriendo lamer las frías manecitas de cera, y prorrumpía en un lamento casi humano, en un gemido de desesperación que ponía nerviosas a las mujeres y hacía que persiguiesen a patadas a la pobre bestia.

Al mediodía, Teresa, escapándose casi a viva fuerza del cautiverio en que la guardaban las vecinas, volvió a la barraca. Su cariño de madre gozó viva satisfacción ante los atavíos del pequeño; le besó en la pintada boca, y redobló sus gemidos.

Era la hora de comer. Batistet y los pequeños, en los cuales el dolor no lograba acallar el estómago, devoraban un mendrugo ocultos en los rincones. Teresa y su hija no pensaban en comer. El padre, siempre sentado en su silleta de esparto bajo el emparrado de la puerta, fumaba cigarro tras cigarro, impasible como un oriental, volviendo la espalda a su vivienda cual si temiera ver el blanco catafalco que servía de altar al cadáver de su hijo.

Por la tarde aún fueron más numerosas las visitas. Las mujeres llegaban con el traje de los días de fiesta, puestas de mantilla para asistir al entierro; las muchachas disputábanse con empeño ser de las cuatro que habían de llevar al pobre *albaet* hasta el cementerio.

Andando lentamente por el borde del camino y huyendo del polvo como un peligro mortal, llegó una gran visita: don Joaquín y doña Pepa, el maestro y su «señora». Aquella tarde, con motivo del «infausto suceso» —según declaraba él—, no había escuela. Bien se conocía viendo la turba de muchachos atrevidos y pegajosos que se colaban en la barraca, y cansados de contemplar, hurgándose las narices, el cadáver de su compañero, salían a corretear por el camino inmediato o a saltar las acequias.

Doña Josefa, con un raído vestido de lana y gran mantilla amarillenta, entró solemnemente en la barraca, y tras algunas frases vistosas pilladas al vuelo a su marido, aposentó su robusta humanidad en un sillón de cuerda y allí se quedó, muda y como soñolienta, contemplando el ataúd. La buena mujer, habituada a oír y admirar a su esposo, no podía seguir una conversación.

El maestro, que lucía su casaquilla verdosa de los días de gran ceremonia y la corbata de mayor tamaño, se sentó fuera, al lado del padre. Sus manazas de cultivador las llevaba enfundadas en unos guantes negros que habían encanecido con los años, quedando de color de ala de mosca, y las movía continuamente, deseoso de atraer la atención sobre sus prendas de las grandes solemnidades.

Para Batiste sacaba también lo más florido y sonoro de su estilo. Era su mejor cliente: ni un sábado había dejado de entregar a sus hijos los dos cuartos para la escuela.

—Este es el mundo, señor Bautista; resignación. Nunca sabemos cuáles son los designios de Dios; muchas veces, del mal saca el bien para las criaturas.

E interrumpiendo su ristra de lugares comunes, dichos campanudamente como si estuviera en la escuela, añadió en voz baja, guiñando maliciosamente los ojos:

—¿Se ha fijado, señor Bautista, en toda esta gente? Ayer hablaban pestes de usted y su familia, y bien sabe Dios que bastantes veces les he censurado esa maldad; hoy entran en su casa con la misma confianza que en la suya y les abruman con muestras de cariño. La desgracia les hace olvidar, les aproxima a ustedes.

Y tras una pausa, en la que permaneció cabizbajo, añadió con convicción, golpeándose el pecho:

—Créame a mí, que los conozco bien: en el fondo son buena gente. Muy brutos, eso sí, capaces de las mayores barbaridades, pero con un corazón que se conmueve ante el infortunio y les hace ocultar las garras... ¡Pobre gente! ¿Qué culpa tienen si nacieron para bestias y nadie les saca de su condición?

Calló un buen rato, y luego añadió con el fervor de un comerciante que ensalza su artículo:

—Aquí lo que se necesita es instrucción, mucha instrucción. Templos del saber que difundan la luz de la ilustración por esta vega, antorchas que... que... En fin, si vinieran más chicos a mi templo, digo, a mi escuela, y si los padres en vez de emborracharse pagasen puntualmente como usted, señor Bautista, de otro modo estaría esto. Y no digo más, porque no me gusta ofender.

De ello corría peligro, pues cerca andaban muchos de los padres que le enviaban discípulos sin el lastre de los dos cuartos.

Otros labriegos, de los que más hostilidad habían mostrado contra la familia, no osaban llegar hasta la barraca y permanecían en el camino formando corro. Por allí andaba *Pimentó,* que acababa de llegar de la taberna con cinco músicos, tranquila la conciencia después de haber estado algunas horas junto al mostrador de *Copa*.

Afluía cada vez más gente a la barraca. No había espacio libre dentro de ella, y las mujeres y los niños sentábanse en los bancos de ladrillos, bajo el emparrado, o en los ribazos, esperando el momento del entierro.

Dentro sonaban lamentos, consejos dichos con voz enérgica, un rumor de lucha. Era Pepeta queriendo separar a Teresa del cadáver de su hijo. Vamos... había que ser razonable: el *albat* no podía quedar allí para siempre; se hacía tarde, y los malos tragos pasarlos pronto.

Y pugnaba con la madre por apartarla del ataúd, por obligarla a que entrase en el *estudi* y no presenciara el terrible momento de la salida, cuando el *albat*, levantado en hombros, alzase el vuelo con las blancas alas de su mortaja para no volver más.

—¡*Fill meu! ¡rey de sa mare!*[139] —gemía la pobre Teresa.

Ya no lo vería más: un beso... otro; y la cabeza, cada vez más fría y lívida a pesar del colorete, movíase de un lado a otro de la almohada, agitando su diadema de flores, entre las manos ansiosas de la madre y de la hermana, que se disputaban el último beso.

A la salida del pueblo estaría aguardando el señor vicario con el sacristán y los monaguillos: no era caso de hacerlos esperar. Pepeta se impacientaba. ¡Adentro, adentro! Y ayudada por otras mujeres, Teresa y su hija fueron metidas casi a viva fuerza en el *estudi*, revolviéndose desgreñadas, rojos los ojos por el llanto, el pecho palpitante a impulsos de una protesta dolorosa, que ya no gemía, sino aullaba.

Cuatro muchachas con hueca falda, mantilla de seda caída sobre sus ojos y aire pudoroso y monjil, agarraron las patas de la mesilla, levantando todo el blanco catafalco. Como las salvas saludando a la bandera que se iza, sonó un gemido extraño, prolongado, horripilante, algo que hizo correr frío por muchas espaldas. Era el perro despidiendo al pobre *albaet*, lanzando un quejido interminable, con los ojos lacrimosos y

---

[139] *¡Hijo mío! ¡rey de su madre!*

las patas estiradas, como si quisiera prolongar el cuerpo hasta donde llegaba su lamento.

Fuera, don Joaquín daba palmadas de atención. «¡A ver... a formar toda la escuela!» La gente del camino se había aproximado a la barraca. *Pimentó* capitaneaba a sus amigos los músicos; preparaban éstos sus instrumentos para saludar al *albaet* apenas transpusiera la puerta, y entre el desorden y el griterío con que se formaba la procesión gorjeaba el clarinete, hacía escalas el cornetín y el trombón bufaba como un viejo gordo y asmático.

Emprendieron la marcha los chicuelos, llevando en alto grandes ramos de albahaca. Don Joaquín sabía hacer bien las cosas. Después, rompiendo el gentío, aparecieron las cuatro doncellas sosteniendo el blanco y ligero altar sobre el cual el pobre *albaet,* acostado en su ataúd, movía la cabeza con ligero vaivén, como si se despidiera de la barraca.

Los músicos rompieron a tocar un vals juguetón y alegre colocándose tras el féretro, y después de ellos abalanzáronse por el caminito de la barraca, formando apretados grupos, todos los curiosos.

La barraca, vomitando lejos de sí la indigestión de gente, quedó muda, sombría, con ese ambiente lúgubre de los lugares por donde acaba de pasar la desgracia.

Batiste, solo bajo el emparrado, sin abandonar su postura de moro insensible, mordía su cigarro y seguía la marcha de la procesión, que comenzaba a ondular por el camino grande, marcándose el ataúd y su catafalco como una enorme paloma blanca entre el desfile de ropas negras y ramos verdes.

¡Bien emprendía el pobre *albaet* el camino del cielo de los inocentes! La vega, desperezándose voluptuosa bajo el beso del sol de primavera, envolvía al muertecito con su aliento oloroso, lo acompañaba hasta la tumba, cubriéndolo con impalpable mortaja de perfumes. Los viejos árboles, que germinaban con la savia de resurrección, parecían saludar al pequeño cadáver agitando con la brisa sus ramas cargadas de flores: nunca la muerte pasó sobre la tierra con disfraz tan hermoso.

Desmelenadas y rugientes como locas, agitando con furia sus brazos, aparecieron en la puerta de la barraca las dos infelices mujeres. Sus voces prolongábanse como gemido interminable en la tranquila atmósfera de la vega, impregnada de dulce luz.

—¡*Fill meu!...* ¡*Anima mehua!*[140] —gemían la pobre Teresa y su hija.

—¡*Adiós, Pascualet!...* ¡*adiós!* —gritaban los pequeños sorbiéndose las lágrimas.

—¡*Auuu!* ¡*auuu!* —aullaba el perro tendiendo el hocico con quejido interminable que crispaba los nervios y parecía agitar la vega con un escalofrío fúnebre.

Y de lejos, por entre el ramaje, arrastrándose sobre las verdes olas de los campos, contestaban los ecos del vals acompañando a la eternidad al pobre *albaet*, que se balanceaba en su barquilla blanca galoneada de oro. Las escalas enrevesadas del cornetín, sus cabriolas diabólicas, parecían una alegre carcajada de la muerte, que con el niño en brazos se alejaba por entre los esplendores de la vega.

A la caída de la tarde fueron regresando los del cortejo.

Los pequeños, faltos de sueño por la agitación de la noche anterior, en que la muerte les había visitado, dormían sobre las sillas. Teresa y su hija, rendidas por el llanto, agotada la energía después de tantas noches de insomnio, habían acabado por quedar inertes, cayendo sobre aquella cama que aún conservaba la huella del pobre niño. Batistet roncaba en la cuadra, cerca del caballo enfermo.

El padre, siempre silencioso e impasible, recibía las visitas, estrechaba manos, agradecía con movimientos de cabeza los ofrecimientos y las frases de consuelo.

Al cerrar la noche no quedaba nadie.

La barraca estaba oscura, silenciosa. Por la puerta abierta y lóbrega llegaba como un lejano susurro la respiración cansada de la familia, todos caídos, como muertos de la batalla con el dolor.

Batiste, siempre inmóvil, miraba como un idiota las estrellas que parpadeaban en el azul oscuro de la noche.

La soledad le reanimaba: comenzaba a darse cuenta de su situación.

[140] ¡*Hijo mío!...* ¡*Alma mía!*

La vega tenía el aspecto de siempre, pero a él le parecía más hermosa, más «tranquilizadora», como un rostro ceñudo que se desarruga y sonríe.

Las gentes, cuyos gritos sonaban a lo lejos, en las puertas de las barracas, ya no le odiaban, ya no perseguirían a los suyos. Habían estado bajo su techo, borrando con sus pasos la maldición que pesaba sobre las tierras del *tío Barret*. Iba a comenzar una nueva vida. ¡Pero a qué precio!...

Y al tener de repente la visión exacta de su desgracia, al pensar en el pobre Pascualet, que a tales horas estaba aplastado por una masa de tierra húmeda y hedionda, rozando su blanca envoltura con la corrupción de otros cuerpos, acechado por el gusano inmundo, él, tan hermoso, con aquella piel fina por la que resbalaba su callosa mano, con sus pelos rubios que tantas veces había acariciado, sintió como una oleada de plomo que subía y subía desde el estómago a la garganta.

Los grillos que cantaban en el vecino ribazo callaron, espantados por el extraño hipo que rasgó el silencio y sonó en la oscuridad gran parte de la noche como el estertor de una bestia herida.

IX

Había llegado San Juan, la mejor época del año; el tiempo de la recolección y la abundancia.

El espacio vibraba de luz y de calor. Un sol africano lanzaba torrentes de oro sobre la tierra, resquebrajándola con ardorosas caricias, y sus flechas de oro deslizábanse por entre el apretado follaje, toldo de verdura bajo el cual cobijaba la vega sus rumorosas acequias y sus húmedos surcos, como temerosa del calor que hacía germinar la vida por todas partes.

Los árboles mostraban sus ramas cargadas de fruto. Doblábanse los nispereros[141] al peso de los amarillos racimos cubiertos de barnizadas hojas; mostrábanse los albaricoques entre el follaje como rosadas mejillas de niño; registraban los muchachos con impaciencia las corpulentas higueras, buscando codiciosos las brevas primerizas, y en los jardines, por encima de las tapias, exhalaban los jazmines su suave fragancia, y las magnolias, como incensarios de marfil, esparcían su perfume en el ambiente ardoroso impregnado de olor de mies.

Las brillantes hoces iban tonsurando los campos, echando abajo las rubias cabelleras de trigo, las gruesas espigas, que, apopléticas de vida, buscaban el suelo doblando las débiles cañas.

En las eras amontonábase la paja formando colinas de oro que reflejaban la luz del sol; aventábase el trigo entre remolinos de polvo, y en los campos desmochados, a lo largo de los

---

[141] Esta voz no la registra el diccionario de la RAE, debe estar formada sobre el valenciano «nesprer».

rastrojos, saltaban los gorriones buscando los granos olvidados.

Todo era alegría, trabajo gozoso. Chirriaban carros en todos los caminos; bandas de muchachos correteaban por los campos o daban cabriolas en las eras, pensando en las tortas de trigo nuevo, en la vida de abundancia y satisfacción que comenzaba en las barracas al llenarse el granero; y hasta los viejos rocines mostraban los ojos alegres, marchando con mayor desembarazo, como fortalecidos por el olor de los montes de paja que lentamente, como río de oro, habían de deslizarse por sus pesebres en el curso del año.

El dinero, cautivo en los *estudis* durante el invierno, oculto en el arca o en el fondo de una media, comenzaba a circular por la vega. A la caída de la tarde llenábanse las tabernas de hombres enrojecidos y barnizados por el sol, con la recia camisa sudorosa, que hablaban de la cosecha y de la paga de San Juan, el semestre que había que entregar a los amos de la tierra.

También la abundancia había hecho renacer la alegría en la barraca de Batiste. La cosecha hacía olvidar al *albaet*[142]. Únicamente la madre delataba con repentinas lágrimas y algún profundo suspiro el fugaz recuerdo del pequeño.

Pero el trigo, los sacos repletos que Batiste y su hijo subían al granero y al caer de sus espaldas hacían retemblar el piso, conmoviendo toda la barraca, era lo que interesaba a toda la familia.

Comenzaba la buena época. Tan extremada como había sido para ellos la desgracia, era ahora la fortuna. Deslizábanse los días en santa calma, trabajando mucho, pero sin que el menor incidente viniera a turbar la monotonía de una existencia laboriosa.

Algo se había enfriado el afecto que mostraron todos los vecinos al enterrar al pequeño. Conforme se amortiguaba el recuerdo de aquella desgracia, la gente parecía arrepentirse del espontáneo arranque de ternura, y se acordaba otra vez de la catástrofe del *tío Barret* y de la llegada de los intrusos.

---

[142] El egoísmo de la abundancia apaga el recuerdo de la desgracia, que en su momento fue verdadero y profundo.

190

Pero la paz ajustada espontáneamente ante el blanco ataúd del pequeño no por esto se turbaba[143]. Algo fríos y recelosos, eso sí, pero todos cambiaban su saludo con la familia; los hijos podían ir por la vega sin ser hostilizados, y hasta *Pimentó*, cuando encontraba a Batiste, movía la cabeza amistosamente, rumiando algo que era como contestación a su saludo... En fin, que si no los amaban les dejaban tranquilos, que era todo lo que podían desear.

Y en el interior de la barraca, ¡qué abundancia!... ¡qué tranquilidad! Batiste estaba admirado de la cosecha. Las tierras, descansadas, vírgenes de cultivo por mucho tiempo, parecían haber soltado de una vez toda la vida acumulada en sus entrañas por diez años de reposo. El grano, grueso y en abundancia. Según las noticias que circulaban por la vega, iba a alcanzar buen precio; y lo que era mejor —esto lo pensaba Batiste sonriendo—, él no tenía que partir el producto pagando arrendamiento alguno, pues tenía franquicia para dos años. Bien había pagado esta ventaja con muchos meses de alarma y de coraje y con la muerte del pobre Pascualet.

La prosperidad de la familia parecía reflejarse en la barraca, limpia y brillante como nunca. Vista de lejos destacábase de las viviendas vecinas, como revelando que había en ella más prosperidad y más paz. Nadie hubiera reconocido en ella la trágica barraca del *tío Barret*. Los rojos ladrillos del pavimento frente a la puerta brillaban bruñidos por las diarias frotaciones; los macizos de albahacas y dompedros y las enredaderas formaban pabellones de verdura, por encima de los cuales recortábase sobre el cielo el frontón triangular y agudo de la barraca, de inmaculada blancura; en el interior distinguíase el revoloteo de las planchadas cortinas cubriendo las puertas de los *estudis*, los vasares con pilas de platos y fuentes cóncavas apoyadas en la pared, exhibiendo pajarracos fantásticos y flores como tomates pintadas en su fondo, y en la cantarera, que parecía un altar de azulejos, mostrábanse, como divinidades contra la sed, los panzudos y charolados cántaros y los jarros de loza y de cristal verdoso pendientes en fila de los clavos.

---

[143] La turbación no se da, en efecto, en la superficie, pero sí en los corazones, que es lo que importa.

Los muebles viejos y maltrechos, que eran un continuo recuerdo de las antiguas peregrinaciones huyendo de la miseria, comenzaban a desaparecer, dejando sitio libre a otros que la hacendosa Teresa adquiría en sus viajes a la ciudad. El dinero de la cosecha invertíase en reparar las brechas abiertas en el ajuar de la barraca por los meses de espera.

Algunas veces sonreía la familia recordando las amenazadoras palabras de *Pimentó*. Aquel trigo que según el valentón nadie segaría, comenzaba a engordar a la familia. Roseta tenía dos faldas más y Batistet y los pequeños se pavoneaban los domingos vestidos de nuevo de cabeza a pies.

Atravesando la vega en las horas de más sol, cuando ardía la atmósfera y moscas y abejorros zumbaban pesadamente, sentíase una sensación de bienestar ante aquella barraca tan limpia y fresca. El corral delataba, al través de sus paredes de barro y estacas, la vida que encerraba. Cloqueaban las gallinas, cantaba el gallo, saltaban los conejos por entre las sinuosidades de un gran montón de leña tierna, y vigilados por los dos hijos pequeños de Teresa, nadaban los ánades en la vecina acequia y correteaban las manadas de polluelos por los rastrojos, piando sin cesar, moviendo sus cuerpecillos sonrosados, cubiertos apenas de fino plumón.

Todo esto sin contar que Teresa, más de una vez, se encerraba en su *estudi*, y abriendo un cajón de la cómoda desliaba pañuelos sobre pañuelos para extasiarse ante un montoncillo de monedas de plata, el primer dinero que su marido había hecho sudar a las tierras. Todo quería principio, y si los tiempos eran buenos, a aquel dinero se uniría otro y otro, y ¡quién sabe si al llegar los chicos a la edad de las quintas podría librarlos con sus ahorros!

La reconcentrada y silenciosa alegría de la madre notábase también en Batiste.

Había que verle un domingo por la tarde fumando una tagarnina de a cuarto en honor a la festividad, paseando ante la barraca y mirando sus campos amorosamente. Dos días antes había plantado en ellos maíz y judías, como casi todos sus vecinos, pues a la tierra no hay que dejarla descansar.

Apenas si podía él con los dos campos que había roturado y cultivado. Pero como el difunto *tío Barret*, sentía él la embriaguez de la tierra; cada vez deseaba abarcar más con su trabajo, y aunque era algo pasada la oportunidad, quería remover al día siguiente la parte de terreno inculto que quedaba a espaldas de la barraca para plantar melones, una cosecha inmejorable, a la que su mujer sacaría muy buen producto llevándolos, como otras, al Mercado de Valencia.

Había que dar gracias a Dios, que le permitía al fin vivir tranquilo en aquel paraíso. ¡Qué tierras las de la vega! Por algo, según las historias, lloraban los perros moros al ser arrojados de allí[144].

La siega había limpiado el paisaje, echando abajo las masas de trigo matizadas de amapolas que cerraban la vista por todos lados como murallas de oro[145]; ahora la vega parecía mucho más grande, infinita, y extendía hasta perderse de vista los grandes cuadros de tierra roja, cortados por sendas y acequias.

En toda la vega se observaba rigurosamente la fiesta del domingo, y como había cosecha reciente y no poco dinero, nadie pensaba en contravenir el precepto. No se veía un solo hombre trabajando en los campos ni una caballería en los caminos. Pasaban las viejas por las sendas con la reluciente mantilla sobre los ojos y la silleta al brazo, como si tirase de ellas la campana que volteaba lejos, muy lejos, sobre los tejados del pueblo; en una encrucijada chillaba persiguiéndose un numeroso grupo de niños; sobre el verde de los ribazos destacábanse los pantalones rojos de algunos soldaditos que aprovechaban la fiesta para pasar una hora en sus casas; sonaban a lo lejos, como tela que se rasga, los escopetazos contra las bandadas de golondrinas que volaban a un lado y a otro en contradanza caprichosa, con un suave silbido, como si rayasen con sus alas el azul cristal del cielo; zumbaban sobre las acequias las nubes de mosquitos casi invisibles, y en una

---

[144] Ibn-Jafāŷa nacido en Alcira en el siglo XI escribe: «Oh, habitantes de España, qué dichosos sois de tener agua y sombra, ríos y árboles.» «El jardín de la felicidad eterna no está sino en vuestra tierra; si pudiera elegir, elegiría este último» (Ḥamdan Haŷŷaŷi, *Vida y obra de Ibn-Jafāŷa, poeta andalusí*, traducción de María Paz Lecea, Madrid, Hiperión, 1992, pág. 125).

[145] El oro, junto al color rojo de la fecundidad y del crimen, es el matiz cromático más destacado en la obra.

alquería verde, bajo el añoso emparrado, agitábanse como amalgama de colores faldas floreadas, pañuelos vistosos, y sonaban las guitarras con dormilona cadencia, arrullando al cornetín, que se desgañitaba lanzando a todos los extremos de la vega, dormida bajo el sol, los morunos sones de la jota valenciana.

Era este tranquilo paisaje la idealización de una Arcadia laboriosa y feliz. Allí no podía haber mala gente. Batiste desperezábase con voluptuosidad, dominado por el bienestar tranquilo de que parecía impregnado el ambiente. Roseta, con los chicos, se había ido al baile de la alquería; su mujer dormitaba bajo el sombrajo, y él paseaba desde su casa al camino por el pedazo de tierra inculta que servía de entrada al carro.

Plantado en el puentecito contestaba al saludo de los vecinos, que pasaban riendo como si fuesen a presenciar un espectáculo graciosísimo.

Iban a casa de *Copa*, a ver de cerca la famosa porfía de *Pimentó* con los hermanos *Terreròla,* dos malas cabezas como el marido de Pepeta, que habían jurado también odio al trabajo y pasaban todo el día en la taberna. Surgían entre ellos un sinnúmero de rivalidades y apuestas, especialmente cuando llegaba una época como aquella, en la que aumentaba la concurrencia del establecimiento. Los tres valentones pujaban en brutalidad, ansioso cada uno de alcanzar renombre sobre los otros.

Batiste había oído hablar de aquella apuesta que hacía ir las gentes a la famosa taberna como en jubileo.

Se trataba de permanecer sentados jugando al truque, y sin beber más líquido que aguardiente, hasta ver quién era el último que caía.

Comenzaron el viernes por la noche, y aún estaban los tres en sus silletas de cuerda el domingo por la tarde, jugando la centésima partida de truque con el jarro de aguardiente sobre la mesilla de cinc, dejando sólo las cartas para tragarse las sabrosas morcillas que daban gran fama a *Copa* por lo bien que sabía conservarlas en aceite.

Y la noticia, esparciéndose por toda la vega, hacía venir como en procesión a todas las gentes de una legua a la redonda. Los tres guapos no quedaban solos un momento. Tenían sus apasionados, que se encargaban de ocupar el cuarto sitio en la partida, y al llegar la noche, cuando la masa de espectadores se retiraba a sus barracas, quedábanse allí viendo cómo jugaban a la luz de un candil colgado de un chopo, pues *Copa* era hombre de malas pulgas, incapaz de aguantar la pesada apuesta, y así que llegaba la hora de dormir cerraba la puerta, dejando en la plazoleta a los jugadores después de renovar su provisión de aguardiente.

Muchos fingíanse indignados por la brutal porfía, pero en el fondo sentían todos la satisfacción de tener a tales hombres por vecinos. ¡Vaya unos mozos que criaba la huerta! El aguardiente pasaba por sus cuerpos como si fuese agua.

Todo el contorno parecía tener la vista fija en la taberna, esparciéndose con celeridad prodigiosa las noticias sobre el curso de la apuesta. Ya se habían bebido dos cántaros, y como si nada... Ya iban tres... y tan firmes. *Copa* llevaba la cuenta de lo bebido. Y la gente, según su predilección, apostaba por alguno de los tres contendientes.

Aquel suceso, que durante dos días apasionaba tanto a la vega y no parecía aún tener fin, había llegado a oídos de Batiste. Él, hombre sobrio, incapaz de beber sin sentir náuseas y dolor de cabeza, no podía evitar cierto asombro muy cercano a la admiración ante unos brutos que, según él, debían de tener el estómago forrado de hojalata. Sería de ver el espectáculo.

Y seguía con mirada de envidia a todos los que marchaban hacia la taberna. ¿Por qué no había de ir él donde iban los otros? Jamás había entrado en casa de *Copa*, el antro en otro tiempo de sus enemigos; pero ahora justificaba su presencia lo extraordinario del suceso... y ¡qué demonio! después de tanto trabajo y de tan buena cosecha, bien podía un hombre honrado permitirse un poco de expansión.

Y dando un grito a su dormida mujer para avisarla que se iba, emprendió el camino de la taberna.

Era un hormigueo humano la masa de gente que llenaba la plazoleta frente a casa de *Copa*. Veíase allí, en cuerpo de camisa[146], con pantalones de pana, ventruda faja negra y pa-

---

[146] Calco semántico del valenciano.

ñuelo a la cabeza en forma de mitra, a todos los hombres del contorno. Los viejos apoyábanse en el grueso cayado de Liria amarillo con negros arabescos; la gente joven mostraba arremangados los nervudos y rojizos brazos, y como contraste movían delgadas varitas de fresno entre sus dedos enormes y callosos. Los altos chopos que rodeaban la taberna daban sombra a los animados grupos.

Batiste se fijó por primera vez detenidamente en la famosa taberna, con sus paredes blancas, sus ventanas pintadas de azul y los quicios chapados con vistosos azulejos de Manises.

Tenía dos puertas. Una era la de la bodega, y por entre las abiertas hojas veíanse las dos filas de enormes toneles que llegaban hasta el techo, los montones de pellejos vacíos y arrugados, los grandes embudos y las enormes medidas de cinc teñidas de rojo por el continuo resbalar del líquido; y allá en el fondo de la pieza el pesado carro que rodaba hasta los últimos límites de la provincia para traer las compras de vino. Aquella habitación oscura y húmeda exhalaba un vaho de alcohol, un perfume de mosto, que embriagaba el olfato y turbaba la vista, haciendo pensar que la atmósfera y la tierra iban a cubrirse de vino.

Allí estaban los tesoros de *Copa,* de que hablaban con unción y respeto todos los borrachos de la huerta. Él solo conocía el secreto de los toneles; su vista, atravesando las viejas duelas, apreciaba la calidad de la sangre que contenían; era el sumo sacerdote de aquel templo del alcohol[147], y al querer obsequiar a alguien, sacaba con tanta devoción como si llevase entre las manos la custodia un vaso en el que centelleaba el líquido color de topacio con irisada corona de brillantes.

La otra puerta era la de la taberna, la que estaba abierta desde una hora antes de apuntar el día y por las noches hasta las diez, marcando sobre el negro camino un gran cuadro rojo con la luz de la lámpara de petróleo que colgaba sobre el mostrador.

Las paredes tenían zócalos de ladrillos rojos y barnizados a la altura de un hombre, terminados con una fila de florea-

---

[147] Enaltecimiento de la costumbre, hasta la apoteosis, de la liturgia pagana.

dos azulejos. Desde allí hasta el techo todas las paredes estaban dedicadas al sublime arte de la pintura[148], pues *Copa*, aunque parecía hombre burdo, atento únicamente a que por la noche estuviera lleno el cajón, era un verdadero Mecenas. Había traído un pintor de la ciudad, teniéndolo allí más de una semana, y este capricho de magnate protector de las artes le había costado, según declaraba él, unos cinco duros, más que menos.

Bien era verdad que no podía volverse la vista sin tropezar con alguna obra maestra, cuyos salientes colores parecían alegrar a los parroquianos animándoles a beber. Árboles azules sobre campos morados, horizontes amarillos, casas más grandes que los árboles y personas más grandes que las casas; cazadores con escopetas que parecían escobas y majos andaluces con el trabuco sobre las piernas, montados en briosos corceles que tenían todo el aspecto de gigantescas ratas. Un portento de originalidad que entusiasmaba a los bebedores. Y sobre las puertas de los cuartos, el artista, aludiendo discretamente al establecimiento, había pintado asombrosos bodegones: granadas como corazones abiertos y ensangrentados, melones que parecían enormes pimientos, ovillos de estambre rojo que fingían ser melocotones.

Muchos sostenían que la preponderancia de la casa sobre las otras tabernas de la huerta se debía a tan asombrosos adornos, y *Copa* maldecía las moscas que empañaban tanta hermosura con el negro punteado de sus desahogos.

Junto a la puerta estaba el mostrador, mugriento y pegajoso; tras él la triple fila de pequeños toneles, coronada por almenas de botellas, todos los diversos e innumerables líquidos del establecimiento; de las vigas, como bambalinas grotescas, colgaban los pabellones de longanizas y morcillas, las ristras de guindillas rojas y puntiagudas como dedos de diablo, y rompiendo la monotonía del decorado, algún jamón rojo y majestuosos borlones de chorizos.

El regalo para los paladares delicados estaba en un armario de turbios cristales junto al mostrador. Allí las estrellas de

---

[148] Ironía que se desarrolla luego cuando habla de las «obras maestras» de un pintor que carece del mínimo don de la proporción en el dibujo.

pastaflora[149], las tortas de pasas, los rollos escarchados de azúcar, las «magdalenas», todo con cierto tonillo oscuro y sospechosas motas que denunciaban antigüedad, y el queso de Murviedro[150], tierno y fresco, en piezas como panes de suave blancura, destilando todavía el suero.

Además contaba el tabernero con su cuarto-despensa, donde en tinajas como monumentos estaban las verdes aceitunas partidas y las morcillas de cebolla conservadas en aceite: los dos artículos de mayor despacho.

Al final de la taberna abríase la puerta del corral, enorme, espacioso, con su media docena de fogones para guisar las paellas; las pilastras blancas sosteniendo una parra vetusta que daba sombra a tan vasto espacio, y apilados a lo largo de un lienzo de pared, taburetes y mesitas de cinc en tan prodigiosa cantidad, que parecía haber previsto *Copa* la invasión de su casa por la vega entera.

Batiste, escudriñando la taberna, se fijó en el dueño, un hombrón despechugado, pero con la gorra de orejeras encasquetada en pleno verano sobre la cara enorme, mofletuda, amoratada. Era el primer parroquiano de su establecimiento: jamás se acostaba satisfecho si no había bebido en sus tres comidas medio cántaro de vino.

Por esto, sin duda, apenas si llamaba su atención aquella apuesta que tan alborotada traía a toda la vega.

Su mostrador era la atalaya desde la cual, como experto conocedor, vigilaba la borrachera de sus parroquianos. Y que nadie fuera echándola de guapo dentro de su casa, pues antes de hablar ya había echado mano a una porra que tenía bajo el mostrador, una especie de as de bastos, al que le temblaban *Pimentó* y todos los valentones del contorno... En su casa nada de compromisos. A matarse, al camino. Y cuando se abrían las navajas y se enarbolaban taburetes en noche de domingo, *Copa,* sin hablar palabra ni perder la calma, surgía entre los combatientes, agarraba del brazo a los más bravos, los llevaba en vilo hasta la carretera, y atracando la puerta co-

---

[149] Del italiano «pasta frolla»: dulces en forma de estrella que se hacen de una pasta de harina, huevos y azúcar, tan delicada que se deshace en la boca.
[150] Sagunto.

menzaba a contar tranquilamente el dinero del cajón antes de acostarse, mientras fuera sonaban los golpes y los lamentos de la riña reanudada. Todo era cuestión de cerrar una hora antes la taberna, pero dentro de ella la justicia jamás tendría que hacer mientras él estuviera tras el mostrador.

Batiste, después de mirar furtivamente desde la puerta al tabernero, que ayudado por su mujer y un criado despachaba a los parroquianos, volvió a la plazoleta, uniéndose a un corrillo de viejos que discutían sobre cuál de los tres sostenedores de la apuesta se mostraba más sereno.

Muchos labradores, cansados de admirar a los tres guapos, jugaban por su cuenta o merendaban formando corro alrededor de las mesillas. Circulaba el porrón soltando el rojo chorrillo, que levantaba un tenue glu-glu al caer en las abiertas bocas; obsequiábanse unos a otros con puñados de cacahuetes y altramuces; en platos cóncavos de Manises servían las criadas de la taberna las negras y aceitosas morcillas, el queso fresco, las aceitunas partidas con su caldo, en el que flotaban olorosas hierbas; y sobre las mesillas veíase el pan de trigo nuevo, los rollos de rubia corteza, mostrando en su interior la miga morena y suculenta de la gruesa harina de la huerta.

Toda aquella gente, comiendo, bebiendo y gesticulando, levantaba un rumor como si la plazoleta estuviera ocupada por un colosal avispero, y en el ambiente flotaban vapores de alcohol, el vaho asfixiante del aceite frito, el penetrante olor del mosto, mezclándose con el fresco perfume de los vecinos campos[151].

Batiste se aproximó al gran corro que rodeaba a los de la apuesta.

Al principio no vio nada; pero lentamente, empujado por la curiosidad de los que estaban detrás, fue abriéndose paso entre los cuerpos sudorosos y apretados, hasta que se vio en primera fila. Algunos espectadores estaban sentados en el suelo, con la mandíbula apoyada en ambas manos, la nariz sobre el borde de la mesilla y la vista fija en los jugadores, como si no quisieran perder detalle del famoso suceso. Allí

---

[151] Registro rico y acertado de los diversos perfumes del establecimiento ennoblecidos por las bocanadas de los campos.

era donde más intolerable resultaba el olor del alcohol. Parecían impregnados de él los alientos y la ropa de toda la gente.

Vio Batiste a *Pimentó* y sus contrincantes sentados en taburetes de fuerte madera de algarrobo, con los naipes ante los ojos, el jarro de aguardiente al alcance de la mano y sobre el cinc el montoncito de granos de maíz que equivalía a los tantos del juego. Y a cada jugada, alguno de los tres agarraba el jarro, bebía reposadamente y lo pasaba a los compañeros, que lo empinaban también con no menos ceremonia.

Los espectadores más inmediatos les miraban los naipes por encima del hombro para convencerse de que jugaban bien. No había cuidado: las cabezas estaban sólidas, como si allí no se bebiera más que agua; nadie incurría en descuido ni hacía mala jugada.

Y seguía la partida, sin que por esto los de la apuesta dejasen de hablar con los amigos, de bromear sobre el final de la porfía.

Pimentó, al ver a Batiste, masculló un «¡hola!» que quería ser un saludo, y volvió la vista a sus cartas.

Sereno, podría estarlo; pero tenía los ojos enrojecidos, brillaba en sus pupilas una chispa azulada e indecisa, semejante a la llama del alcohol, y su cara adquiría por momentos una palidez mate. Los otros no estaban mejor; pero se reía, se bromeaba; los espectadores, como contagiados por la locura, se pasaban de mano en mano los jarros pagados a escote, y era aquello una verdadera inundación de aguardiente que, desbordándose fuera de la taberna, bajaba como oleada de fuego a todos los estómagos.

Hasta Batiste tuvo que beber, apremiado por los del corro. No le gustaba, pero el hombre debe probarlo todo, y volvió a animarse con las mismas reflexiones que le habían llevado hasta la taberna. Cuando un hombre ha trabajado y tiene en el granero la cosecha, bien puede permitirse su poquito de locura.

Sentía calor en el estómago y en la cabeza una deliciosa turbación: comenzaba a acostumbrarse a la atmósfera de la taberna, y encontraba cada vez más graciosa la porfía.

Hasta *Pimentó* le resultaba un hombre notable... a su modo.

Habían terminado la partida número... (nadie sabía cuántos) y discutían con los amigos la próxima cena. Uno de los *Terreròla* perdía terreno visiblemente. Los dos días de aguardiente a todo pasto, con sus dos noches pasadas en turbio, comenzaban a pesar sobre él. Se cerraban sus ojos y dejaba caer pesadamente la cabeza sobre su hermano, que le reanimaba con tremendos puñetazos en los ijares, dados a la sordina por debajo de la mesa.

Pimentó sonreía socarronamente. Ya tenía uno en tierra. Y discutía la cena con sus admiradores. Debía ser espléndida, sin miedo al gasto: de todos modos, él no había de pagar. Una cena que fuese digno final de la hazaña, pues en la misma noche seguramente quedaría terminada la apuesta.

Y como trompeta gloriosa que anunciaba por anticipado el triunfo de *Pimentó*, comenzaron a sonar los ronquidos de *Terreròla* el pequeño, caído de bruces sobre la mesa y próximo a desplomarse del taburete, como si todo el aguardiente que llevaba en el estómago buscase el suelo por ley de gravedad.

Su hermano hablaba de despertarle a bofetadas, pero *Pimentó* intervino bondadosamente como vencedor magnánimo. Ya le despertarían a la hora de cenar. Y afectando dar poca importancia a la porfía y a su propia fortaleza, hablaba de su falta de apetito como de una gran desgracia, después de haberse pasado dos días en aquel sitio devorando y bebiendo brutalmente.

Un amigo corrió a la taberna para traer una larga ristra de guindillas. Aquello le devolvería el apetito. La bufonada provocó grandes risotadas; y *Pimentó*, para asombrar más a sus admiradores, ofreció el manjar infernal al *Terreròla* que aún se sostenía firme, y él, por su parte, comenzó a devorarlo con la misma indiferencia que si fuese pan.

Un murmullo de admiración circulaba por el corro. Por cada guindilla que se comía el otro, el marido de Pepeta se zampaba tres, y así dieron fin a la ristra, verdadero rosario de demonios colorados. Aquel bruto debía tener coraza en el estómago.

Y seguía tan firme, tan impasible, cada vez más pálido, con los ojos hinchados y rojos, preguntando si *Copa* había muerto un par de pollos para la cena y dando instrucciones sobre el modo de guisarlos.

Batiste le miraba con asombro y sentía vagamente el deseo de irse. Comenzaba a caer la tarde; en la plazoleta subían de tono las voces; se iniciaba el escándalo de todas las noches de domingo, y *Pimentó* le miraba con demasiada frecuencia, con sus ojos molestos y extraños de borracho firme. Pero sin saber por qué, permanecía allí, como si aquel espectáculo tan nuevo para él pudiese más que su voluntad.

Los amigos del valentón le daban broma al ver que tras las guindillas apuraba el jarro sin cuidarse de si el cansado enemigo le imitaba. No debía beber tanto: iba a perder, y le faltaría dinero para pagar. Ahora ya no era tan rico como en los años anteriores, cuando la dueña de sus tierras se conformaba con no cobrarle el arrendamiento.

Un imprudente dijo esto sin darse cuenta de lo que decía, y se hizo un silencio doloroso, como en la alcoba de un enfermo cuando se pone al descubierto la parte dañada.

¡Hablar de arrendamientos y de pagas en aquel sitio, cuando entre actores y espectadores se había consumido el aguardiente a cántaros!

Batiste se sintió mal. Le pareció que por el ambiente pasaba de pronto algo hostil, amenazador; sin gran esfuerzo hubiera echado a correr; pero se quedó, creyendo que todos le miraban a hurtadillas. Temió, si huía, anticipar la agresión, ser detenido por el insulto; y con la esperanza de pasar desapercibido, quedó inmóvil, como subyugado por una impresión que no era miedo, pero sí algo más que prudencia.

Aquella gente, entusiasmada por *Pimentó*, le hacía repetir el procedimiento de que se valía todos los años para no pagar a la dueña de sus tierras, y lo celebraba con grandes risotadas, con estremecimientos de maligna alegría, como esclavos que se regocijan con las desgracias de su señor.

El valentón relataba modestamente sus glorias. Todos los años por Navidad y por San Juan emprendía el camino de Valencia, *tole tole* a ver al ama. Otros llevaban el buen par de pollos, la cesta de tortas, la banasta de frutas para enternecer a los señores, para que aceptasen la paga incompleta, lloriqueando y prometiendo completar la suma más adelante. Él sólo llevaba palabras y no muchas.

El ama, una señorona majestuosa, lo recibía en el comedor. Por allí cerca andaban las hijas, unas señoritingas siempre llenas de lazos y colorines.

Doña Manuela echaba mano a la libreta para recordar los semestres que *Pimentó* llevaba atrasados... Venía a pagar, ¿eh?... Y el socarrón, al oír la pregunta de la señora de Pajares, siempre contestaba lo mismo. No, señora; no podía pagar porque estaba sin un cuarto. No ignoraba que con esto se acreditaba de pillo. Ya lo decía su abuelo, que era persona de mucho saber: «¿Para quién se han hecho las cadenas? Para los hombres. ¿Pagas? Eres buena persona. ¿No pagas? Eres un pillo.» Y después de este curso breve de filosofía, apelaba al segundo argumento. Sacaba de la faja una negra tagarnina con una navaja enorme y comenzaba a picar tabaco para liar un cigarrillo.

La vista del arma daba escalofríos a la señora, la ponía nerviosa, y por esto mismo el socarrón cortaba el tabaco lentamente y tardaba en guardársela. Siempre repitiendo los mismos argumentos del abuelo para explicar su retraso en el pago.

Las niñas de los lacitos le llamaban «el de las cadenas»; la mamá sentíase inquieta con la presencia de aquel bárbaro de negra fama, que apestaba a vino y hablaba accionando con la navaja; y convencida de que nada había de sacar de él, indicábale que se fuese; pero él experimentaba hondo gozo siendo molesto y procuraba prolongar la entrevista. Hasta le llegaron a decir que ya que no pagaba podía ahorrar sus visitas, no apareciendo por allí; se olvidarían de que tenían tales tierras... ¡Ah! no, señora. *Pimentó* era exacto cumplidor de sus deberes, y como arrendatario debía visitar al amo en Navidad y San Juan, para demostrar que si no pagaba no por eso dejaba de ser su humilde servidor.

Y allá iba dos veces al año, apestando a vino, para manchar el piso con sus alpargatas cubiertas de barro y repetir que las cadenas son para los hombres, haciendo molinetes con la navaja. Era una venganza de esclavo, el amargo placer del mendigo que comparece con sus pestilentes andrajos en medio de una fiesta de los ricos.

Todos los labriegos reían comentando la conducta de *Pimentó* para con su ama.

Y el valentón apoyaba con razones su conducta. ¿Por qué había de pagar él? Vamos a ver, ¿por qué? Sus tierras ya las cultivaba su abuelo; a la muerte de su padre se las habían repartido los hermanos a su gusto, siguiendo la costumbre de la huerta, sin consultar para nada al propietario. Ellos eran los que las trabajaban, los que las hacían producir, los que dejaban poco a poco la vida sobre sus terrones.

Pimentó, hablando con vehemencia de su trabajo, mostraba tal impudor, que algunos sonreían... Bueno; él no trabajaba mucho, porque era listo y había conocido la farsa de la vida. Pero alguna vez trabajaba, y esto era bastante para que las tierras fuesen con más justicia de él que de aquella señorona gorda de Valencia[152]. Que viniera ella a trabajarlas; que fuera agarrada al arado con todas sus libras, y las dos chicas de los lacitos uncidas y tirando de él, y entonces sería legítima dueña[153].

Las groseras bromas del valentón hacían rugir de risa a la concurrencia. A toda aquella gente, que aún guardaba el mal sabor de la paga de San Juan, le hacía mucha gracia ver tratados a sus amos tan cruelmente. ¡Ah! Lo del arado era muy chistoso; y cada cual se imaginaba ver a su amo, al panzudo y meticuloso rentista o a la señora vieja y altiva, enganchados a la reja, tirando y tirando, mientras ellos, los de abajo, los labradores, chasqueaban el látigo.

Y todos se guiñaban el ojo, reían, se daban palmadas para expresar su contento. ¡Oh! Se estaba muy bien en casa de *Copa* oyendo a *Pimentó*. ¡Qué cosas se le ocurrían!...

Pero el marido de Pepeta púsose sombrío, y muchos advirtieron en él la mirada de través, aquella mirada de homicida que conocían de antiguo en la taberna, como signo indudable de inmediata agresión. Su voz tornóse fosca, como si todo el alcohol que hinchaba su estómago hubiese subido cual oleada ardiente a su garganta.

---

[152] El alegato social queda teñido de ironía por ponerse en boca del más holgazán.

[153] La pintura esperpéntica produce el efecto deseado por el valentón.

Podían reírse hasta reventar, pero sus risas serían las últimas. La huerta ya no era la misma que había sido durante diez años. Los amos, que eran conejos miedosos, se habían vuelto lobos intratables. Ya sacaban los dientes otra vez. Hasta su ama se había atrevido con él, ¡con él, que era el terror de todos los propietarios de la huerta! y en su visita de San Juan habíase burlado de su dicho de las cadenas y hasta de la navaja, anunciándole que se preparara a dejar las tierras o a pagar el arrendamiento, sin olvidar los atrasos.

¿Y por qué se crecían de tal modo?

Porque ya no les tenían miedo... ¿Y por qué no tenían miedo? ¡Cristo! Porque ya no estaban abandonadas e incultas las tierras de *Barret,* aquel espantajo de desolación que aterraba a los amos y les hacía ser dulces y transigentes. Se había roto el encanto. Desde que un ladrón muerto de hambre había logrado imponerse a todos ellos, los propietarios se reían, y queriendo vengarse de diez años de forzada mansedumbre, se hacían más malos que el famoso don Salvador.

—*Veritat... veritat*[154] —decían en todo el corro, apoyando las razones de *Pimentó* con furiosas cabezadas.

Todos reconocían que sus amos habían cambiado al recordar los detalles de su última entrevista; las amenazas de desahucio, la negativa a aceptar la paga incompleta, la expresión irónica con que les habían hablado de las tierras del *tío Barret,* otra vez cultivadas a pesar del odio de toda la huerta. Y ahora, de repente, tras la dulce flojedad de diez años de triunfo, con la rienda a la espalda y el amo a los pies, venía el cruel tirón, la vuelta a otros tiempos, el encontrar amargo el pan y el vino más áspero, pensando en el maldito semestre, y todo por culpa de un forastero, de un piojoso que ni siquiera había nacido en la huerta, y se había descolgado entre ellos para embrollar su negocio y hacerles más difícil la vida. ¿Y aún vivía ese pillo? ¿Es que en la huerta no quedaban hombres?...

¡Adiós, amistades recientes, respetos nacidos junto al ataúd de un pobre niño! Toda la consideración creada por la desgracia veníase abajo como torre de naipes, desvanecíase

---

[154] *Verdad... verdad.*

como tenue nube, reapareciendo de golpe el antiguo odio, la solidaridad de toda la huerta, que al combatir al intruso defendía su propia vida.

¡Y en qué momento resurgía la general animosidad! Brillaban los ojos fijos en él con el fuego del odio; las cabezas turbadas por el alcohol parecían sentir el escarabajeo horrible del homicidio; instintivamente iban todos hacia Batiste, que comenzó a sentirse empujado por todos lados como si el círculo se estrechara para devorarle.

Estaba arrepentido de haberse quedado. No tenía miedo, pero maldecía la hora en que se le ocurrió ir a la taberna, un sitio extraño que parecía robarle su energía, aquella entereza que le animaba cuando sentía bajo sus plantas las tierras cultivadas a costa de tantos sacrificios y en cuya defensa estaba pronto a perder la vida.

Pimentó, rodando por la pendiente de la cólera, sentía caer de un golpe sobre su cerebro todo el aguardiente bebido en dos días. Había perdido su serenidad de ebrio inquebrantable; se levantó tambaleando y tuvo que hacer un esfuerzo para sostenerse sobre las piernas. Sus ojos estaban inflamados, como si fuesen a manar sangre; su voz era trabajosa, como si tirasen de ella, no dejándola salir, el alcohol y la cólera.

—¡*Vesten!* —dijo con imperio a Batiste, avanzando una mano amenazante hasta rozar su rostro—. *¡Vesten o te mate!*[155].

¡Irse!... Esto es lo que deseaba Batiste, cada vez más pálido, más arrepentido de verse allí. Pero bien adivinaba el significado de aquel imperioso «¡Vete!» del valentón, apoyado por las muestras de asentimiento de todos.

No le exigían que se fuese de la taberna, librándolos de su presencia odiosa; le ordenaban con amenaza de muerte que abandonase sus tierras, que eran como la carne de su cuerpo; que perdiese para siempre la barraca donde había muerto su chiquitín, y en la cual cada rincón guardaba un recuerdo de las luchas y las alegrías de la familia en su batalla con la miseria. Y rápidamente se vio otra vez con todos los muebles sobre el carro, errante por los caminos, en busca de lo desco-

---

[155] *¡Vete o te mato!*

nocido, para crearse otra vida, llevando como tétrica escolta la fea hambre, que iría pisándole los talones... ¡No! Él rehuía las cuestiones, pero que no le tocasen el pan de los suyos.

Ya no sentía inquietud. La imagen de su familia hambrienta y sin hogar le encolerizaba: hasta sentía deseos de acometer a aquella gente que le exigía tal monstruosidad.

—¿*T'en vas? ¿t'en vas?*[156] —preguntaba *Pimentó*, cada vez más fosco y amenazante.

No, no se iba. Lo dijo con la cabeza, con su sonrisa de desprecio, con la mirada de firmeza y de reto que fijó en todo el corro.

—¡*Granuja!* —rugió el matón, y su mano cayó sobre la cara de Batiste, sonando una terrible bofetada.

Como animado por esta agresión, todo el corro se abalanzó contra el odiado intruso; pero por encima de la línea de cabezas vióse elevarse un brazo nervudo empuñando un taburete de esparto, el mismo tal vez en que estuvo sentado *Pimentó*.

Para el forzudo Batiste era un arma terrible aquel asiento de fuertes travesaños y gruesas patas de algarrobo con aristas pulidas por el uso.

Rodaron mesilla y jarros de aguardiente; la gente se hizo atrás instintivamente, aterrada por el ademán de aquel hombre siempre tan pacífico, que parecía agigantado por la rabia, y antes de que pudiera retroceder otro paso, «¡plaf!» sonó un ruido como de puchero que estalla[157] y cayó *Pimentó* con la cabeza rota de un taburetazo.

En la plazoleta prodújose una confusión indescriptible.

Copa, que desde su cubil parecía no fijarse en nada y era el primero en husmear las reyertas, no bien vio el taburete por el aire, tiró del as de bastos que tenía bajo el mostrador, y a porrada seca limpió en un santiamén la taberna de parroquianos, cerrando inmediatamente la puerta, según su sana costumbre.

Quedó revuelta la gente en la plazoleta, rodaron las mesas, enarboláronse varas y garrotes, poniéndose cada uno en

---

[156] ¿*Te vas? ¿te vas?*
[157] Se reproduce con enorme plasticidad el impacto del golpe.

guardia contra el vecino, por lo que pudiera ser; y en tanto, el causante de toda la zambra, Batiste, estaba inmóvil, con los brazos caídos, empuñando todavía el taburete con manchas de sangre, asustado de lo que acababa de hacer.

Pimentó, de bruces en el suelo, se quejaba con lamentos que parecían ronquidos, saliendo a borbotones la sangre de su rota cabeza.

Terreròla el mayor, con la fraternidad del ebrio, acudió en auxilio de su rival, mirando hostilmente a Batiste. Le insultaba, buscando en su faja un arma para herirle.

Los más pacíficos huían por las sendas, volviendo atrás la cabeza con malsana curiosidad, y los demás seguían inmóviles, a la defensiva, capaz cada cual de despedazar al vecino sin saber por qué, pero no queriendo ninguno ser el primero en la agresión. Los palos seguían en alto, relucían las navajas en los grupos, pero nadie se aproximaba a Batiste, que lentamente retrocedía de espaldas, enarbolando el ensangrentado taburete.

Así salió de la plazoleta, mirando siempre con ojos de reto al grupo que rodeaba al caído *Pimentó:* gente brava, pero que parecía dominada por la fuerza de aquel hombre.

Al verse en el camino, a alguna distancia de la taberna, echó a correr, y cerca de su barraca arrojó en una acequia el pesado taburete, mirando con horror la mancha negruzca de la sangre seca.

X

Batiste perdió toda esperanza de vivir tranquilo en sus tierras.

La huerta entera volvía a levantarse contra él. Otra vez tenía que aislarse en la barraca con su familia, vivir en perpetuo vacío, como un apestado, como una fiera enjaulada a la que todos enseñaban el puño desde lejos.

Su mujer le había contado al día siguiente cómo fue conducido a su barraca el herido valentón. Él mismo, desde su casa, había oído los gritos y las amenazas de toda la gente que acompañaba solícita al magullado *Pimentó*... Una verdadera manifestación. Las mujeres, sabedoras de lo ocurrido por la pasmosa rapidez con que en la huerta se transmiten las noticias, salían al camino para ver de cerca al bravo marido de Pepeta y compadecerle como a un héroe sacrificado por el interés de todos.

Las mismas que horas antes hablaban pestes de él, escandalizadas por su apuesta de borracho, le compadecían, se enteraban de si era grave la herida, y clamaban venganza contra aquel «muerto de hambre», aquel ladrón, que no contento con apoderarse de lo que no era suyo, todavía intentaba imponerse por el terror atacando a los hombres de bien.

Pimentó estaba magnífico. Mucho le dolía el golpe, andaba apoyado en sus amigos con la cabeza entrapajada, hecho un *eccehomo*[158], según afirmaban las indignadas comadres; pero

---

[158] Ecce-homo: Cristo con la corona de espinas y las manos atadas. El nombre se hace común para significar a un ser maltratado y objeto de compasión.

hacía esfuerzos para sonreír, y a cada excitación de venganza contestaba con un gesto arrogante, afirmando que él se encargaba de castigar al enemigo.

Batiste no dudó que aquellas gentes se vengarían. Conocía los procedimientos usuales en la huerta. Para aquella tierra no se había hecho la justicia de la ciudad; el presidio era poca cosa tratándose de satisfacer un resentimiento. ¿Para qué necesitaba un hombre jueces ni Guardia civil, teniendo buen ojo y una escopeta en su barraca? Las cosas de los hombres deben resolverlas los hombres mismos.

Y como toda la huerta pensaba así, en vano al día siguiente de la riña pasaron y repasaron por las sendas dos charolados tricornios, yendo de casa de *Copa* a la barraca de *Pimentó* y haciendo preguntas insidiosas a la gente que estaba en los campos. Nadie había visto nada, nadie sabía nada; *Pimentó* contaba con risotadas brutales cómo se había roto él mismo la cabeza volviendo de la taberna, a consecuencia de su apuesta, que le hizo andar con paso vacilante, chocando contra los árboles del camino, y los guardias civiles tuvieron que volverse a su cuartelillo de Alboraya, sin sacar nada en claro de los vagos rumores de riña y sangre que hasta ellos habían llegado.

Esta magnanimidad de la víctima y sus amigos alarmaba a Batiste, que se propuso vivir perpetuamente a la defensiva.

La familia, como medroso caracol, se replegó dentro de la vivienda, huyendo del contacto con la huerta.

Los pequeños ya no fueron a escuela, Roseta dejó de ir a la fábrica y Batistet no daba un paso más allá de sus campos. El padre era el único que salía, mostrándose tan confiado y tranquilo por su seguridad como cuidadoso y prudente era para con los suyos.

Pero no hacía ningún viaje a la ciudad sin llevar consigo la escopeta, que dejaba confiada a un amigo de los arrabales. Vivía en continuo contacto con su arma, la pieza más moderna de su casa, siempre limpia, brillante y acariciada con ese cariño de cabila que el labrador valenciano siente por la escopeta.

Teresa estaba tan triste como al morir el pequeñuelo. Cada vez que veía a su marido limpiando los dos cañones de la escopeta, cambiando los cartuchos o haciendo jugar la palanca para convencerse de que se abría con suavidad, surgía en su memoria la imagen del presidio, la terrible historia del *tío Barret;* veía sangre y maldecía la hora en que se les ocurrió establecerse en las tierras malditas. Y después venían las horas de inquietud por la ausencia de su marido, aquellas tardes tan largas esperando al hombre que nunca regresaba, saliendo a la puerta de la barraca para explorar el camino, estremeciéndose cada vez que sonaba a lo lejos algún disparo de los cazadores de golondrinas, creyendo que era el principio de una tragedia, el tiro que destrozaba la cabeza del jefe de la familia o el que lo llevaba a presidio. Y cuando por fin aparecía Batiste, gritaban los pequeños de alegría, sonreía Teresa limpiándose los ojos, salía la hija a abrazar al *pare,* y hasta el perro saltaba junto a él, husmeándolo con inquietud, como si olfatease en su persona el peligro que acababa de arrostrar.

Y Batiste, sereno, firme sin arrogancia, riéndose de la inquietud de su familia, cada vez más atrevido conforme transcurría el tiempo desde la famosa riña.

Se consideraba seguro. Mientras llevase pendiente del brazo el magnífico pájaro de dos voces, como él llamaba a su escopeta, podía marchar tranquilamente por toda la huerta. Yendo en tan buena compañía, sus enemigos fingían no conocerle. Hasta algunas veces había visto de lejos a *Pimentó,* que paseaba por la huerta como bandera de venganza su cabeza entrapajada, y el valentón, a pesar de que estaba repuesto del golpe, huía, temiendo el encuentro tal vez más que Batiste.

Todos le miraban de reojo, pero jamás oyó desde los campos inmediatos al camino una palabra de insulto. Le volvían la espalda con desprecio, se inclinaban sobre la tierra y trabajaban febrilmente hasta perderle de vista.

El único que le hablaba era el *tío Tomba,* el pastor loco que le reconocía con sus ojos sin luz, como si oliese en torno de Batiste el ambiente de la catástrofe. Y siempre lo mismo... ¿No quería abandonar las tierras malditas?

—*Fas mal, fill meu; te portarán desgrasia*[159].

---

[159] *Haces mal, hijo mío; te traerán desgracia.*

Batiste acogía con una sonrisa la cantinela del viejo.

Familiarizado con el peligro, nunca le había temido menos que entonces. Hasta sentía cierto goce secreto provocándolo, marchando rectamente hacia él. Su hazaña de la taberna había modificado su carácter, antes tan pacífico y sufrido, despertando en él una brutalidad jactanciosa. Quería demostrar a toda aquella gente que no la temía, que así como había abierto la cabeza a *Pimentó,* era capaz de andar a tiros con toda la huerta. Ya que le empujaban a ello, sería valentón y jactancioso por algún tiempo para que le respetasen, dejándole después vivir tranquilamente.

Y metido en tan peligroso empeño, hasta abandonó sus campos, pasándose las tardes en las sendas de la huerta con pretexto de cazar, pero en realidad para exhibir su escopeta y su gesto de pocos amigos.

Una tarde, cazando golondrinas en el barranco de Carraixet, le sorprendió el crepúsculo.

Los pájaros tejían con inquieto vuelo su caprichosa contradanza, reflejándose en las tranquilas y profundas charcas orladas de altos juntos. Aquel barranco, que cortaba la huerta como una profunda grieta, sombrío, de aguas estancadas y putrefactas, con las fangosas orillas donde se agitaba casi enterrada alguna piragua podrida, ofrecía un aspecto desolado y salvaje. Nadie hubiera sospechado que tras los altos ribazos, más allá de los juncos y cañares, estaba la vega con su ambiente risueño y sus verdes perspectivas. Hasta la luz del sol parecía lúgubre bajando al fondo del barranco tamizada por la bravía vegetación y reflejándose pálidamente en las aguas muertas.

Batiste pasó la tarde tirando a las revoltosas golondrinas. En su faja quedaban ya pocos cartuchos, y a sus pies, formando un montón de plumas ensangrentadas, tenía hasta dos docenas de pájaros. ¡La gran cena!... ¡Cómo se alegraría la familia!

Anochecía en el profundo barranco; de las charcas salía un hálito hediondo, la respiración venenosa de la fiebre palúdica. Las ranas cantaban a miles, como saludando a las estrellas, contentas de no oír ya el tiroteo que interrumpía su cantinela y las obligaba a arrojarse medrosamente de cabeza, rompiendo el terso cristal de los estanques putrefactos.

Batiste recogió su manojo de pájaros, colgándolo de la faja, y de dos saltos subió el ribazo, emprendiendo por las sendas el regreso a su barraca.

El cielo, impregnado aún de la débil luz del crepúsculo, tenía un dulce tono de violeta; brillaban las estrellas, y en la inmensa huerta sonaban los mil ruidos de la vida campestre antes de extinguirse con la llegada de la noche. Pasaban por las sendas las muchachas que regresaban de la ciudad, los hombres que volvían del campo, las cansadas caballerías arrastrando el pesado carro, y Batiste contestaba al *«¡Bòna nit!»* de todos los que transitaban junto a él, gente de Alboraya que no le conocía o no tenía los motivos que sus convecinos para odiarle.

Dejó atrás el pueblo, y conforme avanzaba Batiste hacia su barraca marcábase cada vez más la hostilidad; la gente tropezaba con él en las sendas sin darle las buenas noches.

Entraba en tierra extranjera, y como soldado que se prepara a combatir apenas cruza la frontera hostil, Batiste buscó en su faja las municiones de guerra, dos cartuchos con bala y postas fabricados por él mismo, y cargó su escopeta.

El hombretón se reía después de esto. Buena rociada de plomo recibiría quien intentase cortarle el paso.

Caminaba sin prisa, tranquilamente, como gozando la frescura de aquella noche de verano. Pero esta calma no le impedía pensar en lo aventurado que era recorrer la huerta a tales horas teniendo enemigos.

Su oído sutil de campesino creyó percibir un ruido a su espalda. Volvióse rápidamente, y a la difusa luz de las estrellas creyó ver un bulto negro saliéndose del camino con silencioso salto y ocultándose tras un ribazo.

Batiste requirió su escopeta, y montando las llaves se aproximó cautelosamente a aquel sitio. Nadie... Únicamente a alguna distancia le pareció que las plantas ondulaban en la oscuridad, como si un cuerpo se arrastrase entre ellas.

Le venían siguiendo: alguien intentaba sorprenderle traidoramente por detrás. Pero esta sospecha duró poco. Tal vez fuese algún perro vagabundo que huía al aproximarse él.

En fin: lo cierto era que huía de él, fuese quien fuese, y que nada tenía que hacer allí.

Siguió adelante por el oscuro camino, andando silenciosamente, como hombre que a ciegas conoce el terreno y por prudencia desea no llamar la atención. Conforme se aproximaba a su barraca sentía cierta inquietud. Aquél era su distrito, pero también estaban allí sus más tenaces enemigos.

Algunos minutos antes de llegar a su barraca, cerca de la alquería[160] azul donde las muchachas bailaban los domingos, el camino se estrangulaba formando varias curvas. A un lado un alto ribazo coronado por doble fila de viejas moreras; al otro una ancha acequia cuyos bordes, en pendiente, estaban cubiertos por espesos y altos cañares.

Parecía en la oscuridad un bosque indiano, una bóveda de bambús cimbreándose sobre el camino. Éste era allí completamente negro; la masa de cañas estremecíase con el vientecillo de la noche, lanzando un quejido lúgubre; parecía olerse la traición en aquel lugar, tan fresco y agradable durante las horas de sol.

Batiste, burlándose de su inquietud, exageraba el peligro mentalmente. ¡Magnífico lugar para soltarle un escopetazo seguro! Si *Pimentó* anduviese por allí, no despreciaría tan hermosa ocasión.

Y apenas se dijo esto, salió de entre las cañas una recta y fugaz lengua de fuego, una flecha roja que se disolvió produciendo un estampido, y algo pasó silbando junto a una oreja de Batiste. Le tiraban... Instintivamente se agachó, queriendo confundirse con la negrura del suelo, no presentar blanco al enemigo; y en el mismo momento brilló un nuevo fogonazo, sonó otra detonación, confundiéndose con los ecos aún vivos de la primera, y Batiste sintió en el hombro izquierdo una impresión de desgarramiento, algo así como una uña de acero arañándole superficialmente.

Pero apenas si paró en ello su atención. Sentía una alegría salvaje. Dos tiros... el enemigo estaba desarmado.

---

[160] Palabra de origen árabe que significa casa de campo, usada fundamentalmente en Valencia. Es curioso destacar el hecho de que esta voz de ámbito más bien local aparezca en un soneto que escribió la poetisa uruguaya Juana de Ibarbourou a los catorce años.

Antes de presentarse Batiste en la taberna de Copa el narrador nos había informado de que la alquería era verde y ahora dice que es azul.

—¡Cristo! ¡Ara te pille![161].

Se lanzó por entre las cañas, bajó casi rodando la pendiente, y se vio metido en el agua hasta la cintura, los pies en el barro y los brazos altos, muy altos, para impedir que se mojara su escopeta, guardando avaramente los dos tiros hasta el momento de soltarlos con toda seguridad.

Ante sus ojos cruzábanse las cañas, formando apretada bóveda, casi al ras del agua. Delante de él sonaba en la oscuridad un chapoteo sordo, como si un perro huyera acequia abajo... Allí estaba el enemigo: ¡a él!

Y comenzó una carrera loca en el profundo cauce, andando a tientas en la sombra, dejando perdidas las alpargatas en el barro del lecho, con los pantalones pegados a las carnes, tirantes, pesados, dificultando los movimientos, recibiendo en el rostro el bofetón de las cañas tronchadas, los arañazos de las hojas tiesas y cortantes.

Hubo un momento en que Batiste creyó ver algo negro que se agarraba a las cañas pugnando por salir ribazo arriba. Pretendía escaparse... ¡fuego! Sus manos, que sentían el cosquilleo del homicidio, echaron la escopeta a la cara; partió el gatillo...[162] sonó el disparo, y cayó el bulto en la acequia entre una lluvia de hojas y cañas rotas.

¡A él! ¡a él!... Otra vez volvió Batiste a oír aquel chapoteo de perro fugitivo; pero ahora con más fuerza, como si extremara la huida espoleado por la desesperación.

Fue un vértigo aquella carrera a través de la oscuridad, de las cañas y el agua. Resbalaban los dos en el blanducho suelo, sin poder agarrarse a las cañas por no soltar la escopeta; arremolinábase el agua batida por la desaforada carrera, y Batiste, que cayó de rodillas varias veces, sólo pensó en estirar los brazos para mantener su arma fuera de la superficie, salvando el tiro que le quedaba.

Y así continuó la cacería humana, a tientas, en la oscuridad lúgubre, hasta que en una revuelta de la acequia salieron a un espacio despejado, con los ribazos limpios de cañas.

---

[161] ¡Cristo! ¡Ahora te pillo!
[162] Debía decir apretó el gatillo.

Los ojos de Batiste, habituados a la lobreguez de la bóveda, vieron con toda claridad a un hombre que, apoyándose en la escopeta, salía tambaleándose de la acequia, moviendo con dificultad sus piernas cargadas de barro.

Era él... ¡él! ¡el de siempre!

—¡Lladre... lladre: no t'escaparás! —rugió Batiste, disparando su segundo tiro desde el fondo de la acequia, con la seguridad del tirador que puede apuntar bien y sabe que hace carne.

Le vio caer de bruces pesadamente sobre el ribazo y gatear después para no rodar hasta el agua. Batiste quiso alcanzarle, pero con tanta precipitación, que fue él quien, dando un paso en falso, cayó cuan largo era en el fondo de la acequia.

Su cabeza se hundió en el barro, tragando el líquido terroso y rojizo; creyó morir, quedar enterrado en aquel lecho de fango, y por fin, con un poderoso esfuerzo, consiguió enderezarse, sacando fuera del agua sus ojos ciegos por el limo, su boca que aspiraba anhelante el viento de la noche.

Apenas recobró la vista buscó a su enemigo. Había desaparecido.

Chorreando barro y agua salió de la acequia, subió la pendiente por el mismo sitio que su enemigo; pero al llegar arriba no le vio.

En la tierra seca se marcaban algunas manchas negruzcas, y las tocó con las manos; olían a sangre. Ya sabía él que no había errado el tiro. Pero en vano buscó al contrario con el deseo de contemplar su cadáver.

Aquel *Pimentó* tenía el pellejo duro, y arrojando sangre y barro iría a rastras hasta su barraca. Tal vez era de él un vago roce que creía percibir en los inmediatos campos como el de una gran culebra arrastrándose por los surcos; por él ladrarían todos los perros que poblaban la huerta de desesperados aullidos. Ya le había oído arrastrarse del mismo modo un cuarto de hora antes, cuando intentaba sin duda matarle por la espalda, y al verse descubierto huyó a gatas del camino para apostarse más allá, en el frondoso cañar, y acecharlo sin riesgo.

Batiste sintió miedo de pronto. Estaba solo, en medio de la vega, completamente desarmado; su escopeta, falta de car-

216

tuchos, no era ya más que una débil maza. *Pimentó* no podía volver, pero tenía amigos.

Y dominado por súbito terror echó a correr, buscando al través de los campos el camino que conducía a su barraca.

La vega se estremecía de alarma. Los cuatro tiros en medio de la noche habían puesto en conmoción a todo el contorno. Ladraban los perros cada vez más furiosos; entreabríanse las puertas de alquerías y barracas arrojando negras figuras, que ciertamente no salían con las manos vacías.

Con silbidos y gritos de alarma entendíanse los convecinos a grandes distancias. Tiros de noche podían ser señal de fuego, de ladrones, ¡quién sabe de qué! seguramente de nada bueno; y los hombres salían de sus casas dispuestos a todo, con la abnegación y solidaridad del que vive en despoblado.

Batiste, asustado por este movimiento, corría hacia su barraca, encorvándose muchas veces para pasar desapercibido al amparo de los ribazos o de los grandes montones de paja.

Ya veía su vivienda, con la puerta abierta e iluminada y en el centro del rojo cuadro los negros bultos de su familia.

El perro le olfateó y fue el primero en saludarle. Teresa y Roseta dieron un grito de alegría.

—*Batiste, ¿eres tú?*

—*¡Pare! ¡pare!...*

Y todos se abalanzaron a él, en la entrada de la barraca, bajo la vetusta parra, al través de cuyos pámpanos brillaban las estrellas como gusanos de luz.

La madre, con su fino oído de mujer, inquieta y alarmada por la tardanza del marido, había oído lejos, muy lejos, los cuatro tiros, y el corazón le dio un vuelco, como ella decía. Toda la familia se había lanzado a la puerta, devorando ansiosa el oscuro horizonte, convencida de que las detonaciones que alarmaban la vega tenían alguna relación con la ausencia del padre.

Locos de alegría al verle y oír sus palabras, no se fijaban en su cara manchada de barro, en sus pies descalzos, en la ropa sucia y chorreando fango.

Le empujaban hacia dentro. Roseta se le colgaba del cuello, suspirando amorosamente con los ojos aún húmedos:

—*¡Pare! ¡pare!...*

217

Pero el *pare* no pudo contener una mueca de sufrimiento, un ¡ay! ahogado y doloroso. Un brazo de Roseta se había apoyado en su hombro izquierdo, en el mismo sitio donde sufrió el arañazo de la uña de acero, y en el que ahora sentía un peso cada vez más abrumador.

Al entrar en la barraca y darle de lleno la luz del candil, las mujeres y los chicos lanzaron un grito de asombro. Vieron la camisa ensangrentada... y además su facha de forajido, como si acabara de escaparse de un presidio saliendo por la letrina.

Roseta y su madre prorrumpieron en gemidos. ¡Reina Santísima! ¡Señora y soberana! ¡Le habían muerto!

Pero Batiste, que sentía en el hombro un dolor cada vez más insufrible, les sacó de sus lamentaciones ordenando con gesto hosco que viesen pronto lo que tenía.

Roseta, más animosa, rasgó la gruesa y áspera camisa hasta dejar el hombro al descubierto... ¡Cuánta sangre! La muchacha palideció, haciendo esfuerzos para no desmayarse; Batistet y los pequeños comenzaron a llorar y Teresa continuó los alaridos como si su esposo se hallara en la agonía.

Pero el herido no estaba para sufrir lamentaciones y protestó con rudeza. Menos lloros: aquello no era nada; la prueba estaba en que podía mover el brazo, aunque cada vez sentía mayor peso en el hombro. Sería un rasguño, una rozadura nada más. Sentíase demasiado fuerte para que aquella herida fuese grave. A ver... agua, trapos, hilas, la botella del árnica que Teresa guardaba como milagroso remedio en su *estudi*... ¡moverse! el caso no era para estar todos mirándole con la boca abierta.

Teresa revolvió todo su cuarto, buscando en el fondo de las arcas, rasgando lienzos, desliando vendas, mientras la muchacha lavaba y volvía a lavar los labios de la ensangrentada hendidura que cortaba como un sablazo el carnoso hombro.

Las dos mujeres atajaron como pudieron la hemorragia, vendaron la herida y Batiste respiró con satisfacción, como si ya estuviera curado. Peores golpes habían caído sobre él en esta vida.

Y se dedicó a sermonear a los pequeños para que fuesen prudentes. De todo lo que habían visto, ni una palabra a nadie. Eran asuntos que convenía olvidarlos. Y lo mismo repetía a su mujer, que hablaba de avisar al médico: valía esto tanto como llamar la atención de la justicia. Ya iría curándose él solo; su pellejo hacía milagros. Lo que importaba era que nadie se mezclase en lo ocurrido allá abajo. ¡Quién sabe cómo estaría a tales horas... el otro!

Mientras su mujer le ayudaba a cambiar de ropas y preparaba la cama, Batiste le contó todo lo ocurrido. La buena mujer abría los ojos con expresión de espanto, suspiraba pensando en el peligro arrostrado por su marido y lanzaba miradas inquietas a la cerrada puerta de la barraca, como si por ella fuera a filtrarse la Guardia civil.

Batistet, en tanto, con prudencia precoz, cogía la escopeta y a la luz del candil la secaba, limpiando sus cañones, esforzándose en borrar de ella toda señal de reciente uso, por lo que pudiera ocurrir.

La noche fue mala para toda la familia. Batiste deliraba, tenía fiebre, agitábase furioso como si aún corriera por el cauce de la acequia cazando al hombre, asustando con sus gritos a los pequeños, que no podían dormir, y a las dos mujeres, que pasaron la noche de claro en claro, sentadas junto a su cama, ofreciéndole a cada instante agua azucarada, único remedio casero que lograron inventar.

Al día siguiente la barraca tuvo la puerta entornada toda la mañana. El herido parecía estar mejor; los chicos, con los ojos enrojecidos por el sueño, permanecían inmóviles en el corral, sentados sobre el estiércol, siguiendo con atención estúpida todos los movimientos de los animales que allí se criaban.

Teresa atisbaba la vega por la puerta entornada y entraba después en el cuarto de su marido... ¡Cuánta gente! Todos los del contorno pasaban por el camino con dirección a la barraca de *Pimentó;* se veía en torno de ella un hormiguero de hombres. Y todos con la cara fosca, triste, hablando a gritos, con enérgicos manoteos, lanzando desde lejos miradas de odio a la antigua barraca de *Barret.*

Batiste acogía con gruñidos estas noticias. Algo le escarabajeaba en el pecho causándole daño. El movimiento de la vega hacia la barraca de su enemigo era que *Pimentó* se hallaba grave; tal vez se moría. Estaba seguro de que las dos balas de su escopeta las tenía en el cuerpo.

Y ahora, ¿qué iba pasar?... ¿Moriría él en presidio, como el pobre *tío Barret?...* No; se respetarían las costumbres de la huerta, la fe en la justicia por mano propia. Se callaría el agonizante, dejando a sus amigos, a los *Terreròla* o a otros, el encargo de vengarle. Y Batiste no sabía qué temer más, si la justicia de la ciudad o la de la huerta.

Comenzaba a caer la tarde, cuando el herido, despreciando las protestas y ruegos de las dos mujeres, saltó de la cama.

Se ahogaba; su cuerpo de atleta, habituado a la fatiga, no podía resistir tantas horas de inmovilidad. La pesadez del hombro le impulsaba a cambiar de posición, como si con esto pudiera librarse del dolor.

Con paso vacilante, entumecido por el reposo, salió de la barraca, sentándose bajo el emparrado en el banco de ladrillos.

La tarde era desapacible, soplaba un viento demasiado fresco para la estación; nubarrones morados cubrían el sol, y por bajo de ellos desplomábase la luz, cerrando el horizonte como un telón de oro pálido.

Batiste miraba vagamente hacia la parte de la ciudad, volviendo la espalda a la barraca de *Pimentó,* que ahora se veía claramente, al estar despojados los campos de las cortinas de dorada mies que la ocultaban antes de la siega.

Notábase en el herido el impulso de la curiosidad y el miedo a ver demasiado; pero al fin su voluntad fue vencida, y lentamente volvió la mirada hacia la casa de su enemigo.

Sí; mucha gente pululaba ante la puerta: hombres, mujeres, niños; toda la vega, que corría ansiosa a visitar a su caído libertador.

¡Cómo debían odiarle aquellas gentes!... Estaban lejos, y sin embargo adivinaba que su nombre debía sonar en todas las bocas; en el zumbido de sus orejas, en el latir de sus sienes ardorosas por la fiebre, creía percibir el susurro amenazante de aquel avispero.

Y sin embargo, bien sabía Dios que él no había hecho mas que defenderse; que sólo deseaba mantener a los suyos sin causar daño a nadie. ¿Qué culpa tenía él de encontrarse en pugna con unas gentes que, como decía don Joaquín el maestro, eran muy buenas, pero muy bestias?

Terminaba la tarde; el crepúsculo cernía sobre la vega una luz gris y triste. El viento, cada vez más fuerte, trajo hasta la barraca un lejano eco de lamentos y voces furiosas.

Batiste vio arremolinarse la gente en la puerta de la lejana barraca, y vio también brazos levantados con expresión de dolor, manos crispadas que se arrancaban el pañuelo de la cabeza para arrojarlo con rabia al suelo.

El herido sintió que toda su sangre afluía a su corazón, que éste se detenía como paralizado algunos instantes para después latir con más fuerza, arrojando a su rostro una oleada roja y ardiente.

Adivinaba lo que ocurría allá lejos: se lo decía el corazón. *Pimentó* acababa de morir.

Batiste sintió frío y miedo, una sensación de debilidad como si de repente le abandonaran todas sus fuerzas, y se metió en su barraca, no respirando tranquilamente hasta que vio la puerta cerrada y encendido el candil.

La velada fue lúgubre. El sueño abrumaba a la familia, rendida de cansancio por la vigilia de la noche anterior. Apenas si cenaron, y antes de las nueve ya estaban todos en la cama.

Batiste sentíase mejor de su herida. Disminuía el peso en el hombro; ya no le dominaba la fiebre, pero ahora le atormentaba un dolor extraño en el corazón.

En la oscuridad del *estudi* y despierto aún, veía surgir una figura pálida, indeterminada, que poco a poco tomaba contorno y color, hasta ser *Pimentó* tal como le había visto en los últimos días, con la cabeza entrapajada y el gesto amenazante de terco vengativo.

Molestábale la visión y cerraba los ojos para dormir. Oscuridad absoluta; el sueño iba apoderándose de él, pero los cerrados ojos comenzaban a poblar la densa lobreguez de puntos rojos que se agrandaban formando manchas de varios colores; y las manchas, después de flotar caprichosamente, juntábanse, se amalgamaban, y otra vez *Pimentó*, que se aproximaba a él lentamente, con la cautela feroz de una mala bestia que fascina a su víctima.

Batiste hacía esfuerzos por librarse de la pesadilla.

No dormía, no: oía los ronquidos de su mujer, dormida junto a él, y de sus hijos, abrumados por el cansancio; pero los oía cada vez más hondos, como si una fuerza misteriosa se llevase lejos, muy lejos, la barraca; y él allí, inerte, sin poder moverse por más esfuerzos que intentaba, viendo la cara de *Pimentó* junto a la suya, sintiendo en su nariz la cálida respiración de su enemigo.

Pero ¿no había muerto?... Su embotado pensamiento se hacía esta pregunta, y tras muchos esfuerzos se contestaba a sí mismo que *Pimentó* había muerto. Ya no tenía, como antes, la cabeza rota; ahora mostraba el cuerpo rasgado por dos heridas, que Batiste no podía apreciar en qué lugar estaban; pero dos heridas eran, que abrían sus labios amoratados como inagotables fuentes de sangre. Los dos escopetazos; ya lo sabía: él no era de los tiradores que marran.

Y el fantasma, envolviéndole la cara con su respiración ardiente, dejaba caer sobre él una mirada que le agujereaba los ojos y bajaba y bajaba hasta arañarle las entrañas[163].

—*¡Perdónam, Pimentó!*[164] —gemía el herido con infantil temblor, aterrado por la pesadilla.

Sí; debía perdonarle. Le había muerto, era verdad; pero debía pensar que él fue el primero en buscarlo. ¡Vamos: los hombres que son hombres deben ser razonables! Él se tenía la culpa.

Pero los muertos no entienden de razones[165], y el espectro, procediendo como un bandido, sonreía ferozmente, y de un salto se colocó en la cama, sentándose sobre él, oprimiéndole la herida del hombro con todo su peso.

Batiste gimió dolorosamente, sin poder moverse para repeler aquella mole. Intentaba enternecerlo llamándole Tòni, con familiar cariño, en vez de designarle por su apodo.

—*Tòni, me fas mal*[166].

Eso es lo que deseaba el fantasma, hacerle daño. Y pareciéndole aún poco, con sólo su mirada le arrebató los trapos y vendajes de su herida, que volaron y se esparcieron, y des-

---

[163] Aunque se trate de una pesadilla, la mirada se hace tacto doloroso de una enorme expresividad.

[164] *¡Perdóname, Pimentó!*

[165] Curiosa manera de mezclar el sueño y la realidad.

[166] *Tòni, me haces daño.*

pués hundió sus uñas crueles en el desgarrón de la carne y tiró de los bordes, haciéndole rugir de dolor[167].

—¡Ay! ¡ay!... ¡Pimentó, perdónam!

Y tal era su dolor, que los estremecimientos, subiéndole por la espalda hasta la cabeza, erizaban sus rapados cabellos, haciéndolos crecer y enroscarse con la contracción de la angustia, hasta convertirse en horrible madeja de serpientes.

Entonces ocurrió una cosa horrible. El fantasma, agarrándole de la extraña cabellera, hablaba por fin.

—Vine... vine[168] —decía tirando de él.

Le arrastraba con sobrehumana ligereza, le llevaba volando o nadando —no lo sabía él— al través de un elemento ligero y resbaladizo, y así iban los dos vertiginosamente, deslizándose en la sombra, hacia una mancha roja que se marcaba lejos, muy lejos.

La mancha se agrandaba, tenía una forma parecida a la puerta de su *estudi*, y salía por ella un humo denso, nauseabundo, un hedor de paja quemada que le impedía respirar.

Debía ser la boca del infierno: allí le arrojaría *Pimentó*, en la inmensa hoguera cuyo resplandor inflamaba la puerta. El miedo venció su parálisis. Dio un espantoso grito, movió por fin sus brazos, y de un terrible revés envió lejos de sí a *Pimentó* y la extraña cabellera.

Tenía los ojos bien abiertos y ya no vio al fantasma. Había soñado; era sin duda una pesadilla de la fiebre; ahora volvía a verse en la cama con la pobre Teresa, que, vestida, roncaba fatigosamente a su lado.

Pero no; el delirio continuaba. ¿Qué luz extraña iluminaba su *estudi*? Aún veía la boca del infierno, que era igual a la puerta de su cuarto, arrojando humo y rojizo resplandor. ¿Estaría dormido?... Se restregó los ojos, movió los brazos, se incorporó en la cama... No; despierto y bien despierto.

La puerta estaba cada vez más roja, el humo era más denso; oyó sordos crujidos como de cañas que estallan lamidas por la llama, y hasta vio danzar las chispas agarrándose como moscas de fuego a la cortina de cretona que cerraba el cuar-

---

[167] Las sensaciones internas están magistralmente descritas.
[168] *Ven... ven.*

to. Oyó un ladrido desesperado, interminable, como un esquilón loco sonando a rebato.

¡Recristo!... La convicción de la realidad asaltándole repentinamente le enloqueció.

—*¡Teresa! ¡Teresa! ¡Amunt!*[169].

Y del primer empujón la echó fuera de la cama. Después corrió al cuarto de los chicos, y a golpes y gritos los sacó en camisa, como un rebaño idiota y asustado que corre ante el palo sin saber adónde va. Ya ardía el techo de su cuarto, arrojando sobre las camas un ramillete de chispas.

Batiste, cegado por el humo, contando los minutos como siglos, abrió la puerta, y por ella salió enloquecida de terror toda la familia en paños menores, corriendo hasta el camino.

Allí, un poco más serenos, se contaron.

Todos: estaban todos, hasta el pobre perro, que aullaba tristemente mirando la barraca incendiada.

Teresa abrazaba a su hija, que, olvidando el peligro, estremecíase de vergüenza al verse en camisa en medio de la huerta, y se sentaba en un ribazo, apelotonándose con el miedo del pudor, apoyando la barba en las rodillas y tirando del blanco lienzo para que le cubriera los pies.

Los dos pequeños refugiábanse amedrentados en los brazos de su hermano mayor, y el padre agitábase como un loco rugiendo maldiciones.

¡Recordóns! ¡Y qué bien habían sabido hacerlo! Habían prendido fuego a la barraca por los cuatro costados; toda ella ardía de golpe; hasta el corral, con su cuadra y sus sombrajos, estaba coronado de llamas.

Partían de él relinchos desesperados, cacareos de terror, gruñidos feroces; pero la barraca, insensible a los lamentos de los que se tostaban en sus entrañas, seguía arrojando curvas lenguas de fuego por la puerta y las ventanas; de su incendiada cubierta elevábase una espiral enorme de blanco humo, que con el reflejo del incendio tomaba transparencias de rosa.

Había cambiado el tiempo; la noche era tranquila, no soplaba viento, y el azul del cielo sólo estaba empañado por la

---

[169] *¡Teresa! ¡Teresa! ¡Arriba!*

columna de humo, entre cuyas blancas vedijas asomaban curiosas las estrellas.

Teresa luchaba con el marido, que, repuesto de su dolorosa sorpresa y aguijoneado por el interés, que hace cometer locuras, quería entrar en aquel infierno. Un momento nada más: lo necesario para sacar del *estudi* el saquito de plata, el producto de la cosecha.

¡Ah, buena Teresa! No era preciso ya contener al marido, sufriendo sus recios empujones. Una barraca arde pronto; la paja y las cañas aman el fuego. La techumbre se vino abajo con estruendo, aquella techumbre erguida que los vecinos miraban como un insulto, y del enorme brasero subió una columna espantosa de chispas, a cuya incierta y vacilante luz parecía agitarse la huerta con fantásticas muecas.

Las paredes del corral conmovíanse sordamente, como si dentro de ellas se agitase dando golpes una legión de demonios. Como ramilletes de fuego saltaban las aves, que intentaban volar ardiendo vivas.

Cayó un trozo de muro de barro y estacas, y por la negra brecha salió como una centella un monstruo espantable, arrojando humo por las narices, agitando su melena de chispas, batiendo desesperadamente la cola como escoba de fuego, que esparcía un hedor de pelos quemados.

Era el rocín. Pasó con prodigioso salto por encima de la familia, corriendo locamente por los campos, buscando instintivamente la acequia, donde cayó con un chirrido de hierro que se apaga[170].

Tras él, arrastrándose como un demonio ebrio, lanzando espantables gruñidos, salió otro espectro de fuego, el cerdo, que se desplomó en medio del campo, ardiendo como una antorcha de grasa.

Ya sólo quedaban en pie las paredes y la parra con sus sarmientos retorcidos por el incendio y las pilastras que se destacaban como barras de tinta sobre el fondo rojo.

Batistet, con el ansia de salvar algo, corría desaforado por las sendas, gritando, aporreando las puertas de las veci-

---

[170] Sigue la maestría en el arte de describir la audición como cima de la visión dantesca.

nas barracas, que parecían parpadear con el reflejo del incendio.

—*¡Socorro! ¡socorro!... ¡A fòc! ¡a fòc!*[171].

Sus voces se perdían, levantando ese eco fúnebre de las ruinas y los cementerios.

Su padre sonreía cruelmente. En vano llamaba. La huerta estaba sorda para ellos. Dentro de las blancas barracas había ojos que atisbaban curiosos por las rendijas, tal vez bocas que reían con gozo infernal, pero ni una voz generosa que dijera: «¡Aquí estoy!»

¡El pan!... ¡Cuánto cuesta ganarlo! ¡Y cuán malos hace a los hombres!

En una barraca brillaba una luz pálida, amarillenta, triste. Teresa, atolondrada por la desgracia, quería ir a ella a implorar socorro, con la esperanza del ajeno auxilio, del algo milagroso que se ansía en la desgracia.

Su marido la detuvo con expresión de terror. No: allí no. A todas partes menos allí.

Y como hombre que ha caído tan hondo, tan hondo que ya no puede sentir remordimientos, apartó su vista del incendio para fijarla en aquella luz macilenta, amarilla, triste; luz de cirios que arden sin brillo, como alimentados por una atmósfera en la que se percibe aún el revoloteo de la muerte.

¡Adiós, *Pimentó!* Te alejabas del mundo bien servido. La barraca y la fortuna del odiado intruso alumbraban con alegre resplandor tu cadáver mejor que los cirios comprados por la desolada Pepeta, amarillentas lágrimas de luz.

Batistet regresaba desesperado de su inútil correría. Nadie contestaba.

La vega, silenciosa y ceñuda, les despedía para siempre.

Estaban más solos que en medio de un desierto; el vacío del odio era mil veces peor que el de la Naturaleza.

Huirían de allí para comenzar otra vida, sintiendo el hambre tras ellos, pisándoles los talones; dejarían a sus espaldas la ruina de su trabajo y el cuerpecillo de uno de los suyos, del

---

[171] *¡Socorro! ¡Socorro!... ¡Fuego! ¡Fuego!* El patetismo de la llamada se pierde en la desolación del odio y del desprecio.

pobre *albaet,* que se pudría en las entrañas de aquella tierra como víctima inocente de la loca batalla.

Y todos, con resignación oriental, sentáronse en el ribazo y allí aguardaron el día con la espalda transida de frío, tostados de frente por el brasero que teñía sus rostros atontados con reflejos de sangre, siguiendo con la inquebrantable pasividad del fatalismo el curso del fuego, que devoraba todos sus esfuerzos y los convertía en pavesas tan deleznables y tenues como sus antiguas ilusiones de paz y trabajo.

FIN

Valencia
Octubre-Diciembre 1898.

Colección Letras Hispánicas